代償θ《シータ》
〜精霊に愛されし出遅れ転生者、やがて最強に至る〜
2
漂鳥
Illustrator bob

エルシー
リオン
待宵

3x - 5 =
ナミディア
モロノエ

『バウッ？』
うわっ、な、なに⁉
空中に突然開いた裂け目から、
ワンコのような獣が顔を出していた。
どう考えても普通の生き物じゃない。

CONTENTS

第一章　転生者の足跡

§　嵐の到来

この世界に生まれて以来、母親という存在に幻想を抱いている自覚なんてなかった。

あまりよろしくない評判を散々耳にしていたし、実際に今までずっと無関心を貫かれ、一度も会いに来なかったからだ。

しかし、ついに対面の瞬間がやってきた。シャーロット・アピス・スピニング・キリアム。俺、即《すなわ》ちリオンの血を分けた実の母親が、今、目の前にいる。

「あなたがリオン？」

鈴を転がすような——そうたとえるのが相応《ふさわ》しい、澄んだ美しい声音で名前を呼ばれた。

そう言ったきり、こちらを見つめながら黙り込んでしまった女性から、俺は目が離せないでいた。だって、前世と今世を通じて、これほどまでに美しい人を見たことがない。光がこぼれ落ちるような金色の髪に、白磁のような肌、空の青を映す瞳はブルーモーメントのよう。

十九歳で俺を産んだと聞いているから、まだ二十代半ばのはず。

子供を三人も産んだとは思えない、細く括《くび》れた腰。贅《ぜい》を尽くした豪奢《ごうしゃ》な貴婦人の装いや、おそらく流行《はや》りの髪型なのだろう、高く結い上げた髪は、隙《すき》がないほど洗練されている。

その匂い立つような美しさに、誰もが目を惹《ひ》きつけられ魅了されるに違いない。

しかし、そんな憧憬《どうけい》に似た想いは、すぐに木っ端みじんに吹き飛んでしまった。

「随分と小さいのね。とてもロニーより年上とは思えない。よく育ったと聞いていたのに、認識の違いかしら？　――それとも、見えすいた嘘《うそ》だったの？　実物は見苦しいくらいに貧相じゃない。これが、本当に私が産んだ子？　到底そうは思えないわ」

は？　今、なんて言った!?

――毒親。そんな言葉が音速で脳裏を駆け抜けた。もしかして……というか、やはりというべきか。ある程度の想定はしていたけど、さすがにここまで酷《ひど》いとは思わなかった。

毒を吐いた口元は扇で隠れているが、あの陰で絶対に笑ってる。きっと子供じみた優越感を滲《にじ》ませながら。

……この言い草はアレだよね。一種のマウント取りだ。

相手のコンプレックスを攻撃して精神的に痛めつけ、自らの優位性を確立して支配しようとする。心理操作の常套《じょうとう》手段だ。

万一これが、なんらかの意図を含まないナチュラルな発言であったとしても、七年ぶりに会う息子への挨拶としては不適切であり、高位貴族の正室としては思慮が足りないように思う。

たとえそれが社交辞令だとしても『大きくなりましたね。離れてはいましたが、あなたのことはいつも心にかけていました』くらいのセリフは聞けるだろうと考えていたのに。

二つ年下の弟、ロニーの名前を引き合いに出すところもまたいやらしい。

「初めまして。お会いできて嬉《うれ》しいです」

しばしの絶句状態から復帰して、型通りに挨拶をした。教わった通り、貴族の礼儀に則《のっと》って。そうしたら、澄ましていれば女神のように麗しい顔が、目に見えて不機嫌に歪《ゆが》んだ。

なんでだ？　俺が泣かなかったから？　「初めまして」が気に食わなかったとか？

俺は別に当てこすりで「初めまして」と告げたつもりはない。それ以外に言いようがないからだ。まだろくに目が見えない新生児のときに別れたきりで、この女性を見た記憶がないから。

でも、母親はそうは受け取らなかったみたいだ。じゃあ、他になんて言えばいいんだよ。

「あなた、無断で空中庭園の工事をしたそうね？　先祖の墓を開けたとも聞いたわ。なぜそんな勝手なことをしたの？」

きたよ。想定その一の糾弾が。

「無断ではありません。ちゃんと許可を得ています」

「誰が許可したの？　私もエリオットも、何も聞いていないのに」

「モリス家当主ネイサンの許可です。彼は領主代理であり、本邸の家宰でもありますから」

「そう。親族を味方につけたのね。それなら、エリオットを理不尽に長期間拘束したのもあなたの差し金なのかしら？」

想定その二。これにも答えは用意してある。

「拘束？　何を指して仰《おっしゃ》っているのか、皆目分かりませんが……あっ、もしかして領地の視察の件ですか？　でもあれは、領主として当然の務めだから。決して理不尽ではありませんよね？」

噛《か》んで含めるようにとまではいかないが、心もちゆっくりとした口調で返事をした。モリ爺《じい》には大層評判がいい上目遣い、かつ少し首を傾《かし》げた仕草で。

だってこの人は、俺が七歳の子供だということを早くも忘れていそうだから。

しかし、それが癇《かん》に障ったのか、母親の視線がますます険しくなってしまった。

「あなた、目ばかりがギョロギョロしていて、おかしな顔をしているのね。世間のことをろくに知りもしないくせに、偉ぶった真似が滑稽よ。いったい誰に似たのかしら？　エリオットでもないし、もちろん、稀有《けう》な血を引く私には欠片《かけら》も似ていないわ」

ふぅん。まだ嫌味《いやみ》の応酬をしたいの？　相手をやり込めるまで止まらないとか？

よほど俺を凹《へこ》ませたいのか、ポンポンと稚拙な中傷が口から飛び出してくる。作り笑いをする余裕もないのか、イラつきと値踏みするような眼差しを隠しきれていない。

どうしよう。早くも好きになれない。

「少なくとも母上には似ていないですね。ですが、黒髪は父上譲りだとよく言われます」

ああ、俺って素直だから、思ったことがそのまま口から出ちゃった。

親族の母親への評価は、産みっぱなしで育児放棄して、領地には顔を出さず王都で遊び暮らす放《ほう》蕩《とう》女というもの。

最初に聞いた時は、随分と辛口だという印象を受けた。てっきり盛っているのかと思っていたけど、この分じゃあ推して知るべしか。

「可愛《かわい》くない子。精霊紋に盟約？　それで親を飛び越えて偉くなったつもりなの？　精霊の好意とやらを、卑しく独り占めしているだけじゃない。一人で欲張らないで、少しは弟妹に分け与えるとかしたら？」

は？　何言ってんだこの人。わざと喧嘩《けんか》を売ってる？　言っている内容がめちゃくちゃだ。

「盟約は、あなたが気軽に摘《つ》まめるお菓子ではありません。精霊との大切な契約です。自在に切り分けるなんてできないし、ましてや人にあげるなんて到底無理です」

「あら、心がとぉっても狭いのね。ご大層に扱われて、随分と勘違いしているみたい。こんな片田舎で鼻を高くしていても、いざ中央に出れば誰にも相手になんてされないわ。そんな傲慢《ごうまん》な口のき方で、立派な当主になれると思って？」

「さあ？　立派かどうかは結果として周りが判断するもので、なろうと思ってなるものではないと考えています」

「……なんて、なんて生意気な子かしら！　反抗的で、意地も性格も悪い。教育が良くないのね。ちやほやと甘やかされて、王都の洗練された教育を受けないから、粗野で生意気になるのよ。これだから辺境は嫌。人も物も何もかもが泥臭くて煩わしい」

教育だと？　この人にそれを言う資格なんてない。どの口が言うのか？

「産んでいただいたことには感謝しています。しかし、ご自分が微塵《みじん》も顧みなかった事柄について他人を責めるのは、あまりにも身勝手で大人げない態度だと思います」

「やだ、何この子。なぜ私に口応えするの？　一人じゃ何もできないくせに！　もう知らない！　ちっとも子供らしくない。こんなの懐《なつ》かせるなんて無理。素直さの欠片もないじゃない」

それは、相手があなただから。

「おかしいですね。日頃から、素直すぎると指摘されることが多いのに……それとも、正直すぎるだったかな？　ここは田舎だそうですから、王都とは言葉の定義が違うのでしょうか？」

ああ、ダメだ。相性が悪すぎる。言うつもりがないことまで、口からツルツル溢《こぼ》れてしまう。ことなかれ主義だった俺、どこへ行った？

「まだ言うの？　それが母親に対する態度？　本当に可愛げがない子。全然なっていない。そもそも、こんなところに来るのは嫌だったのよ。帰ります！」

そうかよ。好きにすればいいさ。

来訪を耳にしたとき、アウェイな環境で針のむしろにいるようなら、息子の俺が庇《かば》ってあげなきゃと考えていた。

しかしその想いは、対面して早々に砕け散った。子供じみた口喧嘩という情けない形で。

最初から母親は、やり込める気満々だった。自分のことは棚に上げて、攻撃的な言葉で言いたい放題。それができる特権が、自分にはあると思い込んでいる。

それでいて、私は裏表がない性格なの、だから他人から誤解されやすくて……とか悪びれずに真顔で言ってそう。ああ、ヤダヤダ。切り替えを……気持ちの切り替えをしなきゃ。

「ねえ、本当に帰っちゃったの？　いったい何しに来たんだろう？」

「ああ仰っていましたが、おそらく一泊はされるはずです。でないと面目が立ちませんから。奥方様には、久しぶりにお会いしましたが、以前と全くお変わりがないようです。従って、リオン様が気にされる必要は少しもございません」

「いや。さすがに言いすぎたと反省してるんだ。つい、感情的になってしまって」

「貴族としての適切な応対の仕方は、おいおい覚えていかれたらよろしいかと存じます」

母親も貴族教育を受けているはずなのに。あんなに堪《こら》え性《しょう》がなくて、海千山千だという貴族社会でやっていけているのが不思議だ。

あの性格で領主夫人を務めるのは確かに厳しい。素人の俺でも分かる。

泣き寝入りするだろうと思っていた子供に、少しばかり反論されただけで、何もせず王都に蜻蛉《とんぼ》返《がえ》りだなんて。

領地に全く関心がない女主人に、誰が心からの忠誠を尽くすというのか。

王都に置いてきたという弟妹には、一度くらい会ってみたかった。だけど、なんかなぁ。……疲れた。精神的に。なにか、自分の中の大事なものがゴッソリこそげ落ちた感じがする。

……ああ、そうか。

これまで得た情報から、母親と愛情を交わせる見込みがないことは理解していた。

日本人の高校生だった咲良理央《さくらりお》としてなら、前世の家族とのあまりの違いに、今世の家族との関係を割り切ることができたんだ。だって、理央にとって彼らは赤の他人だから。

でも、リオンが。

この世界に生を受けた、まだ七歳でしかないリオンとしての自分は、本音の部分で諦めてはいなかったのだ。

この身体には、前世の記憶を持つ自分と、その記憶に影響を受けている、もう一人の自分がいて、前者が諦観《ていかん》していることでも、後者はそれでは納得がいかないと騒ぎだす。

この身体も意識も全て、まごうことなき自分なのに。

ただ過去の記憶が――転生の際に持ち越した幸せな思い出が、今も熾火《おきび》のように燻《くすぶ》っていて、無自覚に母親の存在を特別視していた。

どんなにヘマをやっても、その時は烈火の如《ごと》く叱《しか》るけど、決して俺を見捨てたりはしない。頑張れば褒めてくれるし、悲しいことがあれば慰めてもくれる。

決して自分を裏切らない絶対的な存在で、無条件の愛を惜しみなく与えてくれる。母親というものに対するそんな幻想と期待を捨てきれていなかった。

一緒に暮らすどころか、顔さえ知らなかった相手《シャーロット》に対しても。

家族って、そういうものだと刷り込まれていたから。断ち切れない情が、自《おの》ずと湧いて出るものだと思い込んでいたんだ。だって、それしか知らなかったから。

分家の人たちが「あの女」呼ばわりしていたのが、ようやく理解できた。

「こんなところ」だってさ。「泥臭い」とも言っていた。

そりゃあ、折り合いも悪くなるよ。自分たちが大切に育んできたものをあんな風に貶《けな》されて、歩み寄れるわけがない。

誰のおかげで王都で安穏と暮らせているのか。その贅を尽くしたドレスを買う費用は、誰の汗を吸い取って積み上げられたものなのか。グラス地方を治める領主夫人が、決して言ってはいけない言葉だ。

キリアム一族の結束が固いのは、グラス地方の成り立ちに根差している。

王国に加入してから何代も経《た》っているが、開拓時代や独立国だった頃の歴史は語り継がれ、その気風はいまだ失われていない。

そんな彼らにとって、アレは異分子にしかならない。明らかに浮いた存在だ。

信じられない話だが、父親とは恋愛結婚らしい。

俺の前で体裁だけでも繕ってみせた父親は、いったい彼女のどこに惹かれたのか？　それが分からない。

あの外見か？　まさかひと目惚《ぼ》れなんてことはないと思いたい。だけど、現状ではそれ以外に理由が見つからない。母親としては最低だけど、恋愛対象としては違うとか？　それにしても酷すぎる。いくら絶世の美女でも、あんな母親なんていらない。

母親っていうのは、もっとこう……ああ、元の世界の母さんに会いたい。そして、過去の自分の言動について謝りたい。

小学生の頃、友達の母親の方が若くて綺麗《きれい》だなんて言ってごめん。授業参観のたびに、洋服のファスナーが上がらないと、ため息をつかないで。

だって、あなたは……母親の資質に容姿なんて一切関係ない……それを教えてくれた。だからもう十分なんだ。

翌朝、本当に母親は帰ってしまった。何の挨拶もなく、扱いに困る生きた置き土産をグラスブリッジに残して。

「あなた方は、なぜここに留《とど》まったのですか？」

目の前に連れてこられたのは、二人の若い女性だった。てっきり母親の侍女か随行員だと思っていたのに、話を聞いてみるとどうも違う。

「私たちは、あなたの家庭教師です」

「そんな話は聞いていませんが？」

「本来なら今日、奥方様からお話しいただく予定でしたが、その前に帰ってしまわれたので。こちらに公爵様からのお手紙を持参していますので、ご確認ください」

父親からの手紙には、確かに家庭教師を用意したと書いてある。一般教養と魔術について、それぞれ一人ずつ。こうなると、すぐに追い返すわけにもいかない。

「そういうことであれば、自己紹介をお願いできますか？」

「では、私から。ナミディア・ヴェラ・サウザーと申します。一般教養担当です。ナミディアとお呼びください」

ミルクチョコレート色の髪と瞳を持つこの女性は、父親の手紙によれば、王政庁の上級官僚である宮廷貴族の子女で、幼い頃より頭角を現し文筆家として活躍する才女らしい。

年齢は十九歳。家庭教師にしては若すぎる気もするが、この国では十八歳で成人だからおかしくはない。

「モロノエ・アンヌウヴン・コールドゥランと申します。魔術担当です。私もモロノエと呼んでください」

「随分とお若く見えますね」

「ちゃんと成人済みです。若く見えるのは種族特性なので、ご心配なく」

そう言われても、小さすぎないか？　ピンクベージュ色の髪とピンク色の瞳が印象的で、赤ずきんちゃんが着ていそうなフード付きのケープを纏《まと》い、足には上げ底のブーツを履いている。

たぶん靴を脱いだら、俺とたいして変わらない身長のはずだ。

「失礼でなければ、頭の被《かぶ》り物《もの》をとっていただけませんか？」

これは彼女の種族確認のためだ。決して好奇心からではない……なんて言い訳だよね。並人以外の種族に初めて遭遇したのだから、興味が湧かないわけがない。

「構いませんけど、驚かないでくださいね」

ファサリとフードが滑り落ちて、モロノエさんの頭部が露《あらわ》になった。

ああ、思った通りだ。頭の上に三角形の大きな耳が二つ。どう見ても猫耳だ！

彼女は小型幻想種に属する幻想猫族《ケット・シーズ》と呼ばれる種族で、魔術や錬金術に優れた素養があるらしい。

大陸南部出身の稀少《きしょう》種族だって。

「ありがとうございます。もう結構ですよ。手紙の記載と相違ないことを確認しましたから。学習計画については、傅役《もりやく》のモリスと相談の上で決めてください」

父親の手紙があるから受け入れざるを得ないが、警戒は十分にすべきだ。二人を私室となる部屋へ案内するように指示を出し、俺自身は遊戯室へと足を向けた。


テーブルの上に、新しい画材や工作用の道具に各種素材、書籍等がズラリと積み重ねられている。

「こちらが王都に発注していた品々です。まだ開封作業中ですので、全てではありません」

「結構な量だね。それに、本が何冊もある」

母親の一行と共に、待ち望んだ荷物が運ばれてきた。適当に選んでと頼んであったが、予想していたよりも品数が多い。

これで小さな子たちも楽しめるかな？

今も本邸に滞在する御三家の子供たち。上は十歳から下は二歳まで、全部で八人。年齢が大きな子は、学習したり研修したりと忙しくしているが、小さな子たちは暇を持て余していたからね。

「これって版画？　まるで絵に描いたみたいだけど」

豪華な装丁本をパラパラと捲《めく》ると、多色刷りの挿絵があり、どれも色鮮やかで美しい。

「はい。王都では近頃、こういった挿絵付きの本が流行っているそうです。最初に人気作家がやり始めたので、皆が真似をしたとか。確か、その作家の作品も数点あるはずです」

「それってどれかかな？」

「納品書によれば、作家名はシャモンで……ええっと、ありました。舞台劇の原作になった作品らしいです。このほかに挿絵を多用した絵本と呼ばれる子供向けの本が三冊あるはずですが……箱の中かもしれません。探してまいります」

手渡された豪華な装丁本は、箔押《はくお》しの表紙に洒落《しやれ》たデザインの文字が並んでいた。

「……えっ!?」

本のタイトルだろうその文字列を見て、手が止まった。

『剣笛《けんてき》の勇者モーヤン・サークル』

ちょっと待て。勇者だって!?

勇者、勇敢なる者。直訳すればそうだ。だけど、この本のタイトルは、単に勇気がある人間を指しているとは思えない。

だけど、この世界には本物の英雄がいるのだ。

書籍や絵画で語り継がれる彼らの超人的な逸話は、誇張はされていても、リアリティに基づいている。そして、その呼称は英雄で統一されていた。

今まで勇者なんて一度も、そう、一度もそう呼ばれた人物、あるいは職業なんて見聞きしたことはない。この言葉が、いったいどこから出てきたのか？

もし著者に会えたら聞いてみたい。

勇者って、どんな人？　どこにいて、何をした人ですかって。

「ざっと読んでみるか。まずは目次からだ」

椅子に座り、本を開いた。

目次に目を通してみたら、親切なことに、巻頭に「本作のあらすじ」という見出しがあったので、そのページを開いてみることにした。


～本作のあらすじ～

中央大森林に接する小国が、魔物の大規模な襲撃を受けて壊滅する。

国王と正妃は死亡、王太子は行方不明。第四王子である幼いモーヤン・サークルは、危うく魔物に殺されそうになるが、実母である側妃の秘技により、三羽の烏《からす》に運ばれて逃がされる。

運良く警邏《けいら》中の隣国の第三騎士団に拾われ、自分が何者かの自覚もないまま、彼は連れていかれた神殿で四人の孤児と共に養育される。身元に繋《つな》がる品は、母の形見となった「五龍笛《ごりゅうぶえ》」と呼ばれる一本の横笛だけであった。

七歳になったモーヤンは、【勇者】という、剣武に優れ、魔物の討伐を得意とする職業を授かった。

神官兵としての厳しい修行の末、剣技と横笛の演奏という二つの分野に優れた美しい若者に成長した彼の元に、見知らぬ人物が訪ねてくる。

その人物は、モーヤンが亡国の王子であることを明かし、六六個の国宝のうち、第三位とされた宝剣「五芒星剣《ごぼうせいけん》」を手渡すと同時に、異母兄の王太子の生存と、彼の率いる二つの軍団が五本角の魔物を首魁《しゅかい》とする魔物の群れとの闘いで劣勢であることを告げた。

モーヤンは、異母兄に助力するために、今は魔物の支配下にある亡国へ向かう。旅の途中、大きな橋の上で、剣狩りのバルブ・ジョイという無頼漢に六六番目の標的として襲われるが、返り討ちにして家来にする。

数々の冒険の後、やがてモーヤンは、魔物討伐の先陣に立ち、二頭の地竜と、三四頭の飛竜、七六五四の魔狼《まろう》を血祭りにあげ、ついには魔物の王を討ち滅ぼすことに成功する。

うーん。

予想と全然違った。俺ツェエ系の勇者ストーリーを期待していたのに、そうではなかった。これだと、前世の児童向け図書にありそうな設定だよね？

ただし、注目すべき点が二か所ある。

それは【勇者】という職業と、「本作のあらすじ」の下にある但《ただ》し書《が》きの一文だ。

『※この作品は空想に基づくものです。登場する人物・国名・街名・団体・名称・職業等は全て架空であり、実在するものとは関係ありません』

前世では書籍のみならず、メディア系の作品でもよく見られた文言だけど、こういうのって、情報化社会ならではの但し書きだと思うんだよね。

いったいこれは、誰に対する断りなのか？　この世界の書物にこんな文章が記載されている違和感。米印の記号なんて特に変だ。少なくとも、今まで読んだ本では見た覚えがなかった。

凄《すご》く怪しい。

「他にもなにか……あった。作品一覧だって」
・恋愛小説　王宮を舞台に恋の駆け引きが繰り広げられる物語
『光の王子オリジン・ライトの華麗なる恋愛遍歴』

『恋多き宮廷女官レディ・ファウンテン』

『月の国の姫君と五つの秘宝』
・勇者三部作　職業【勇者】を授かった若者の数奇な運命と活躍を描く冒険譚《たん》
『剣笛の勇者モーヤン・サークル』

『朝日の勇者ウッディ・ジャスティス』

『神羅弓《しんらきゅう》の勇者オーバジン・ギブワン』

既刊タイトルがズラリと並んでいるが、その下に著者の短いプロフィールが添えられている。

作家名はビー・シャモン。貴族家出身の女性。ベルファスト王国王都在住。作家デビューは七年前で、代表作は恋愛小説。勇者三部作は舞台劇用書きおろし。この本が最新作と書かれている。

「リオン様。熱心にご覧になられているようですが、新しい本がお気に召されましたか？」

「うん。王都で流行っている本なんだって。……ねえ、モリス。作家として活躍する貴族、それも女性って珍しい？」

「いいえ、決して多くはありませんが、他にもいらっしゃいます」

「そうなんだ。この本の作者が貴族女性らしいんだけど、冒険譚なんて、よく書こうと思ったよね」

「冒険譚はさすがに珍しいと思います。大抵は教養本や恋愛物語ですから」

……やっぱり。

貴族で女性で王都住まい。そんな立場の人が身軽に旅行できる社会ではない。ネットという検索ツールもなく、小説を書くための資料集めや、インタビューをするだけでも大変なはずだ。

「こんな風に架空設定を売りにした、伝承や史実に基づかない作品って普通にあるの？」

「類を見ません。それゆえに、王都の人々には新鮮に映ったのではないでしょうか？」

「なるほど。それが人気の理由なのか」

作品一覧の中で手元にあるのは、最新作だというこの本だけだ。でもさっき、子供向けの本――絵本があると言っていたよね？

「リオン様。お待たせいたしました。こちらが同じ作家の絵本です」

「ありがとう。ふぅん。どれも主人公は獣使い《ビーストテイマー》なのか。絵本はより斬新さを狙ってそうだね。表題を聞いただけで、本を開く子が……」

そこで言葉が止まった。

マジか……なんだよこれ。テーブルに並べられた三冊の絵本は、装丁本以上にヤバかった。

『猛獣使いピーチボイと三匹の魔獣』

『熊騎兵ゴルド・タイムと黄金の斧《おの》』

『亀騎士ベイ・アイランドが行く海の宮殿』

内心の動揺を抑えつつ、順番に絵本を捲り始めた。流し読みではあったが、その内容は概《おおむ》ね予想通りだと言っていい。

ピーチボイは川を流れてきた大きな果実から生まれている。ゴルド・タイムが育ったのはアーシ王国のガラガラ山で、ベイ・アイランドは禁断の箱を開けて白い髭《ひげ》の生えた爺《じじい》になった。

うん、アウト。スリーアウト・チェンジだってば。

中途半端な英訳テイストの人名に加えて、近代児童書的なタイトル改変までしてある。こんなアレンジができるのは、日本の昔話や翻訳系の児童書を読んで育った世代の転生者、つまり現代日本人しかいないと思う。

クラスメイトの誰かである可能性は？

当然あるね。ただ、デビューが七年前だというのが引っかかる。

俺同様に言語チートを持たないで生まれたなら、乳飲み子が本の題材を提供したことになる。それって到底無理な話だ。となると、俺たち以外の別グループの転生者と考えた方が自然かな？

でも、あのとき……俺だけ出遅れた。

次々と、躊躇《ちゅうちょ》なく門に飛び込んだクラスメイトたち。あの暗闇の空間に取り残されて、門をくぐるまでに一人だけ長いタイムラグがあった。

時間感覚なんて麻痺《まひ》していたから、どれくらいの時を浪費したのかが分からない。

空腹や口渇感は生じなかった。それが、単に時が過ぎていないせいなのか、あの空間が身体的欲求が抑制される空間だったのかで、だいぶ話が違ってくる。

この世界にいるはずの彼らは、果たして俺と同じ年齢なのかな？

その点については、前々から検証が必要だと思っていた。なぜなら、ときに遭遇する地球由来の文化に違和感があったから。

たとえば、南部料理の創始者パミリー・マート。現代日本の食文化を再現しているのに、この世界では何世代も前の人だった。

地球と異世界の時間経過の違いや、転生に際して生じるズレ。そういうのがありそうなんだよね。それにしても、不用心だよな。こんなの目立ちすぎる。

自ら転生者だとカミングアウトするような本を、次々と出版するなんて。危機感がないのか、あるいは、他の転生者を釣り上げるための撒《ま》き餌《え》的なもの、いわゆる転生者ホイホイなのか。

パラパラと、繰り返し絵本を捲る。

多色刷りの版画の出来がいい。質感的に木版画かな？

挿絵の一枚に目が留まった。

亀騎士ベイ・アイランドが、大きな亀に乗って訪れた海底宮殿で、歓待を受けるシーンだ。

流し読みしたときは綺麗な絵だと思っただけだが、よくよく見ると、気になる点がいくつもある。

最も目を引くのが、青海波《せいがいは》にそっくりな青い扇形の波模様で、交互に積み重なる規則的な波紋は、繰り返し打ち寄せる波の動きを表現していそうだ。

波紋の上で演奏する海の生き物や、舞い踊るオリエンタルな衣装の女性たち。

踊り子たちを彩《いろど》るように、背後に花が咲いている。

「これ、狙いすぎだろ」

五枚の花弁は薄桃色に染まり、それぞれがハート形をしていた。

——サクラ。

日本人の郷愁を誘うのに最も相応しい花。春になれば一斉に咲き、誰もが見上げて満開の枝の下に集う。音だけ拾えば、前世の俺の名字でもある。

『美しい珊瑚華《さんごばな》が咲く中で、目にも鮮やかな六三匹の紅魚《べにうお》と、五三匹の白魚《しらうお》、七六匹の虹色の幼魚が、群れをなして踊っています。それに負けじと、六六枚の貝が鈴を鳴らし、一三匹の亀が大小の太鼓を打ち、三三匹の海老《えび》が琴を奏でました』

添えられた文章に、不揃《ふぞろ》いな数字が目立つ。そういえば、さっき読んだ『剣笛の勇者モーヤン・サークル』のあらすじも、似た感じだったような。

「この四冊を、寝室に運んでおいてくれる？」

「分かりました。本日は、寝室で午後の休憩をなさいますか？」

午後の休憩＝お昼寝だ。昼間に一人っきりになれる貴重な時間でもある。

「うん。早めに寝室へ行って、本を読みながら休もうと思う。そういえば、あの家庭教師の二人はどうだった？」

モリ爺の意見を聞いてみたかった。父親が手配し、母親がここまで連れてきて、自ら紹介するはずだった女性たち。

「ナミディア女史は経歴に問題はありません。短期ですが一般教養の教師を務めた経験もあります」

「一般教養ねぇ。何を教えるつもりだって？」

「年齢相応の算術や書き取り、作文指導だそうです。正直申しまして、リオン様には物足りない内容になりそうです」

いわゆる算数と国語か。それも小学校低学年レベルの。

「とりあえずは様子を見るよ。人となりを知りたいから」

「承知しました。モロノエ女史は、ナミディア女史の伝手《つて》で当家に来ることになったそうで、魔術指導は今回が初めてだとか。初級魔術の手ほどきをする予定だと伺っております」

魔術指導自体には興味がある。既に魔術を使えるけど、正式に習ったわけじゃないから。

「そちらも様子見だね。授業はいつから始めるの？」

「今日明日は、ここでの生活に慣れていただき、授業開始は明後日以降を予定しています。一般教養の授業には、お一人ではなく他にも参加者を募るつもりです」

「ああ、その方がいいかもね」

できればマンツーマンは避けたいし、年齢相応のリアクションをする参考にもなる。

「両者共に、何を目的としているのかまだ把握できておりません。怪しい挙動を見せるか、あるいは使えない人材だと分かった時点で叩《たた》き返しましょう」

「そうだね。早々に尻尾を出してくれることを期待しよう」


さて。午後の休憩のために寝室へ戻ってきた。

昼寝をするという名目上、大人しく寝間着に着替え、人の気配がしなくなるまで待つことしばし。

そろそろいいかな？

いったんは閉め切られたカーテンを、明かり取りのために一枚だけ開ける。

書机の上には、ビー・シャモン作の四冊の本が置かれている。その横に筆記用具と紙を取り出して、曖昧な記憶を頼りに表をひとつ作り始めた。

「……できた。まずは試しに亀騎士からだ」

本から抜き書きした数字と自作の表を照らし合わせる。

『六三　五三　七六　六六　一三　三三』

六三は「き」あるいは、縦横が逆なら「ね」に変換される。五三は「け」または「つ」。

……うん、勘が当たったね。意味のある言葉になりそうだ。

そして、全ての数字を解読するとこうなった。

『き　け　ん　み　は　れ』あるいは『ね　つ　し　み　よ　れ』

これを意味が通るように書き換える。

『き　け　ん　み　は　れ』＝危険見張れ／危険身バレ
『ね　つ　し　み　よ　れ』＝熱染み撚《よ》れ
まあ、前者かな。後者は「アイロン掛けの際の諸注意」みたいで、暗号化するのは変だ。

そうなると、『危険見張れ』か『危険身バレ』のどちらかになる。ただし、偶然の一致も否定できないので、結論を出すのは他の本を解読してからになる。

でももし……もし『危険身バレ』が正解で、転生者であることが露見することを指しているなら。

この本が書かれた背景について、よくよく考えなければ。だって、おかしいから。転生者ホイホイ的な本に、相反するメッセージが仕込まれているなんて。

『亀騎士ベイ・アイランドが行く海の宮殿』に隠されていたのは、転生した日本人に宛《あ》てたと思われる、警戒を促すメッセージだった。

日本人だと思う根拠は、目の前にある数字を解読するために作った表にほかならない。

七マス×七マスの表に「いろはうた」をはめ込んだ、日本生まれの暗号表。

古典的かつシンプルで、表の作り方さえ知っていれば簡単に解ける。実際に戦国時代に使われていたそうで、上杉暗号と呼ばれている。

実は、こういうのが好きな人間に、めっちゃ心当たりがあった。
――杵坂美波《きねさかみなみ》

上杉暗号を知っていたのは、自称歴女だった杵坂からの受け売りだ。そして、本の中の数字が上杉暗号だと推測したのは、著者の名前がヒントになっている。

ビー・シャモン、ビシャモン……即《すなわ》ち、毘沙門だ。

越後の龍、上杉謙信は毘沙門天《びしゃもんてん》を崇拝していて、自らを「毘沙門天の生まれ変わり」だと称していた。生まれ変わり＝転生でもある。

残る二冊の絵本と『剣笛の勇者モーヤン・サークル』からも、同様に作品中や「本作のあらすじ」に散らばる数字を丁寧に拾って解読したところ、次のようなメッセージが浮かび上がった。

『二七四七七四五七七六七四一一』＝『カクセテンセイ』

『一七四一二六三三五六三五四七七五』＝『トラワレエックス』

『四三三四五一七二六六三五二五六六二三四七六五』＝『ウソヤヒミツヲミヌクメ』

こんなのを見たら、なんかもう心配になるよね。メッセージを本に仕込んだ人が、今現在、どんな境遇にあるのかって。

この作家の身に、いったい何が起こったのか？

転生者であることがばれて、何者かに囚われた。転生者ホイホイ本を書かされているうちに、真偽判定ができるヤバい能力者と出会った。そんな経緯か？

ただ、エックスの意味が分からない。転生者の存在を知る人物、あるいは団体を指し、現在進行形で日本からの転生者を探している。あるいは、捕まった転生者の収容場所のヒントとか？

内容を鑑みれば、迂闊《うかつ》に探ったら藪蛇《やぶへび》になりそうだ。せっかくの警告が無駄になりかねない。でも、ただ息を潜めているだけで逃げ切れるのか？

慎重と臆病をはき違えてはダメだ。手をこまねいているうちに檻《おり》の中……なんて嫌すぎる。

転生者を狙っている奴らに対抗する手段を探そう。もし身バレしても、安易に手が出せないほど強くなればいい。

改めて四冊の本を調べたら、奥付にあたる箇所に発行日が記載されていた。発行順にメッセージを並べると、『キケンミバレ』『カクセテンセイ』『トラワレエックス』ときて、最新作の勇者本にある『ウソヤヒミツヲミヌクメ』、つまり『嘘《うそ》や秘密を見抜く目』になる。

言葉通りの特殊能力を敵側が有しているとしたら。

どの程度のものを見通せるかは不明だが、捕まった日本人の転生者から、一緒に転生した人数や、その個人情報が漏れているかもしれない。

もし自在に人の内面を覗《のぞ》けるレベルなら、隠し事なんてできない。とんでもなく厄介な能力だ。

「それこそ保護血統になりそうな……あっ！　そういうこと？」

こんな尖《とが》った能力を、あのベルファスト王家が放っておくはずがない。策謀の陰に王家の関与があると疑ってかかるべきだ。

うーん。手元にない他の本についてはどうしようか？

調べてみたいけど、転生者ホイホイを買い集めていることが敵に知れたら、それこそ思う壺《つぼ》な気がする。よって、今は保留かな。

作家自身が杵坂である可能性も念頭に置いておく。

それにしても、海底宮殿に桜の花は無理があるよ。『花咲か爺《じい》さん』にすればよかったのに。

タイトルは……『万花《ばんか》の老騎士と忠狼《ちゅうろう》の絆』とか？　狼《おおかみ》ならワンワンじゃなくて、もっと猛々《たけだけ》しい感じになるか。「ここ掘れバウバウ！　枯れ木に花を咲かせましょう」ってね。

『バリッ』

……なんだ？　今、変な音がしなかったか？　何かが勢いよく破れるような音が。

音がしたのは正面、それもすぐ近くからな気がした。机の上に向けていた視線を、恐る恐る上げていく。

——いったい俺は、何を見ているのだろう？

書き物机の向こう側、ほぼ目の前の空中に裂け目ができている。壁ではないカーテンでもない、空中にだ。まるでそこに薄い壁紙が貼られているかのように、破けて穴が開いていた。

そして、その穴から飛び出しているものがある。

「いや、なによこれ。おかしいでしょ！」

端的に言うなら、犬……っぽい頭？

正面に見えているのは、マズルが長くてシャープな印象の、狐《きつね》と狼を混ぜたような容貌の獣の頭部だった。それが、破れた穴につっかえて嵌《は》まっている。

黒く濡《ぬ》れた鼻面が、フンフンと匂いを嗅ぎ始めた。まるでワンコのように。

かなり間抜けな絵面《えづら》なんだけど、笑うに笑えない。

アンバランスな印象を与える大きな三角の耳。体毛は冴《さ》え冴《ざ》えとした白だ。毛足が長く、後頭部から首元にかけては、さらに長いフサフサの毛が生えている。

しかし、なによりもその目に釘付《くぎづ》けになった。獣の虹彩には、紫電を封じ込めたような青白い光が走っている。ビカビカって。触れたら感電するのではないかと思うくらいに。

どう見ても、普通の生き物じゃない。バリッて何さ。いったい、どこから出てきたんだよ。

《響導神《きょうどうしん》【悉伽羅《シュリガーラ》】の固有能力【裂空】が発動しています》

あの、使い方が皆目分からなかった加護か。なぜこのタイミングで？

《先ほどマスターが日本語で念じた言葉が、【裂空】の起動ワードに該当したようです。どうやら、加護を経由した自動翻訳がなされていますね。対象言語を解析中です》

えっ、念じた言葉ってどれ？　あのとき何を考えていたっけ？

《まだ解析を続行中ですが中間報告です。起動ワードになったのは「ここ掘れバウバウ！（日本語）」だと判明しました》

は？　ちなみに、どう翻訳されたか分かる？

《言語互換性が低いため意訳的な解釈がなされています。ニュアンス的には「我が呼びかけに応え、穿《うが》て、咆哮獣《ほうこうじゅう》よ！（幽明境界語）」ではないかと考えられます》

意訳にしても強引っていうか。でも今は、この状況をどう受け止めるかだ。

目の前のワンコ？　は、いまだフンフンと匂いを嗅いでいる。空中に開いた穴に、ズッポリ首が嵌まったままで。

《生体サーチの一部が上書きされました。該当箇所の確認をお願いします》

加護：響導神【悉伽羅《シュリガーラ》】

固有能力：【裂空：夜豻《やかん》［名称未登録］】【幽遊】

ふむ。夜釬［名称未登録］の部分が新たに追加されている。「我が呼びかけに応え」の文言からすると、これって召喚系の能力なの？

《そのようです。この度のマスターの呼びかけに応えたのが目の前の個体ですね。現時点では仮契約の状態です。名称登録、つまり命名を行えば、契約が正式に成立するようです》

契約しないなら？

《別れを告げれば立ち去るのでは？》

ここでバイバイしたら、この子とはもう会えない？

《召喚系の能力には相性があるので、また同じ個体が現れる可能性はあります。ですが、システム的には一期一会です。二度と巡り合えないと考えた方がよいでしょう》

相性がいいのか。このワンコ、いや夜釬と。

改めて目の前の夜釬を見つめた。野性的な面構えだけど、耳が大きいせいか、どこか愛嬌《あいきょう》がある。

果たして、こういうのって初回で決めていいもの？

あんな、何気に浮かんだセリフでやってきちゃうなんて、せっかち、あるいはうっかり系？　でも、人懐《ひとなつ》こそうではある。もし尻尾が見えたなら、ブンブン振っていそう。

「あっ！」

俺の迷いを感じたのか、夜釬が穴から顔を引っ込めてしまった。逃げちゃったのか？

『ズボッ』

「うぉおおっ！　尻尾きたっ！　まさか、俺の考えを読んでの尻尾アピール？」

悪くない、どころかとても良い。フッサフサの狐の尾のような形をした、それはそれは見事な襟《えり》巻《まき》……でなく、尻尾が目の前にある。

凄くボリューミィなフワフワが、無理矢理穴から押し出され、まるっと飛び出しているのだ。

気づけば、尻尾に吸い寄せられるように、ふらふらと立ち上がっていた。

俺は決してケモナーやモフラーではない。しかし、直接肌に触れるものにはこだわる方だ。特に柔らかい感触にはグイグイ惹かれる。そして、目の前には極上のフワフワが。

気づいたら触っていた。撫《な》で撫《な》でして、スリスリしても嫌がらないんだね。それどころか、尻尾がパフンと頰《ほお》に当たって顔が埋まった。冴《さ》えた色合いとは裏腹に、温かみのあるフワッフワの感触に、顔面が包囲される。

……天にも昇る質感。あまりの心地よさに身動きできない。

視界に広がる白は、内側にいくにしたがって柔らかみを帯び、象牙色に近い色に変わっていく。

全然獣《けもの》臭くない。陽だまりに干した布団のようないい匂い。

なにこれ尊すぎる。最奥にある極めて密な産毛が、この上もなく柔らかい。

『バウッ？』

あっ、お返事ですね。尻尾どうよって感じ？　もちろん、文句のつけようもないよ。だからってわけじゃないけど。

「君に決めた！」

この子自身が、俺と契約するのに前向きなのがいい。最初から尻尾を触らせてくれるほど友好的だなんて評価大だ。相性も良いなら、決めちゃっていいよね。

名前はどうしようか？

白いワンコだからシロ……あっ、気に入らない？　フサフサの尻尾が俺の両頬を激しく打ち据える。俺にとってはご褒美でしかないが、チェンジ！　と叫ぶ声が聞こえた気がした。

そうだな……この子の冴え冴えとした白い体毛は、夜空に浮かぶ月の色に似ている。満月のすぐ手前。来るべき人を待つ宵に昇る明夜の名月。

「待宵《まつよい》！　今この瞬間から、それが君の名前だ！」

『バウッ！』

「うわっ、な、なに!?」

眩《まぶ》しい発光と共に尻尾が穴から引っこ抜かれ、バリバリと新たな破壊音がした。見れば、頭サイズだった穴が、何倍にも大きく広がっている。ちょうど、子供が一人通れそうなくらいに。

穴の向こう側に見える暗闇には、全身から青白い光を放つ待宵がいて。

スーパー待宵。

まさにそんな外観になった待宵が、何を思ったか、俺の服を咥《くわ》えてズルズルと穴の中に引きずっていこうとする。

「えっ、ちょっと待って。なんでそっちに行くの？　暗いのはヤダ。嫌だって」

抵抗はした。だけど、非力な七歳児の力では全く敵《かな》わない。ズリッと全身が引き剥《は》がされるような妙な感覚が生じて、得体の知れない穴の方へ強引に引きずり込まれていく。

名前をつけた途端に拉致誘拐？　それって酷くない!?　聞いてないって！

§　光る花

昼の光が差し込む部屋の中から、暗い穴の中へ。

最初は穴の中がやけに暗く感じて、一瞬だけど転生時のトラウマがフラッシュバックしかけた。

でも、落ち着いて辺りを見回せば、あの全てを吸い込むような暗闇とは、全く様子が違っている。

「光る花？　うわっ、綺麗《きれい》だなぁ」

足元には蛍光色にぼんやりと光る、幻想的な花々が咲いている。

「花の形だけなら、知っている花に似ているかも」

ダリア、チューリップ、水仙、百合《ゆり》やバラと、季節は関係なくバラエティに富んでいる。色もバラバラで規則性がないように思えた。

「随分とカラフルだなぁ。ネオンサインみたいだ」

発色の良い青や赤、橙《だいだい》や緑に黄色と多彩に光る花々が、フットライト的に足元を照らしている。

周りが暗いだけに、花の色がより際立ち、この上もなく幻想的な光景なんだけど。

なんか見覚えがある？　淡い既視感が湧いたが、そのふわっとした何かを上手《うま》く捉えられない。もどかしい。答えを探すように、目の前の花畑に視線を彷徨《さまよ》わせた。

「あっ、あれか！」

曼殊沙華《まんじゅしゃげ》に似た赤い花を見つけた。その瞬間、子供の頃に読んだ黒い表紙の絵本が思い浮かんだ。

少女が一人で山に行き、道に迷って鮮やかな花々が咲き乱れる場所に入り込む。すると、そこにいた山姥《やまんば》が、少女の足元に咲く赤い花は、少女自身が咲かせたものだと教えてくれる。

幼い妹が晴れ着が欲しいと言って泣き暴れ、母親が困り果てていた。見かねた少女は、自分はいらないから妹に買ってあげてと申し出た。その瞬間に少女の花が咲いたのだ。

まだ幼くて感性が未熟だったのか、最初に読んだ時は、絵本が伝えようとしている意図が全く分からなかった。なぜ母さんが、しきりに読めと勧めてきたのかも。

挿絵が独特で、全て切り絵で構成されていた。だから、背景が真っ黒で、切り絵独特の女の子の顔立ちを怖いと思ってしまったのだ。

だいぶ後になって読み返して、人としての生き様《ざま》というか、逆境における心の在り方を示唆した本なのかなと解釈した覚えがある。

背景の暗さと花の色合い。起伏のある土地に広がる花畑が、あの絵本の風景によく似ている。

あれは地球の、絵本という空想上の物語で、目の前に咲く花々が同じはずがない。

でも、これだけ見事に咲いているのだ。踏んだり、気軽に手折ったりしてはいけない気がした。

さて。状況観察はお終《しま》いにしよう。背後を振り返れば、通り抜けてきたばかりの穴がある。

「よかった。塞《ふさ》がってなくて」

俺が通り抜けられる大きさに広げられた穴は、切り取られた窓のようだった。そこから、さっきまでいた部屋の景色が明るく覗《のぞ》き見え……見えた、たたたたった――っ!?

小さな子供が倒れている。黒髪で、寝間着を着た、よく見知った子供だ。

「お、俺？　あれって、俺の身体じゃない？」

じゃあ、この俺は？　自分は何？　身体と意識が離れているなら、まさか今の状態って、死んじゃってるの!?

《ご安心ください。まだ生きています。ただし、待宵《まつよい》により幽体が強引に牽引《けんいん》された影響で、理皇《りおう》

の派生能力【幽体分離】が働き、幽体が二つに分離した状態にあります》
「それって大丈夫？　戻れるんだよね？」
《生命維持活動に問題は生じていません。肉体に残っている幽体は、アラネオラの制御下に置かれています。分離したマスターの幽体とリンクが繋《つな》がっているので、目を凝らせば見えますよ》
あっ、本当だ。意識すれば分かる。極めて細い銀糸のようなものが、俺からスッと伸びて、破れた穴を通って向こう側まで行っている。
「ずっとこのままはマズいよね？」
《長時間分離したまま放置すれば、肉体に脱水や体温低下が生じる危険があります》
じゃあ、あっちに戻ろう。すぐ戻ろう。さっさと戻ろう！
敷物があるとはいえ、床に身を投げ出している。自分自身の虚弱さには、十分な自覚がある。室内は温かいが外気温が低い季節だ。床にゴロンなんて、実にヨロシクない。
『バウウウゥウゥ！　バウッ！』
「うわっ！　急に吠《ほ》えるなよ。なんで俺をここに引っ張り込んだの？　嫌だって言ったよね？」
『キュウゥウン！　キャンキャン！　キューンキューン』
尻尾を股《また》に挟んだポーズで何かを懸命に訴えている。だけど、意味が全く分からない。
《せっかく門を開いたのに、なぜ急ぐのか。【幽遊】を使えばいいと言っているようです》
アイは待宵の言ってることが理解できるんだ？
《はい。まだ幽明境界語の解析途中ですが、念話であれば言っている内容を概《おおむ》ね理解できます》
さすがアイ先生。いいな。俺も待宵と直接話してみたい。その言語って難しい？

《程度によります。実行命令《コマンド》であれば、現状でも意思の疎通は叶《かな》うと思います。それ以上の、言語によるコミュニケーションを望まれますか？》

できれば。さっきみたいに、わけも分からず振り回されたら困るしね。

《幽明境界語は人間にとって難解な言語です。しかし、マスターと待宵は嚮導神《きょうどうしん》の加護を通して繋がっています。厳密なやり取りとなると難しいですが、意訳程度であれば、そのうち理解できるようになると思います》

今すぐは無理か。なら、おいおいだね。じゃあ、話を戻そうか。

【幽遊】は嚮導神【悉伽羅《シュリガーラ》】のもうひとつの固有能力だ。この際だから、何ができるのか聞いてしまおう。

「待宵、【幽遊】を使うとどうなるの？」

『バウッ！　バウウウ！　バウバウッバババウバウッ！』

《【幽遊】は幽明境界――生者が住む顕界、即ち地上と、死者が集う冥界との境にある階層――内のフリー通行許可証です。幽魂が冥界に吸い込まれるのを防いでくれるものですが、望めば幽体だけでなく、肉体ごと幽明境界に出入りできるようになるそうです》

「望めばって、どうやるの？」

『バウウウッバババウッ！』

《幽明境界の入口で嚮導神にお願いする。そう言っています》

お願いねぇ。まあ、次の機会にやってみるしかないか。

「ところで、この穴を放っておいたらどうなる？　塞がったりしない？」

『バウバウッ！　キューンキュン』

《すぐにではありませんが、朝まで放置すれば塞がってしまうようですね》

ダメじゃん。ちゃんと寝室に戻れるか心配になってきた。

「あれ？　もしかして、イケるか？」

穴をじっと見つめていたら、じんわりと内から何か湧いてきた。おっとこれは……門に関する認識が上書きされるように塗り替わっていく!?

嚮導神の加護と職業【門番θ《ゲートキーパーシータ》】。今までバラバラに存在していた、その二つに由来する能力が、初めて連結《リンク》して血が通った。そういった不思議な感覚が生まれた。

覚醒と言ったら大袈裟《おおげさ》かもしれない。だけど、この穴をどう扱えばいいかが、今なら理解できる。

「あんな形でも、門の一種……仮初《かりそめ》の門なんだね。隣接、いや違うな。同じ場所に重なって存在する時空間を繋ぐ出入口。それが門の定義なのか」

漠然とイメージが湧くのだ。この場所も世界の内にあり、多層構造《マルチレイヤー》になっていると。

《その認識で合っていると思います。ここは、幽明境界浅層の『幽明遊廊』と呼ばれる階層です。幽明境界の住人や肉体を持たない者が自由に出入りできる、前庭のような場所だそうです》

その知識ってどこから仕入れたの？

《マスターが覚醒した際に、私にも世界から新たな知識が流入してきました》

仕組みは分からないけど、世界システム的に制限が緩んだってこと？

なんか、立て続けにいろいろありすぎて混乱気味だ。ここでいったん、整理しておくか。

アクシデント的にではあったが、門を作ってしまった。ただし、【裂空】で開けた穴は、あくまでも仮設の門でしかない。時間が経《た》てば塞がってしまう。

その一方で、通常の【門番《ゲートキーパー》】には、時空に開いた穴を維持・管理する能力があるが、自分で穴を開けることはできない。

なんていうか、それぞれに中途半端な能力だね。

モリ爺《じい》は、【門番《ゲートキーパー》】は資料には載っていないレアな職業だと言っていた。今は廃れてしまった、古い職業の可能性があるとも。

もしかしたら、過去には時空の穴がありふれていた時代があったのかもしれない。

古代史はまだ習っていないけど、統一王国以前には神聖ロザリオ帝国が支配した時代があり、それ以前にも古代遺跡と呼ばれる痕跡を残す高度な文明があったと聞いている。

その名残とか。古代には需要のあった職業が、アップデートされずに残っていた。そう仮定してみた。じゃないと説明がつかない。

だって通常の【門番《ゲートキーパー》】だったら、既存の門の場所を知らない限り、せっかく授かった能力が何の役にも立たない。まさに宝の持ち腐れだ。

授職式で提示された五択の職業。その中から、あえて使いどころに困る職業をくれたとは思えない。単に加護と相性が良かっただけでなく、そこに何らかの神々の意図が隠されている気がする。

職業【門番θ《ゲートキーパー》】になったことで、理屈上は自分一人で常設の門を作れるようになった。

時間が惜しいから、早速試してみよう。まずは、時空に開けた穴を門として固定する。そのための方法は……う、うん、分かった。分かったけど、えっ、これやらなきゃダメ？

門の固定はワンクリックではできなくて、儀式めいた動作が必要とされる。頭に浮かんだビジョンに若干引きつつも、素直にやってみることにした。

穴の正面に立ち、脚を開いて身体を斜めに構えた。右足を前に出し、左足を後ろに引く。左の拳《こぶし》を腰にあて、右腕を顔に交差するように十時方向にピンと伸ばす。

そして、ここからが大事らしい。大きく息を吸って止め、まるで特撮モノのようなポーズと動きで、シュッと腕を回転し、両手を前に勢いよく突き出す。

「【施錠《ロック》】！」

穴がぐるぐると渦を巻いた。

【施錠《ロック》】と唱えた途端に、歪《いびつ》な形をしていた穴が一点に収束していく。そして、直径十センチほどになったときに、白い円盤状のもので蓋《ふた》をされた。

これはなに？

不思議に思って宙に浮く円盤をじっと見つめていたら、鍵章《けんしょう》という概念が滑り込んできた。

鍵章は、門の役割を果たすと同時に、セキュリティ的な役割も備えているらしい。マットな白い円盤の表面に、待宵にそっくりなワンコの頭部が浮き彫りになっている。

「おおっ！　目が光った。なんか格好よくない？」

彫刻の瞳の色が、金色、青みがかった銀色、赤みが強い銅色に、繰り返し移り変わっていく。美しい輝きに見惚《みと》れながら、鍵章に手を伸ばした。

「わっ、噛《か》んだ!?」

レリーフの待宵の顔がニュッと立体的に飛び出してきて、鮮やかなピンク色をした口腔《こうくう》内が見えたと思ったら、俺の手をパクッと噛んでいた。

突然のことに驚いたけど、甘噛みで痛くはない。でも、何かを急《せ》かしているのが伝わってくる。

「えっと、目の色が定まらないのは、管理者である俺の承認待ちだからか。決めなきゃいけない項目があって、それは何かといえば……は？　通行料金の承認!?」

通行料金。門を通る際にお金を取るのか。でも、誰から徴収するの？

さっき、幽明遊廊は幽明境界の住人や肉体を持たない者の前庭的な場所だと言っていた。そういった者たちが、料金を払って俺が作った門を出入りするってことかな？

幽明境界の住人も気になるけど、肉体を持たない者って、いったい何を指すんだろう？

パッと思いつくのは、精神生命体、エネルギー生命体、あるいは幽霊《ゴースト》。

この門は俺の部屋、それも寝室に繋がっている。自分が寝ているそばで、門から得体の知れないものがポコポコ飛び出すなんて……ホラーかよ！

『バウッ、バウウッ！』

「待宵、どうかした？」

再び何かを訴えるように、急に吠えだした待宵。残念ながら、やっぱり意味が分からない。アイ、通訳をお願い。

《課金をすれば門のランクが上がる！　だそうです》

「ちょっと待って。門への課金って……ああ、そういうことね」

追加情報が来た。門にはランクがある。現在は小門で、必要最低限の機能しかない。従って、通行料金は最低価格になる。

通行料金の価格設定は、門の機能拡張を伴わなければ、ワンコイン定額制の基本料金になり、「キル黄貨《おうか》」「キル蒼貨《そうか》」「キル緋貨《ひか》」という三つの貨幣の中から、門のランクに合わせて支払う。

……ここまでは理解したが、肝心のキルなんとかの貨幣価値が分からない。

《キル貨は、幽明神の支配領域で使用されている貨幣で、単位は「クルス」。キル黄貨＝一〇〇クルス、キル蒼貨＝一〇〇〇クルス、キル緋貨＝一〇〇〇〇クルスです。用途が限定されているので、現世の貨幣には換算できません》

キル貨って何に使えるの？

《主に自身の施設のランクアップや機能拡張、幽明境界内の施設利用に使用できるようです》

機能拡張？　俺の場合は……んんっ？　何かできそうな気がするのに、現状では無一文――無一クルスのせいか、はっきりしないや。

門を自分以外には使用できないようにする……のは、現段階では無理だって。門は基本的に公共のものだから。それこそ、キル貨を払ってオプションで設定する必要がありそうだ。

これは、お金を貯《た》めるしかないね。地獄の沙汰も金次第がリアルにやってきた。

「無い袖は振れない。今回はランクアップはなしで、基本料金で通行料金を設定・承認する」

そう決めた途端に、鍵章上の待宵モドキの目が金色みを帯びた。よく見れば、眼球部分が黄金色の珠《たま》になり、その中に橙色の炎が揺らめいている。なんかカッコイイな、これ。

『バウウウッ！』

《作成した時空の穴が常設の門になり、大層嬉《うれ》しいとのことです》

本当だ。フサフサの尻尾がブンブンいってる。ますますワンコっぽいぞ。

……おっと。またなんかお知らせみたいなのが閃《ひらめ》いた。

門の名称を決めろって。そうすれば、職業【門番《ゲートキーパー》θ】の管理画面的なものが開くらしい。

プライベートエリアに直結するだけに、この門は、いずれ使わなくなるかもしれない。だけど、待宵がこんなに喜んでいるなら、きちんと考えて名称を決めてあげたい。

待宵にちなんで月の呼び名にしようか？　この子が最初に作った門だ。それなら。

「『朔月門《さくげつもん》』。それが、この門の名称だ！」

朔月の意味は新月。第一日目の月を表す。ニュアンス的にぴったりじゃないかな。

《【門番《ゲートキーパー》θ】に派生能力が生じました》

職業	【門番θ】
固有能力	【施錠】【開錠】【哨戒】【誰何】
派生能力	【管理台帳】

管理台帳

◆出入管理　利用者数
［朔月門］★　0人

◆通行基本料金
［朔月門］
1往復：1キル黄貨

徴収総額
利用者がいません

「なるほど、こんな風に確認できるのか。今後項目が増えるなら便利そうだ」

さて。【門番《ゲートキーパー》θ】の他の固有能力も気になるし、幽明遊廊についても調べたい。だけど、さすがに身体が心配だ。とりあえず今はいったん戻ろう。

ちなみに、鍵章は目印としては小さいけど、俺とリンクしている感覚があり、離れても方向くらいは把握できそうな感じがする。

「【開錠《アンロック》】」

これで門が使えるようになったはず。門の固定のときとは違って簡単にできた。鍵章が元の穴に戻……あれ？　鍵章のままだ。

でも、門が開いた感覚は伝わってきた。同時に、鍵章に触れたら元の場所に出られることも。

「じゃあ、今回はこれで撤収ってことで。待宵、またね！」

『バウッ！』

お別れの挨拶をしたら、待宵が一声吠えて俺より先に門に飛び込んだので、慌てて追いかけた。

「待宵！　こっちに来て大丈夫なの？」

『バウウッ！』

《マスターと契約したことで『存在』が安定します。当人もこちらに来ることを希望しているなら支障はないと考えられます》

でも、いきなり部屋の中に犬……みたいな生き物がいたら、みんなが驚いちゃうよ。待宵は派手な外見をしていて、普通の犬には見えないから。

《その心配はありません。待宵は幽明境界の生き物ですから、契約者以外の一般人には見えませんし、声も聞こえないはずです》

そうなんだ？

発光が収まった待宵は、まるで番犬のように、行儀良く門の目印である鍵章の前にお座りをしている。こんな風に大人しくしてくれるなら、本人がしたいようにさせてあげてもいいや。

絵本の閲覧から思わぬ展開になった。だけど、ずっと謎だった職業と加護について、目に見える進展があったのは収穫だと言っていい。

さて。こっちに戻ってきてから、水の中に浮いているような感覚が生じている。プカプカと宙に浮かぶ俺の真下、少し離れた位置に、側臥位《そくがい》でゴロンと床に寝転がった自分の身体があった。

アイ、肉体に戻るにはどうすればいい？

《いかようにも。お好きなやり方で構いません》

じゃあ、思い切って飛び込むか。幽体が天井の方に引っ張られる感じがするので、それを振り切るように身体を目がけてダイブした。

「……も、どった？」

目を開けると、視界に絨毯《じゅうたん》が映っている。どうやら成功したみたいだ。よかった。

安心感からか、急に眠くなってきた。

「まだ時間があるから、お昼寝しよ」

窓のカーテンを閉めてベッドに潜り込み、枕を抱えてゴロンと横になる。

「おやすみなさい。待宵も休憩してね」

『クゥン』

起きたらまた調べものだ。嚮導神についてと、時空の穴、もしくは常設の門に関する文献を探す。上手く見つかるといいけど、マイナーな神様みたいだから、どうかなぁ？

§　神の領分

早速、図書室へやってきた。まずは沢山の蔵書の中から、それらしい本のピックアップだ。

「さて、始めるか」

「ねえ、何を始めるの？」

「うわっ！」

背後から急に話しかけられ、驚いて振り返った。

「なんだエルシーか。人がいると思わなかったから、びっくりしたよ」

「今、精霊ごっこ中なの。だから、そうっと近づいてみた」

精霊ごっこは、いわゆる隠れ鬼だ。探し役を一人決め、他の子が精霊になって姿を隠す。見つかったら探し役を交代する。

「エルシーは探し役？　でも俺は参加してないよ」

「ううん、エルは精霊役。隠れる場所を探していたの」

「じゃあ、早く隠れなきゃ」

「リオンの精霊はどこ？」

「ここにフェーンがいるけど……それがどうかした？」

宙に視線を彷徨《さまよ》わせるエルシーに、フェーンがいる場所を教えた。

「フェーン！　一緒に精霊ごっこしよ！」

精霊と精霊ごっこ？　『視《み》える』人が限られるのに？

――スル！

「えっ⁉　フェーンもやりたいの？」

「やった！　リオンも一緒でいい？」

「フェーンが参加するなら行くけど……他の子たちは？　精霊役と探し役を教えてよ」

「精霊はアーロとジェイク。探し役はモロノエ！」

「なんでまた……」

おい、猫耳！　何が目的だ？

「モロノエが精霊のことを知りたいって。だから、見つけられたら教えてあげるって言ったの」

「なるほど、そういうわけね。よくやった！　つまり、見つからなきゃいいわけだ」

大人はガードが堅いとみて子供を突いてきたようだけど、甘い。うちの子たちを甘く見すぎだ。

「うん！　夕方の鐘が鳴るまでに見つからなかったら、エルたちの勝ち！」

「よし！　じゃあ、気合を入れて隠れよう。でも、ここじゃあ、すぐに見つかっちゃうね」

「リオンは確実に勝ちたい？」

エルシーが俺の耳に顔を寄せて、小さな声で囁《ささや》いた。

「うん。どこかいい場所を知っている？」

俺も同じようにできる限り声を潜めて答える。

「……絶対に内緒にできる？」

「できる。秘密にするから案内して」

本邸は人の出入りが多いため、子供が行っていいエリアや移動ルートが制限されている。おそらくこれから向かうのは、見つかったら叱《しか》られてしまう場所だ。

「じゃあ、ついてきて」

どうやら二階に向かうようだ。内緒の場所って図書室の中なのかな？　メゾネットタイプの図書室は一階も二階も共に広くて、書棚が作る死角も多い。

いま上っている階段もコの字型に折れているから、踊り場の辺りなら二階からは丸見えだけど、一階からは死角になっているはず。

エルシーが、その踊り場で足を止めた。ここは階段に接する壁にも書棚があり一面に本が収納されている。

「驚いても声をあげないでね」

黙ったまま同意の頷《うなず》きを返すと、エルシーが本棚から一冊の本を引き抜いた。すると、どういった仕組みなのか、本棚が奥に少し引っ込んだかと思うと、クルッと九十度回転して、人が一人通れるくらいの隙間《すきま》が出来上がった。

その隙間を通って隠し部屋に進む。二人とも中に入ったところで、本棚の裏側にあるちょうど本一冊分くらいの空きスペースに、エルシーが先ほどの本を入れる。すると、本棚が音も立てずにスッと元の位置に戻った。

「ここは……!?」

まさか中二階に、こんな隠し部屋があるなんて。それもかなり広い。

壁には大小様々な絵が飾られているが、その全てが人物画だった。

でも、肖像画というのとは違う。どの絵も複数名が描かれていて、男女は寄り添い、小さな子供たちは大人たちに支えられ、あるいは手を繋《つな》いだり肩に手を回されたりして、全員が幸せそうな微《ほほ》笑《え》みを浮かべている。

「『群青の間』よ。代々の歴代当主と、その家族の絵が飾られているの。いずれリオンの絵も、この部屋のどこかに掛かるんだよ」

「俺の絵も？　家族と一緒に？」

今の状況で、誰が家族といえるのか。ここに飾られるべき俺の絵が、全くイメージできない。

「そう、沢山の子供や孫に囲まれて、お爺《じい》さんになった絵。ほら、あんな風に」

エルシーが指さしたのは、黒髪に白髪が交じった男性を中心にした、ひと際大きな大家族の絵だった。

「……黒髪だ。あれって、誰の絵？」

「三代目コナー卿よ。必ずしもではないけど、強い盟約を持つ人ほど、髪色が黒に近づくと言われてる。ほら、コナー卿の膝にいるのが五代目ヒューゴ卿だけど、あの子も黒髪でしょ？」

これは大収穫かもしれない。ずっと興味があった。歴史書に書かれていた人物が、どんな人たちだったのかって。

「ルーカス卿の絵もあるの？」

湖上屋敷の「青の間」にはルーカスさんの肖像画がなかったから、どんな姿をしていたのかが、ずっと気になっていた。

「あそこにあるのがそう。二代目ノア卿の依頼で後に描かれたものらしいから、本人そっくりかどうかは分からない」

エルシーが教えてくれた絵を早速見に行く。そこには、優しげな表情を浮かべた黒髪の男性と素朴な印象の赤髪の女性、双子だと思われる黒髪の少年たちと、赤髪の幼児が描かれていた。

「なんかイメージ通り？」

「リオンは、ルーカス卿に雰囲気が似ているかも」

「そう？　そう言われるのは嬉《うれ》しいけど、自分じゃ分からない」

飾られている絵を順次眺めているうちに、夫婦だと思われる男女二人の絵が目に留まった。

「あの絵は？」

男性は黒髪で端正な顔立ちをしていて、女性はどこか少女めいた雰囲気があり、ひと際華やかなドレスを着ている。その二人の顔に見覚えがあった。

「あれは十代目アレクサンダー卿と……魔女の絵」

やっぱり。過去で見た姿と全く同じではないが、本人だと分かるくらいには面影がある。

「一緒に飾られているんだ？」

魔女と呼ばれ、あれほど毛嫌いされている女性の絵姿が。

「うん。理由は誰も教えてくれないの」


夕方の鐘が鳴るのを聞いてから、隠し部屋を出た。

精霊ごっこの結果を聞いたら、どうやらモロノエは誰一人見つけられず、ガックリと肩を落としていたらしい。アーロもジェイクもやるじゃないか。あとで声をかけておこう。

夕食後、今度こそ図書室で目当ての本を探してメモをとり、寝室へ向かった。

この世界では、七歳になると誰もが奉職神殿へ行き職業を授かる。しかし、その秘匿性から、職業辞典といった全てを網羅するような公的資料は存在していない。

いろんな本を引っ張り出して、ようやく見つけた情報が、職業型に関する三つの分類だ。
・一型：複数の固有能力（概《おおむ》ね三つ以上）を保有する。実務作業や修練を積むことによる技能向上が顕著で、実用的な派生能力が増えやすい。市井の一般職や職人、下級から中級の戦闘職に多い。
・二型：固有能力数は一または二。修行に邁進《まいしん》し貴職に至れば、強力で個性的な派生能力が芽生えることがある。闘気や魔術を扱う職業に多い。
・三型：固有能力は一つ。授職時には能力が未発達なため有用ではない。しかし、種族特有の試練を克服し、かつ適合条件を満たせば固有能力が大きく変化する。並人以外の特定の人種に現れる。
さて。これを元に【門番θ《ゲートキーパーシータ》】について考える。
現状では、顕界（地上世界、現世）と幽明遊廊との境に階層間移動を可能にする穴を開けて、門として維持・管理することができる。
生体サーチによれば、【門番《ゲートキーパー》θ】の固有能力は次の四つだ。
職業：【門番《ゲートキーパー》θ】
固有能力：【施錠《ロック》】【開錠《アンロック》】【哨戒】【誰何《すいか》】
派生能力：【管理台帳】
分類通りなら【門番《ゲートキーパー》θ】は一型で、使えば使うほど技能が向上し、派生能力が増えやすいはず。
しかし、ここで疑問が。門に関する派生能力ってなんだ？

職業由来の直感は、既に派生した能力にしか働かない。未知の能力については、なにも浮かんできてはくれないのだ。転生特典みたいな解説書が、どこかに転がっていればいいのに。

青い門には技能解説書《スキルマニュアル》が、赤い門には系統職解説書《ステップアップマニュアル》が付属していた。

そこに何が書いてあるのかは、もらった連中にしか分からない。アイ以上に有意義だとは思えないが、その内容が気にならないかと言えば嘘《うそ》になる。

……ミラベルなら知ってるかな？

こちらが転生者であることを明かすつもりはないので、聞き出せるとは思えないが。

あいつらは、今頃どうしているだろう？

この世界で生きていくには、授かった職業の影響が確かに大きい。だけど、どんな家に生まれたかでも、人生のコースが左右される。

それに、俺以外の転生者――少なくとも青い門と赤い門をくぐった連中は、生まれた時から職業由来の能力を使えたはずだ。

授職式までの七年間。もし目に見える形で能力を晒《さら》してしまったら、注目を集めてしまったはずで、それは転生者であることがバレるリスクを生み出す。

そうなると、何も知らないまま転生した杵坂《きねさか》が心配だ。あのとき、いったい何を思って、乾井穂《いぬいほ》乃果《のか》は杵坂を門に押し込んだのか？

左坤《さこん》は乾井の腰巾着だったが、御子柴《みこしば》と杵坂は、そこまであの二人と仲が良いようには見えなかった。だから、一緒に班を組んだと聞いて意外に思ったんだよ。

乾井と左坤の二人が杵坂を振り回し、御子柴はそれに巻き込まれないようにと、軽口を叩《たた》きながらも保身に回っていた。あのときは、てっきり隙の多い杵坂が生贄《いけにえ》に選ばれたと思っていた。

でも、今にして思う。なぜその生贄が、俺じゃなかったのかって。

よくよく考えたら、あの状況って不自然なんだよね。もう随分と前のことだから、記憶が曖昧になってきているが、乾井は最初から杵坂をターゲットにしていたように思える。

俺は男だし上背もあるから、力任せには突き飛ばせない。それが理由か？

でも、それだとちょっと弱いんだよな。いつものやり口なら、乾井自身は直接動かない。他の男子を上手《うま》く丸め込んで、損な役目は決まって俺に押しつけていた。

日頃から乾井は辰巳《たつみ》と仲が良かったから、二班合同で課題にあたることになったとき、警戒したんだ。また都合よく使われるなって。

ところが、転生門を前にして、乾井はまず杵坂に声をかけた。門を調べに行けと圧力をかけ、ついていってやれよと柳《やなぎ》が俺に振ったときにも、珍しく同調せずに、自ら杵坂と一緒に門を見に行くと言いだした。

あの時に限って積極的で、いつもと違う動きを見せている。

にもかかわらず、杵坂を犠牲にして情報を得た青い門は、先を越された体《てい》でスルーして、次に出てきた赤い門には迷わず飛び込んだ。でも、一番問題なのはそこじゃない。

あの時の、乾井のセリフがおかしい。

『せっかく情報をあげたのに』

まるで役に立つ情報が手に入ることを知っていたかのような口ぶりじゃないか。頭の隅で気にはなっていたんだ。でも、あの状況では、どうとでも解釈できる気がして、深く考えてこなかった。

勘ぐりすぎかな？　異世界転生なんて非常事態が起きて、動転していただけかもしれない。

『いやいや。知っていた可能性はあるよ。やあ、久しぶり。ちょっと見ない間に、随分と健康そうになったね』

ルーカスさん！　お久しぶりです。今仰《おっしゃ》ったことって、どういう意味ですか？

『おっと、寝間着姿じゃないか。ごめん、君が子供だったのを忘れてたよ。こっちにいると、時間感覚がズレちゃって。良い子は寝る時刻だよね。出直そうか？』

いいえ。昼に寝だめしているので、まだ大丈夫です。それより、何か転生についてご存じのことがあったら、ぜひとも教えていただきたいです。

そうだよ、そうだった。ルーカスさんは転生者だ。それも大先輩だ。気になっていることを、もっと早くに聞いてみるべきだった。

『寝なくてもいいの？　じゃあさ、いったん切るから、君の方から交信リンクを開き直してよ。その方が、世界秩序に気兼ねせず、落ち着いて話ができるから』


では、改めてお願いします。

『昔話を始めるね。まずは前提から。リオンは、三傑と呼ばれた人たちの名前って知ってる？』

建国伝説としてなら。英雄王アーロン・ベルファスト、救世の聖女リリア・メーナス、稀代《きだい》の精霊使いルーカス・キリアムの三人です。

『その三人の関係は？』

詳しくはないです。知っているのは、建国にあたっての共闘者ということだけですね。

『やっぱりその程度の認識かぁ。誰かが正しい記録を残してそうなものだけど、隠蔽《いんぺい》されちゃってるのかな？』

それって、表に出ていない事実があるってことですか？

『まあ、そうだね。僕たちには、なかなかに複雑な背景がある……んだけど、その話は今はいいか。ぶっちゃけると僕たち三人は転生者なんだよ。それも日本からの』

そうなんですか⁉

ルーカスさんが転生者なのは知っている。以前「警戒ＭＡＸ」なんて言葉を使っていたから、日本人かなくらいには思っていた。だけど、三傑全員がそうだなんて予想を上回る。

『うん。アーロンは、片喰剛志《かたばみたけし》といって警察官だった。リリアは、白銀清佳《しろがねさやか》という名前の銀行員。そして僕は由良寛久《ゆらひろひさ》。当時は、君と同じ高校生だったよ』

皆さん、同時に転生されたんですか？

『ううん。こちらで生きていた時代は被《かぶ》っているけど、全員が違うタイミングで転生している』

それってかなり意外です。

『だよね。なにしろ、あの時代はめちゃくちゃだった。石を投げれば転生者に当たる……は、さすがに大袈裟《おおげさ》だけど、転生者がいつになく多かったのは事実だ。ところでリオンは、三人の名前を見てどう思った？』

そうですね。珍しい苗字《みょうじ》だな、としか。

『まさにそこなんだよ。苗字だけでいいから、君も含めた四人の名前を並べてみるといい。共通点が見つかるから』

では、ちょっと書き出してみます。

カタバミって、植物の片喰ですよね？　家紋にもなってる？

ハート形の三枚の葉が特徴的な雑草で、それをモチーフにした片喰紋は、武家に好まれたメジャーな家紋だ。派生タイプの家紋も多く、咲良《さくら》家の家紋も剣片喰《けんかたばみ》だった。

『そう。シロガネは、色名の白に金属の銀、ユラは、自由のユウに、良い悪いの良いだよ』

ノートに少し大きめに、それぞれの漢字を書く。

片喰　白銀　由良　咲良
共通点ねぇ。俺とルーカスさんの苗字はよく似ている。良と書いて「ら」と読むところが全く同じだ。

あれ？　白銀さんの銀や片喰さんも喰の中にも、良の部首である「艮《こんづくり》」と同じ形がある。

『気づいた？』

共通点は「艮」ですか？

『正解。「艮」は「うしとら」とも読むんだ。陰陽道《おんみょうどう》で鬼門とされる、北東を表す漢字でもある。ところで、辰巳って一緒に転生した子？』

そうです。クラスメイトでした。

丑寅《うしとら》、辰巳。まさか？　急いでノートに方位を表す放射状の線を描いた。

前世で陰陽師《おんみょうじ》のゲームにハマったときに描いた方位十二支を思い浮かべた。

三六〇度を十二等して、時計の文字盤にある数字に十二支を当てはめていく。

十二時が北で「子《ね》」で始まる。時計回りに進んで一時が「丑《うし》」、二時が「寅《とら》」ときて、三時は東で「卯《う》」。北東はちょうど丑と寅の間を通るから「丑寅」と表せる。

同じように干支を振っていくと、南東が「辰巳《たつみ》」で、南が「午《うま》」、南西が「未申《ひつじさる》」、西が「酉《とり》」、北西が「戌亥《いぬい》」だ。確か、未申は坤、戌亥は乾とも書くんだよ。

今書き込んでいるのとは別の、古いノートを鍵付きの引き出しから取り出した。忘れないうちにと、以前、咲良理央《さくらりお》の記憶を日本語で書き留めておいたうちの一冊だ。その中から、転生の場にいた八人の名前を記載したページを開く。

◆青門
柳《やなぎ》　凱斗《かいと》
小酒部《おさかべ》　勝利《しょうり》
御子柴《みこしば》　亜矢《あや》
杵坂《きねさか》　美波《みなみ》
◆赤門
左坤《さこん》　萌《もえ》
乾井《いぬい》　穂乃果《ほのか》
◆白門
辰巳《たつみ》　光耀《こうよう》
◆黒門
咲良《さくら》　理央《りお》

……やっぱりだ。ちょっとまとめてみるか。

今使っているノートに彼らの苗字を写して、さらに方位を書き足した。柳は木偏を消せば「卯」になり、小酒部は酒から「氵《さんずい》」を除くと「酉」といった具合に。

◆青門
柳　――卯――東
小酒部――酉――西
御子柴――子――北
杵坂――午――南
◆赤門
左坤――未申（坤）――南西
乾井――戌亥（乾）――北西
◆白門
辰巳――南東
◆黒門
咲良――丑寅（艮）――北東

見事に各人に八方位が当てはまっている。さすがに、これが偶然だったら驚きだよ。

『へぇ。君は八人揃《そろ》っての転生だったんだね』

そうですけど、人数に何か意味があるのですか？

『おおいにあるね。転生様式の目安になるから。実は、この世界に来る転生者は、大きく二通りに分けられる。ひとつは、なんの因果か集ってはいけない時と場所に、偶然、転生に必要な因子が揃ってしまったケースだ』

転生に必要な因子……それって何ですか？

『より正確に言うと、特殊な方位術式を起動しうる因子を持つ人間を指す』

名前の共通点が、それにどう関係するのですか？

『因子は全部で八種類ある。従って、特定の因子を受け継ぐ家系の目印的なものかもしれない。そして、八つの因子が特殊な条件下で揃うと、起動キーとして機能して、時空間の壁に穴が開く』

でも、八つ全部が揃う確率って、とてつもなく低いのでは？

共通点があるといっても、比較的珍しい苗字が多い。数多《あまた》いる人の中では、ごく少数になるはずだ。それを八つもだなんて探すのさえ難しい。

『普通はそうなんだけど、確変する時期がある。そのときは、起動キーが不完全な状態でも術式が起動してしまうんだ』

不完全？　必ずしも八人全員が揃わなくていいってことですか？

『うん。地球とこの世界の距離は一定ではない。近づいたり遠ざかったりしている。そして、二世界間の距離が極めて接近している時期は、牽引力《けんいんりょく》のようなものが働いて確変が生じる。僕たちが生きていた時代が、まさにそれでね』

そういう理屈なら、一度に大勢の人が集まる場所なんかで術式が起動する？　大きなイベント会場やターミナル駅、繁華街、そして……学校とか。

それはまた厄介ですね。

『ただその場合、術式が酷《ひど》く不安定だから、転生による職業の授与が中途半端になったり、失敗したりするケースがかなり多い』

なるほど。偶発的な転生は、上手くいくとは限らないのか。

『そう。卯田《うだ》さん、この世界ではマートさんか。彼は、職業由来の能力が使えなくて、転生当初はとても苦労してたよ』

マートって聞き覚えが……あっ、パミチキを広めた人？

そんな状態なのに、異世界で料理人として成功したのか。凄《すご》い人だな。いくら前世知識があったとしても、職業由来の能力がなければ辛《つら》い目に遭ったはずなのに。

『そうなんだよ。彼には、実行力と人を惹《ひ》きつける魅力が多分にあった。南部地方に転生者が集まってきたのは、彼ともう一人、稲作を普及させた庄子《しょうじ》さんの功績が大きい』

ああ、やっぱり。南部に転生者の痕跡が色濃く残っているのは、理由があったのですね。

『彼らのように偶発的に転生したり巻き込まれたりした人たちは、この世界を生き抜くために必死で努力して、まっとうな人生を送ったケースが多い。問題は、もう一つのグループなんだ』

それって、どんな人たちなんですか？

『条件を完璧に整えた上で、計画的な転生をしてきた連中だよ』

意図的に……自ら望んで転生する者がいるってことですか？

『信じられないだろう？　でもいるんだ。転生キーになりうる人間を八方位全て揃えて、時空の歪《ゆが》みが大きくて槨離《かくり》狭界《きょうかい》に落ちやすい、いわゆる転生スポットに行く。そうすると、高確率で術式が起動するらしい』

俺たちが訪ねた曰《いわ》く付きの神社。あそこが転生スポットだったわけか。そして、それを知る誰かの思惑通り、俺たちは、まんまと神隠しにあってしまった。

『なぜ、こんな仕組みがあるのだろうね？　傍《はた》迷惑でしかない。システム的に巻き込まれる者が発生するんだから。僕や君みたいに』

俺の門がなかったのは、巻き込まれたからですか？

『その答えは僕にも分からない。僕と君は、槨離狭界に閉じ込められ、判断力を失ってから、ようやく門が開いた。あの時は助かったと感謝したけど、そうとばかりも言えない。なにしろ、全ては神々の掌《てのひら》の上にある』

なぜそう考えるに至ったのですか？

『この世界で数百年過ごして分かったのは、冥界、いわゆる死者の国を除く世界運営は、下位神に任されている。そして、その業務には転生門の管理も含まれているようなんだ』

あの……下位神とは、どういった神々を指しますか？

『十二柱の神々と、四大神の眷属《けんぞく》がそれに該当する。上位神は四大神のことで、彼らは基本的に不干渉を貫く』

神様にもそれぞれ領分があるってことか。

あれ？　そうなると、幽明神が「敢闘賞」をくれたのは例外中の例外？

『気づいた？　世界秩序が転生を主導した僕らは、神々にとってもイレギュラーな存在らしい。そして、世界に貢献することを強く望まれている』

なるほど。それなら俺が神々の監視対象になっているという話と矛盾しない。

『三傑全員の生き様《ざま》を見るとね。下位神では対処しきれない世界の『歪み』を修正するための、バランス調整的なものとして投入された気がするんだよね』

ネットゲームで運営が介入するようなものか。それにしては、放任しすぎだけど。

計画的に転生してくる連中が見逃されている理由って分かります？

『そこが謎でね。さっき、地球とこの世界が最接近したときに牽引力のようなものが働くと言ったけど、その力の向きは本来なら一方通行のはずなんだ』

地球から、この世界へ流れ込むってことですよね？

『そう。古い世界から、まだ若く新しい世界へ向かうのが常だ。ところがエラーが起きた。この世界にいた者が、どうやってか知らないが地球へ行った。さらには世代を超えて、その子孫たちが意図的にこちらの世界に帰還するやり方を見出《みいだ》した。少なくない犠牲を払ってね』

地球からこの世界に戻ってくる？　そんな上手い方法って……そうか！

もしかして、救済システムを利用したのですか？

『その通り。姑息《こそく》なやり口なんだけど、システムの穴なのか、他に原因があるのか、なぜかそのやり方が罷《まか》り通ってしまい、いまだ連綿と続いている』

世代を超えて続くなんて、一個人じゃできないですよね？　その人たちの目的ってなんですか？

『材料が少なすぎて分からない。ただ結果だけ見れば危険だね。やりようによっては、彼らは強力な転生職を獲得できるわけだから』

なるほど。最初に出ている青い門。あれをスルーすれば、二型の貴職か、三型の稀少職《きしょう》が手に入る。めったに出現しない強力な能力者を特定の集団が独占できたら？

『救済システムは大盤振る舞いすぎる。授職式で与えられる職業は、そのほとんどが一般職か下級職で、中級職ですら珍しい。貴職なんて数世代に一人出ればいい方なのに』

世代を超えてなんて気が遠くなる話だけど、上手くいきさえすれば、どれほど大きな勢力になるかは想像できる。キリアム家の盟約を見れば明らかだ。

『彼らの多くは同じ因子を持つ氏族として活動している。大昔には各氏族を統率する上位組織があったけど、僕たちの時代に瓦解《がかい》した。だから今現在、異世界間の転生に関与する氏族は、もっと少ないはずだ』

なぜその組織は瓦解したのですか？

『不平等だから？　各氏族が得られる転生職に差がありすぎた。僕が生きていた時代は、短いサイクルで何人も転生者が生まれて、大陸各地の戦乱に投入されていったからね』

転生者が戦争の道具に？

『そう。不幸なことにね。強力な転生職の存在は、各氏族間の戦力差に直結した。従って、戦争という非常事態下では、組織の内部で相当なヒエラルキーが生じたはずだ。実際に内輪揉《うちわも》めを起こしてるしね。仲間同士で潰《つぶ》し合うほどに』

そんな知られざる歴史があったのか。

今の話が事実なら、赤い門以降に門をくぐった連中の誰か、あるいは全員が転生を計画した首謀者になり得る。つまり、容疑者は三人。そして、彼らが俺に対して取った態度は、使い捨てとも言うべき扱いで。

その生き残りの氏族たちは、我々にとって敵になり得ますか？

『歴史を振り返れば、そうなる可能性はとても大きい。少なくとも僕らは散々な目に遭った。今では三傑なんて呼ばれているけど、僕たち三人は人々の様々な思惑に流され、そうとは気づかないうちに、大きな波に翻弄《ほんろう》されてしまった』

なるほど。俺も他人事《ひとごと》ではないってことですね。

『リオン。君には同じ轍《てつ》は踏んでほしくない。だから、他の転生者には気をつけて。くだんの氏族の勢力は、ベルファスト王国にも食い込んでいる。つまり、敵はすぐ近くにいる』

第二章　幽明遊廊

§　銀砂の夢

一挙に情報が増えて情報処理が追いつかない。

メッセージ本の解釈に、職業【門番θ《ゲートキーパーシータ》】や設置した門の検証。幽明遊廊あるいは幽明境界について調べて、実際に探索にも行きたい。

転生者を利用しようとする組織があることも分かった。転生の仕組みが判明したことで、クラスメイトの誰かが計画転生を企《たくら》んだ疑いが濃厚になり、警戒しなければいけない対象が増えてしまった。

とりあえず新情報の要点はメモしておいたが、忘れないうちに整理しなければいけない。ああ忙しい。だから……こんなことをしている場合じゃないのに。

「では、これから一緒に算術の基礎を学んでいきましょう。私は王都で皆さんと同じ年頃の子供たちを教えていました。その時に考えついた、とても便利な表をお見せしますね」

母親が連れてきた家庭教師の一人、ナミディア女史が、筒状に丸めた大きな紙を取り出して、目の前の長机に広げていく。

生徒は俺を含めて三人だ。俺の右隣には同い年のクレアが、左隣にはひとつ年下のエルシーが座っている。他の七歳児――ジャスパーとアーロの姿はない。

「この表にある数字は一から九までの乗算の結果で、これから行う計算の基本になります。ですから、頑張って全て覚えてしまいましょう。それが計算を得意になる近道です」

何かと思えば九九表じゃないか。これをナミディア女史が考案したって⁉

「先生、それはもう知ってます。『クック表』と全く同じですから」

しかし、続くクレアの発言で、ナミディア女史の顔に驚きの色が浮かんだ。

「えっ⁉『クック表』？　クレアは同じものを見たことがあるの？」

「ええ。南部式算術の開祖であるソロバーン・クックの発明として、南部では広く知られています」

うんうん。きっとそれも、南部の転生者が頑張った成果だよね。開祖の名前からすると、算盤《そろばん》も発明されていそうだ。あとでクレアに確認してみよう。

「そ、そうなの？　まさか先達がいたなんて知らなかった……というか、話が違う。辺境だから、学習進度が王都よりずっと遅れていると聞いていたのに」

なるほど。母親から吹き込まれたことを、そのまま信じてしまった口か。

「私は二桁の乗算なら暗算できます。もっと大きな桁でも筆算なら計算可能です」

「クレアは算術が得意なのね。他の二人はどうかしら？」

「エルも『クック表』は覚えてる！　でも、計算はあんまり得意じゃないかも」

エルシーの返事を聞いて、少しホッとした表情を見せたナミディア女史が、お前はどうなんだという視線を俺に向けた。

「暗算はクレアほど得意ではありませんが、一桁ならできます。筆算は同じくらいかな？」

ここにクレアがいて助かった。もし一人で授業を受けていたら、九九表に対してのリアクション

× 2
× 3

に困っていたはずだ。

「それなら、この表はやめて今日は石板を使って実際にいろいろな計算をしてみましょう」

結果、クレアが無双した。本当に七歳なのかと疑いたくなるほど、四則演算が速いし正確だ。幼い頃から算盤や暗算をしていたか、商業向きの職業を授かっているのか。

「では、今日の算術の授業はこれで終わりです」

部屋を出ていくナミディア女史の背中に、哀愁が漂っている気がする。最初はかなり張り切っている様子だったのに。

「まだ昼まで少し時間があるね。クレアとエルシーは、何かしたいことってある？」

「遊戯室に行きませんか？　シンシアがリオン様……リオンに会いたがっていたので」

「クレアは、まだ敬称を外すのに慣れない感じ？」

「やはり、ちょっと言いづらいです。でも、リオンさ、リオンが望まれるなら慣れてみせます！」

御三家の子供限定で、プライベートでは敬称を外して呼び合うことを提案した。父親の世代もそうらしいので、すぐに受け入れられはしたが、クレアみたいにまだ慣れない子の方が多い。

「日頃から互いに名前を呼び合っていれば、そのうち自然に口から出るようになるよ。じゃあ、シンシアの顔を見に遊戯室に行こうか。エルシーもそれでいい？」

「もちろん！」


遊戯室にはシンシアだけでなくジェイクもいた。横に並んで座って何をしているのかと思ったら、二人で仲良く例の絵本を覗《のぞ》き込んでいる。

「新しい本が気に入った？　絵が沢山あるから、見ているだけでも楽しいよね」

「リィオンしゃま、ごほんすき？」

「うん。もし読んでほしい本があるなら、どれでもいいから言ってね」

「どれでも？　とってくる！」

てっきり熱心に眺めていた絵本を頼まれるかと思ったのに、シンシアは本棚からキラキラした装丁の本を一冊抱えて戻ってきた。

「これ！　おひめさまが、でてくるごほん！」

「『月の国の姫君と五つの秘宝』……この本がなぜここにあるの？」

ビー・シャモンの恋愛小説だ。先日届いた荷物の中にはなかったはずなのに。

「あの……それは、リオン様の家庭教師だと仰《おっしゃ》る方が寄贈されたと伺っています」

シンシアの世話係の女性が言うには、どうやらナミディア女史が置いていったものらしい。

本のページをパラパラと捲《めく》る。すると、背表紙の裏側に、流麗な字体で作家のサインが記入されているのに気づいた。

サインのすぐ横に朱色の押印がある。その落款めいた印に、俺の目は釘付《くぎづ》けになった。

『波』

これ、どう見ても漢字だ！　波……といえば、杵坂美波《きねさかみなみ》が思い浮かぶ。だけど、どうしてこの本をナミディア女史が!?

これは光学迷彩ルシオラの出動案件だ。

探らなきゃ。あの家庭教師二人の正体を。いったい何者で、何を目的としてグラスブリッジに乗り込んできたのか。

午後の休憩時に、ちょうどいい機会がやってきた。この時間、あの二人は自分たちの個室でティーブレイクをしているらしい。

ルシオラが潜入に成功すると、すぐに会話が耳に流れ込んできた。

「ナミ、随分と凹《へこ》んでるじゃん。なにかあったの？」

「聞いてよ。今日、初めての授業をしたんだけど、公爵夫人の話とは全然違ったの」

「違うって、なにがどんな風に？」

「子供たちが既に九九を知ってたのよ。筆算をさせたら四則演算もサクサク。この地方の算術レベルって、王都より高いかもしれない」

……盗聴の初《しょ》っ端《ぱな》からヤバい。こいつら日本語で会話してる。

「マジで？　きっと私たちみたいな転生者が広めたんだよね？　クラスメイトの誰かかな？」

「昔からある算術らしいから、もし転生者だとしても過去の人だと思う。だけどどうしよう？　次は何を教えたらいいのか分からなくなっちゃった」

ナチュラルに飛び出した単語にドキリとした。転生者にクラスメイトだって。まさかこいつら。

「算術はやめて、文章でも書かせてみたら？　ナミはそっちの方が専門でしょ？」

「そっか。うん、そうするしかないね。あーあ。子供は嫌いじゃないし、当面は、のんびり教えながら田舎暮らしができると思ったのに、すっかりあてが外れちゃった」

「ここの子供たちは、見た目より精神年齢が高そうだよ。私もまんまと一杯食わされた」

「モエはまだいいよ。授業で失敗したわけじゃないから」

ナミにモエ。……俺よりずっと年上だけど、喋《しゃべ》り方が限りなく杵坂と左坤《さこん》っぽい気がする。

「そうも言ってられないんだよね。あのリオンって子には不確定要素が多すぎる。実はここに来るまでは疑ってたんだ。精霊使いなのに魔術も使えるなんて信じられないし、本当なのかなって」

「そんなに珍しいことなの？」

「前代未聞？　歴史上初めての可能性すらある。『精霊の国』には魔術師は生まれない。ずっとそう言われてきたの。魔術の素養と精霊との盟約は相容《あいい》れず両立できないって」

「実際に会ってみてどうだった？　疑いは晴れたの？」

「一応は晴れた。あの子も、周りの大人も、魔術の家庭教師を拒否しなかった。それが答え。少なくとも魔術系統の職業は持ってるよ」

「つまり、あの子は今までの常識を覆す人物ってわけだ」

「そうなる。魔術は才能がほぼ全て。生まれつき魔術の素養がある人だけが、授職式で魔術系統の職業を授かるの。そして、その素養は……私自身もそうだけど、先祖からの遺伝が多いんだよね」

「あっ！　以前モエが、キリアム家の家系図を調べていたのって、それが理由？」

「うん。家系図を見るに、母親が王家の顧問を務める貴族家の出身で、祖母が王族。その二人の血統を遡《さかのぼ》れば、魔術師を輩出した家系に繋《つな》がってはいた」

「じゃあ、才能の出どころの見当はついたんだ？」

「でも、かなり遠い。隔世の隔世の隔世くらい離れている。そんな薄い血で魔術の素養を持つ者が生まれるなら、世の中が魔術師だらけになってるよ」

「ああ、だから不確定要素？」

「そう。どこか腑《ふ》に落ちない。よりによってキリアム家だよ。伝説の精霊使いルーカス・キリアムの直系子孫で、精霊使いの総本山。それに、現地に来て分かったけど、あの子、めちゃめちゃ周囲に大事にされてる。まるでここの王様みたいに」

「それは思った。王都にいた弟妹とは随分と扱いが違うなって。でもそれは、キリアム家の後継者に決まったからじゃないの？　王家に通達があったのよね？」

「それにしてもだよ。当主級の盟約を持っているのは確実で、魔術の素養まで本物。それも教師を必要とするくらいに才能がある。……もし魔術も得意だったらどうしよう？　私が初級魔術しか教えられないってバレたら、お払い箱になっちゃうよ」

なるかもね。モリ爺《じい》が粗《あら》を探して叩《たた》き返す気満々だったから。

「そこはやり方次第じゃない？　あの子、今まで全く魔術を習ったことがないんでしょ？　魔術教育を知っている人が他にいないなら、口を挟まれることもない」

「ふむふむ。やっぱりその点を利用するしかないか。最悪、あの子がガチの魔術職であっても、すぐにクリアできないような課題を与えるとか……あっ！　なんとかなるかも！」

確かに魔術を習ったことはない。教師を首にならないために、初心者に難しい課題を用意するつもりなのかよ。そんなの教師として失格じゃないか。

「どうやら良い案を思いついたみたいね。モエも自分の専門分野なら凄《すご》いのに、いらない苦労をしなきゃならないなんて。なぜ私たちがこんな役目を回されたのか。王都で小説や脚本を書いていた方がよかった」

なんか一気に来た。凄い専門分野に、小説や脚本。

ナミディア＝杵坂で、ビー・シャモンなのか？　軟禁されているんじゃなかったのか。役目ってなんだ？　こいつら、グラスブリッジでいったい何をするつもりだ？

「ナミは、ずっと小説家になりたかったんでしょ？　せっかく夢が叶《かな》ったんだから、もっと続けたかったよね」

「まあね。言っても詮無《せんな》いけど、奴らに転生者ってバレなきゃ、別の人生があったかもしれないと思うことはあるわ」

「ナミはまだ逃げられる。可能性は限りなく低いけど、ゼロじゃない。私みたいな種族縛りがなくて羨《うらや》ましい」

「モエは目立つから厳しいよね。でも、その姿めっちゃ可愛《かわい》いよ」

「へへっ。自分でも気に入ってはいるんだ。そのせいで、家族に売られちゃったわけだけど」

「……家族を恨んでる？」

「ううん。仕方ないなって思ってる。恨むなら穂乃果《ほのか》だよ。あいつなんなの？　前世でもすっごく偉そうではあったけど、一応は友達だったのに」

「友達は背中を押したりはしないよ」

「あれね。まさか、あんなことするなんて思わなかったから、びっくりした。あいつ、自分がくぐる門を見定めてたんだよ。ナミを犠牲にして」

「ねえ、門があの場にいた全員分なかったって本当なの？」

「それ、どこで聞いたの？　確かに二回目は二つしか門が出なかった。けど、その後どうなったかは知らない」

「偶然耳にしたのよ。システム的に最後の一人は、あの場所に取り残されるはずだって」

「もしそれが本当の話なら、辰巳《たつみ》か咲良《さくら》のどっちかが犠牲になったはず。まあ、ムキムキの辰巳が勝ちそうだけど」

「その答えを確かめたくて、作品中に咲良くんへのメッセージを隠したの。彼なら気づくと思って」

「反応はあったの……って、あったらここで聞くわけないか」

「うん。なしのつぶてよ。ただ、メッセージには転生を隠せとも書いたから、用心して出てこないだけかもしれない……そう信じたいけど、正直言って厳しいことも分かってる」

「そっか。あの監視の中で、ナミはそんなことしてたんだ？　偉いね。尊敬する。私は自分自身のことで精いっぱいだった。それに、きっと無駄にはならないよ。ナミの本が、今後転生してくる誰かにとって救いになるかもしれない」

「そう言ってもらえると、気持ちが軽くなる。ありがとう、モエちゃん」

「えへへ。ならよかった。ねえ、気分転換に今度街に出て食べ歩きしない？　噂《うわさ》によれば、米料理があるらしいよ」

「えっ!?　お米が食べられるなら行く行く！　どんな料理があるの？」

「知りたい？　よかろう。期待していいよ。まずは……」

この様子だと、ずっと食べ物の話が続きそうだ。残り時間もあまりないし、ここで引き上げよう。

それにしても。家庭教師二人が杵坂と左坤ねえ。さて、どうしようか？

夜になると、いつもより早い時間に眠気が襲ってきた。猛烈に眠い。気を抜くと目蓋《まぶた》が自然に下がってくる。

『クゥ？』

寝室に辿《たど》り着くと、白いワンコならぬ夜犴《やかん》が待っていた。

「待宵《まつよい》、触ってもいい？」

『バウゥッ！』

言葉はまだ理解できないが、尻尾がブンブン揺れている。だから、遠慮なくモフった。……ああ、最高だ。なんてフワフワなんだろう。

アイが言っていた通り、他の人は待宵に気づかない。それどころか、触ることすらできなかった。まるで空気のように通り抜けてしまう。俺だけのモフモフ。

どうやら好奇心が強い子みたいで、召喚に応えてくれたのは、第一は相性、第二に地上に対する興味があったかららしい。

従って、召喚獣とはいえ、ずっと俺のそばにいるわけではない。共にくっついて回ることもあれば、姿を消して単独行動をしているときもある。ただし、夜間は鍵章《けんしょう》の前で番犬ムーブだ。

この世界に来てから、いろんなものに懐《なつ》かれている。主に精霊とか蛇とか。

ただし、真珠色の蛇は、空中庭園での戦い以来プッツリと姿を見せなくなった。いかにもヤバそうなものを食べていたから、お腹を壊していないか心配だ。

なんのかんのいって、あの蛇には助けられた。無事でいてほしいと思う。

「待宵、おやすみ」

『バウッ』

もぞもぞとベッドに潜り込んだ。

覗き見が大好きな精霊たちも夜は静かで、この部屋には俺一人っきり。

……もう限界だ。眠すぎる。柔らかい布団に身をゆだね、ストンと意識を手放した。


小さな星々が、生まれては消えていく……ああ、今日もまたこの夢か。

この世界に来てから、白昼夢以外の夢を見なくなっていた。ところが二週間ほど前から、夜ごとに奇妙な夢が訪れている。

視界にポツンと現れた、薄明に明滅する微《かす》かな光。それが始まりで、小さな光点は個々に集まったり散ったりしながら、点描画を描くように、日に日にその数を増やしていった。

繰り返し見る夢を不思議に思ったが、寝起きは良く実害があるわけでもない。今夜は一段と綺麗《きれい》だ……なんてぼんやり眺めていたら、急速に意識が浮上した。

閉じた目蓋越しに光を感じる。もう朝？

晴れた日にはカーテンの隙間《すきま》から光条が差し込み、ベッドを囲う紗布《さふ》を明るく染める……にしては明るすぎない？　外からというより、すぐ近くに光源があるような気がする。

「そこに誰かいるの？」

待宵以外の気配がした。

寝るときの癖で身体が猫のように丸まっていたので、グイッと伸びをしながら、目をそっと開けた。この感じは……久々に奴が来たのかも。

「久しぶり。今度は何の用……あれ？　違った。いないじゃん」

半身を起こして辺りを見回す。

てっきりあの蛇かと思ったのに、目を凝らしても、金色の双眸《そうぼう》も真珠色の鱗《うろこ》も見つけられない。

「えっ、なにこの状況!?」

視界を把握するにつれて、常にない異変が生じているのが分かった。身体の――主に体幹の表面が、正体不明の砂のようなものに塗《まみ》れているのだ。

「銀色……の砂？　いったいどこから？」

身体を起こすと、シャラシャラと音を奏でながら、微細な粒子がこぼれ落ちる。星のように光が放射し、とても現実とは思えない光景だ。

それに、ベッドの上がやけに明るい。この砂が一因なのだろうけど、それだけじゃ説明がつかなくて、頭上を見上げた。

「うわっ、宇宙かよ！」

いつもなら薄暗い天蓋《てんがい》裏がやけに遠く、そこに小銀河が広がっていた。注意深く見つめていると、スーッと糸を引くように、あるいは垂直方向に走る流星のように、小銀河の中から小さな光が落下してくる。

あんな風に上から落ちてきて、ここまで積もったってこと？　でもあの銀河って、まさか本物じゃないよね？　実はまだ夢の中なんてオチだったりして。

そう思ったのは、今日に限って気分がフワフワしていたからだ。現実感を伴わない不思議な心持ちで、身体に纏《まと》わりつく砂粒を手で掬《すく》った。

小さな手が銀色の砂塗れになる。思ったより軽い。見た目とは違って金属ではないのかも。

手触りは少し大きめの砂粒といった具合だけど、粒の形が特殊だった。砂粒の表面は滑らかではなく、棘《とげ》のような突起がいくつも生えている。

この形は……あれだ、あれに似ている。

家族で沖縄に旅行したとき、お土産として買ってもらった小さなガラス瓶。あの中に詰まっていた星の砂。ところ変われば星の子、太陽の砂とも呼ばれる。

砂といっても岩石由来ではなく、原生生物が死んだ抜け殻なんだよね。その事実を知ったとき、浪漫《ロマン》が台無しだと思った。ネーミングの妙だとも。

その星の砂を彷彿《ほうふつ》とさせる銀色の粒を、ジッと注視してみた。

粒の大きさは、星の砂より小さいと思う。それに、もっと繊細な印象を受ける。

……虫眼鏡が欲しい。魔眼はズームができるけど、こんな小さなものも対象になる？

《はい。超高解像度ですから、やろうと思えば顕微鏡で見るサイズのものでも拡大可能です》

なら、早速やってみるか。

魔眼に切り替えると、周囲の景色が一瞬で極彩色に変わった。サイケデリックに塗り替えられた世界で、依然として、砂粒は掌《てのひら》の上で銀色に輝いている。

「へえ、この砂は色が変わらないのか」

砂粒のひとつに焦点を当て、ズームを意識すると、じわじわと像が大きくなってきた。

「これって、慣れたら結構便利だよね？　何かに上手《うま》く活用できたらいいのに」

おっ、見えてきた。大きな丸い球に半球状の小さな球が癒合している。真球ではなく、潰《つぶ》れた雪だるまみたいな形だ。

放射状に広がる突起は、大小両方の球から出ていた。一本、二本……全部で八本ある。

小さな方の球に縞模様《しまもよう》が見えたのでさらにズームすると、横一列に極小の球が埋め込まれているのが分かった。

中央の二つが他より少し大きめで、全部で六個。凄く小さいのに、どれもツルッとして真ん丸だ。

予想より構造が細かい。突起の先端を拡大してみると、先が三又に割れていて、それぞれが少し湾曲している。まるで鋭利な爪のように見えなくもない。

「……そうだよ。これって、この形は、どう見ても爪じゃないか？」

サイズは全然違うけど、以前、こういうのを見た覚えがある。どこで見た？

前世の姉と妹の金切り声が、幻聴として蘇《よみがえ》った。捕まえて、外に追い出して、とあがる悲鳴。

「虫!?」

砂が掌から溢《こぼ》れ落ちる。シャラシャラと軽快な擦過音を立てながら。

待て！　落ち着け！　大丈夫だから！

そうだよ。形はよく似ているが、動いているわけじゃない。這《は》ってもいないし、飛んでもいない。

だから大丈夫。たいしたことじゃないって。

『祈り続けることが大切なのです』

不意に、誰かの声が耳に飛び込んできた。落ち着いた雰囲気の大人の女性の声だ。謎の状況に戸惑いが湧く。この声は一体どこから？

『そう信じて、既に十年以上の時が過ぎました。しかし、何も変わらない。このまま繰り返すことに、意味があるとは思えません』

もう一人、別の声が聞こえた。さっきより明らかに若い、少女のような少し高い声が。

『急にどうしたのです。誰かに何か言われましたか？』

『いえ、何も。ただ、期待に応えられないこの身が疎ましいだけです』

どうやら、二人の女性が会話しているようだ。

『そのような弱い心でどうするのです。真摯《しんし》に祈りを捧《ささ》げなければ、届くものも届きません。祈ること。それがあなたの務めです。時間が過ぎるまで、この部屋の扉が開くことはないでしょう。雑念を払い、一心に祈りなさい』

『それなら、監視をやめて一人にしてもらえますか？　見張られていては気が散ります』

『よいでしょう。それで祈りに集中できるのであれば。では、励みなさい。後ほど迎えに来ます』

監視？　祈りの場のようだけど、いったいこの二人はどういう関係なんだ？

言葉通り、一人が部屋から出ていった気配がした。残ったのは、より若い声の女性の方だ。

『連綿と歴史を紡ぎ　今ここに綾《あや》なすことに感謝を捧ぐ』

祈りが始まった。歌うように流れる声に耳を澄ます。

『日輪が孤を描き　銀の円盤は満ち欠ける　星は巡り　人の世は幾星霜が過ぎ去らん』

いったいこれは、何に対しての祈りなのか？

『古《いにしえ》の栄光　試練の羽音　現《うつ》し世《よ》はあまねく神意の掌上《しょうじょう》にあり』

抽象的でよく分からないけど、この世の全ては神様が決めているという意味かな？

『愚者は迷い　暗き道で寄る辺なく立ち尽くす。嗚呼《ああ》　願わくば　我に恩情を給《たま》わ……誰？　人が真剣に祈っているのに、覗き見なんて悪趣味よ。隠れていないで出てらっしゃい！』

えっと。それってもしかして俺？　でもさ、出てこいと言われても困る。こうして声は聞こえているが、ただそれだけだ。

これって夢？　あるいは現実？　その判断さえできない。

『なぜダンマリなの？　監視するなと言ったのに。言い訳くらいしたら？』

——ごめん。悪気はなかったんだ。

『謝罪は聞こえたわ。どこにいるの？　姿を見せなさい』

あれ、今の？　向こうに俺の声が届いた？　小さな驚きと共に、反射的にパチっと目が開いた。

ここは？　……うん、俺の部屋だ。今度こそ夢から覚めたのか？

薄暗闇の中。ベッドの上で身をすくめ、丸くなっている自分に気づいた。

銀河や銀色の砂は跡形もない。天蓋はいつも通り暗く、清潔な寝具は温かく心地よい。間違いなく、いつも通りの現実だ。

それにしても変な夢だったな。

サラサラと崩れていく束の間《つかのま》の記憶。夢の中で誰かと話した気がする。ああ、なのに……もうこぼれて消えてしまった。尻尾を取り逃がした夢は、もはや追いかけることさえ難しい。

さて。今の夢はどんな内容だった？

§　花畑の秘密

本格的な冬が近づいてきた。気温が急激に下がり、随分と日が短くなった。一日があっという間に終わってしまうので、忙《せわ》しなく感じられる日々が続いている。

ずっと後回しにしていたが、幽明遊廊へも行かねばならない。

そして、いざ今夜行こうと思い立ったとき、ハタと足りないものに気がついた。

……服をどうしよう？　それに靴もだ。

初回は幽体だったから、残された身体が何を着ていても支障はなかった。しかし、今回は肉体ごと行くつもりでいる。

それなのに、替えの服も靴も衣装室の中だ。寝室とは壁一枚隔てた場所だが、直通のドアはない。

じゃあ、ルシオラ。作戦を開始するよ！

《ラジャ　デス》

寝室のドアを薄く開け、ルシオラを外に出す。

視界がプライベートな方の居室に切り替わり、衣装室のドアを捉えた。

ここが第一の関門だ。

鍵がかかっていないといいな。ルシオラ、ドアノブが回ったら、ドアをそっと押してみて。

……やった！　開いた！

ルシオラが素早く移動して、衣装室の中に入った。

結構広い。衣装箪笥《だんす》や棚が整然と配置されたワードローブで、帽子や靴の置き場もある。

最低限、外出用の服と靴が要る。上着は……本当は欲しいけど、なくなったら目立つからなしだ。

似たような服が何着も収納されていたから、そのうちの一着と、奥の方にあって、すぐ目につかなそうな靴を指定した。あっ、靴下はどこだ？

ルシオラ、重くない？　一度に運べる？

《ダイ　ジョブ》

フワフワと宙に浮きながら移動する子供用の服や靴に靴下。なかなかにシュールな光景だ。ドアを二つクリアしてルシオラが戻ってきた。

「ありがとう！　助かったよ」

《ドウ　イタシ　マ　シテ》

比較的暖かいベッドの上で素早く着替え、靴を履き替えて準備完了。

「待宵《まつよい》、出かけるよ！」

『バウッ！』

鍵章《けんしょう》の前に移動し、その表面にペタッと掌《てのひら》を押し当てた。響導神《きょうどうしん》に祈りを捧《ささ》げ、門を肉体ごと通過することを願えば、それだけで視界がすぐに切り替わった。

まずは身体を確かめる。手でペタペタと触ると、ちゃんと肌や筋肉の質感が伝わってきた。

「よし、じゃあ行こう……うわっ！　何これ！」

視線を上げて驚いた。幽明遊廊の様子が、すっかり変わっていたのだ。

頭上の空は相変わらず暗いが、足元が以前と比べものにならないほど明るい。

見渡す限りの花畑。

「前来たときはこんなじゃなかった。もっとまばらで、歩けるくらいの隙間《すきま》があったはず」

門の周囲だけが刈り込まれたような更地《さらち》で、それ以外の場所は、色とりどりの光る花が地面を埋め尽くすように咲き乱れている。

花自体も成長しているのか、花の大きさは大人の拳《こぶし》より一回り大きいほどにまで膨らみ、その丈は俺の膝丈を超え、太腿《ふともも》あたりまで届いていた。これだと足の踏み場を探すのも大変だ。

「困った。どうやったって踏んじゃうよ」

花畑を荒らすのは躊躇《ためら》われた。

でも、そうも言ってられないか。ここの探索にかけられる時間は有限で、迷っていられるほどの余裕はない。花には申し訳ないが、踏み折るのを承知で花畑に入ることにした。

『悲しい』

「えっ、ご、ゴメン」

花を踏んだ途端に声が聞こえた。やけにもの悲しく響く、年齢性別不詳の声が。

まるで花自身が喋《しゃべ》ったように思えたので、反射的に足裏に踏みつけた水色の花に謝ってしまう。

今の声はいったい？

その場に足を止めた俺をよそに、待宵が花畑をズンズンと進んでいく。

『辛《つら》い』『ムカつく』『悔しい』『寂しい』

花畑から次々と声が立ち上る。どのフレーズも短いが、ネガティブな感情を表す言葉ばかり。なんなんだこれ？

「待宵！　ちょっと待って」

慌てて声をかけると、待宵が歩みを止めて振り返った。尻尾がパタパタと揺れている。

「ご機嫌なんだね。花の声が聞こえていないのかな？」

それとも、待宵にとって怨嗟《えんさ》の声は気にしなくていい対象なのか？

《後者のようです。この花は『情念花《じょうねんか》』といって、死者が抱えていた負の情念が花として咲いたものです。花が散っても問題ありません。というか、散らされて昇華する時を待っています》

死者が抱えていたなんて聞くと怖い気もするが、歓迎される行為なら遠慮しなくていいか。

『寂しいよぉ』『許さない』『イライラする』『もうダメだ』

容赦ないネガティブワードのシャワーを浴びながら、大股《おおまた》で進んでいく。

「あれ？　花が浮いている」

前方にある一輪の花が、フワッと宙に浮かび上がってきた。根元近くで茎が千切れたのか、萼《がく》の下から細くて真っすぐな茎がスラリと伸びている。

エメラルド色の美しい花は『妬《ねた》ましい』という言葉を放ち、眼前を通り過ぎて上空へ昇っていった。その後を追うように、色とりどりに光る花が次々と地面から離れ、一斉に浮遊し始めていた。

さっきの花はフライング？

花々はユラユラと頼りなく揺れながら、すぐに大腿《ふともも》から肩の位置まで浮き上がり、ゆっくりと俺の頭を超えていく。

「なんか、下から見るとクラゲみたいだ」

ふと、水族館の厚いガラスの向こう側に泳ぐクラゲを連想した。ネガティブな声とは相反する、優美で幻想的な眺めは、とても見応えのあるもので。

花の洪水だ。周りを無数ともいえる花に取り囲まれ、視界が花で埋め尽くされる。

身動きせずにじっとしていたら、ついには全ての花が遥《はる》か上空に昇った。絨毯《じゅうたん》のように空を覆う花たちは、示し合わせたように一斉に弾《はじ》け、キラキラとした七色の光になって虚空に消えた。

「綺麗《きれい》だなぁ」

そういえば、この世界に打ち上げ花火ってあるのかな？

魔術がある世界だし、魔花火？　みたいなのを観賞する文化があってもおかしくはない。

「なんか……すっごくいいものを見られた」

虹光がすっかり消えてしまうと、今度は空全体が金色に輝き始める。眩《まばゆ》い光は徐々に明度を落とし、色相も柔らかく変化して茜色《あかねいろ》に色づいていく。

気づけば、地面も空も赤から朱、橙《だいだい》、黄のグラデーションに覆われていた。

「どこもかしこも真っ赤っかだ」

燃える夕陽の中に閉じ込められた。そんな色彩。

一人で見るのがもったいない。そう思うほどの、染み入るような茜色。誰かとこの景色を一緒に見られたら……なんて、無理だろうなぁ。こんな場所だし。唯一可能性がある待宵は、既に見慣れているのか、この光景には関心がないみたいだ。

足元を見ると、地面の花はすっかり消えている。

『ポン！』『ポンポン！』『ポンポポポポン！』

「わっ、なに！」

ポップコーンが弾けるような軽快な破裂音。それが立て続けに響く。

気が緩んでいたところに不意打ちだ。

見れば新たな異変が生じていた。音が鳴るたびに、地面から二メートルくらいの高さに、大人の頭ほどの大きさの、先が尖《とが》った風船みたいなものが数十個ほど出没している。

「なんだろう？　形は鬼灯《ほおずき》に似ているけど、大きさが全然違うし、色も濃すぎるよね？」

血のような赤。その中心部に光が灯《とも》った。

「提灯《ちょうちん》？　あるいは灯籠《とうろう》みたいだ」

見渡す限りの夕焼け空の下、遠くの景色が滲《にじ》んでいて、距離感が酷《ひど》く曖昧になっている。

薄く暗闇の帳《とばり》が下り始め、空が朱から薄紅《うすべに》へ、さらには紫から藍に移り変わっていった。

美しさに見惚《みと》れる一方で、漠然とした不安に誘われる。ザワザワと心が波立った。黄昏《たそがれ》。昼と夜の境目。こういうのを逢魔時《おうまがとき》というのだろうか？

鬼が出るか蛇《じゃ》が出るか。

得体の知れない雰囲気に、ぴんと空気が張り詰めた。

「あっ、割れた!?」

巨大鬼灯が袋の先端から大きく割れ、明るく光る朱色の珠《たま》が露出している。

「これって、整列してるよね？」

まるで意志がある生き物の如《ごと》く、巨大鬼灯は縦横に動いて配置を変え、煌々《こうこう》と道を照らす街灯のように一定間隔を空けて並んでいく。

《カタシハヤ　エカセニクリニ　タメルサケ　テエヒ　アシエヒ　ワレシコニケリ》

「うわっ！　びっくりした。アイ、急に意味不明なセリフを呟《つぶや》かないで」

《マスターの記憶からの引用です。このような状況にはぴったりかと思いまして》

「俺の記憶から？」

あんな呪文みたいな言葉なんて……あっ、あれか！　陰陽師《おんみょうじ》のゲームに出てきた、百鬼夜行の害から身を守る呪《まじな》いの言葉。

えっと、『難しはや、行か瀬に庫裏に貯《た》める酒、手酔い足酔い、我し来にけり』だったか？

「確かに唱えたくなるね。でもここは日本じゃなくて異世界だよ……なんて、言ってられなそう。何か来る！」

黄昏の中を、こちらに向かってくるモノがいる。輪郭《りんかく》が曖昧ではっきりしないが、正体不明の何かが近づきつつあった。

巨大鬼灯の作る道の外側で身動きせずに息を潜めた。

……人じゃないよな？

黒いローブを着た人型の影は、その裾が地についておらず、宙を滑るように移動している。影はそのまま目の前を通り過ぎて、門がある方向に向かっていき、去り際に言葉を残した。

――譁ｰ縺溘→髱?縺後〒縺阪◆　邊ｾ髴?蝗ｽ陦後□

――荳ｿ蛻ｩ縺ｫ縺ｪ縺｣縺　縺雁共繧√#闍ｦ蜉ｴ讒

しかし、会話的な響きがするだけで、なんと言っているのか分からない。

「アイ。今通り過ぎた声はなんて？」

《新しい門、精霊の国行き、便利だ、お勤めご苦労様。そんな意味だと思います》

……なんだ。全然怖くないじゃん。門を利用したいから歓迎してくれてるってこと？

《少なくとも門を設置したことに関しては、好意的だと受け取れます》

お勤めご苦労様だって。つまり彼らは、俺が新しくできた門の番人だと認識している。

いったいアレは何者だったのだろう？

巨大鬼灯は次第に存在が希薄になり、宙に溶けるように消えていった。辺りが段々と暗くなって、やがて静寂な暗闇が訪れた。

……だから、暗いのは苦手なんだって。

足が竦《すく》んで動けない。怯《おび》えるな、歩けと念じながら足元を見つめていると、視界にポツンと明かりが灯った。

花の蕾《つぼみ》だ。色鮮やかな七色の花の蕾が、地面にポツリポツリとまばらに増えていく。

花畑の再生が始まった？

回復の兆しに、自然と気持ちが緩んで身体の自由を取り戻した。でも疲れた。精神的に。次々と、いろいろなことが起こりすぎだよ。

「今日はもう帰ろう。また少し時間を空けて門をチェックしに来れば……あれ？　待宵はどこに行ったの？」

声をかけたのに、肝心の待宵の姿がない。待宵は地上生活を気に入っているようだから、置いていったら叱《しか》られるかな？

『バウ！　バウバウ！』

「あっ、戻ってきた」

以心伝心？　やばっ、怒ってる？

「どうどう、落ち着けって。やだなぁ、本気にするなよ。置いていくわけないだろ。一緒に帰ろう」

初日の探検は頓挫《とんざ》したけど、また来ればいい。門に向かった一行が気になるから、それを調べたら今日はお終《しま》い。

部屋に戻ったら、すぐに寝てしまおう。そう思っていたのに、どうも様子がおかしい。寝室の中に人がいるし、隣の居室からも人の声がする。

「いったいどこから侵入したんだ？」

「痕跡が全くない。掻《か》き消えてしまったようだ」

「外出着や靴の数が合わないというのは確かか？」

「はい、幾度も確認しましたが、外出着が一着、外靴が一足、それに靴下が一組足りません」

「外の人間が来て用心していたのに、みすみす誘拐されてしまうとは」

「あの教師二人を直ちに捕らえよ。きっと何か知っているに違いない」

……やべぇ。マズい事態になってる。

俺がいないのに気づかれた。そして、誘拐事件だと思われている。騒ぎを鎮めて、上手《うま》い言い訳を考えないと。

「あっ！　リ、リオン様！　えっ!?　いったいどこから？」

「リオン様だと!?　本当だ！　リオン様が寝室にいらっしゃる」

仰天する大人たちを宥《なだ》め、どこに消えていたのかは伏せたまま、事件性がないことを説明した。当然、全員が納得してくれたわけじゃない。

とりあえず主要な人物だけ残して、捜索隊を解散してもらった。

モリ爺《じい》とネイサンに両側を挟まれて、上から見下ろされる形でカウチソファに座る。部屋のドアは閉められ、そのすぐ裏側にはハワードが立って警備しているはずだ。

「それではリオン様、お答えください。わざわざお着替えまでなさって、どちらへ行かれていたのですか？」

いつになく真剣な目をしながら、モリ爺が俺への質問を切り出した。

モリ爺は俺の最大の理解者であり、庇護《ひご》者でもある。事後報告になってしまってバツが悪いけど、ここは素直に話しておこう。

「門番《ゲートキーパー》の職業と加護について、何ができるか確認してたんだ」

「それはどちらの加護でしょうか？」

「響導神の方。門番《ゲートキーパー》と相性が良いらしくて、ちょっと……いや、かなり特殊な能力を授かって」

「具体的にはどのようなことかお伺いしても？」

「うん。信じてもらえるかどうか分からないけど、響導神が治める庭のような場所があって、そこに自由に出入りできる……みたい」

「どうやって出入りするのですか？」

「あそこに普通の人には『視《み》えない』特別な門がある。そこから出入りできるんだよ」

二人は俺が指し示す方に視線を向け、互いに顔を見合わせて首を横に振る。

そこで、ネイサンが初めて口を開いた。

「ふむ。寝室の中にそのようなものが。リオン様が仰《おっしゃ》ることですから、疑いはしません。ですが、あなたはまだ大人の庇護を必要とする幼い子供なのです。それを改めて自覚していただきたい」

ネイサンは本邸の家宰だから、俺の短慮な振る舞いに、釘《くぎ》を刺してくるのは予想できた。

ところが、相対する眼差しや口調には、職務への責任感だけでは説明できない、本気で俺を心配する真摯《しんし》な労《いたわ》りが滲んでいる。

子供であることを自覚しろだって。

湖上屋敷の面子《めんつ》はともかく、それ以外の親戚の大人たちは、精霊紋という大看板を通してしか俺を見ていない。そう捉えていたのに。

……分かったつもりで分かっていなかった。確かに、もっともっと自覚すべきだ。

既にこの世界にも、俺が辛い目に遭ったら、共に悲しんだり憤ってくれたりする人が、自分が考える以上にいるんだって。

「……うん。心配をかけてごめんなさい」

「自覚してくだされば構いません。それにしても、神々の庭ですか。嚮導神は死者の魂を冥界に導くと言われます。しかし、あなたは生きている。その場所は本当に安全なのですか？」

「加護の力で守られているから、危ない目には遭わないと思う」

「神に選ばれた以上、出入りするなとは申しません。ですが、お願いです。くれぐれも危険なことはなさらないでください」

「分かった。気をつける」

「リオン様。あなたは確かに得難《えがた》い存在です。この地に住む人々の生活や未来を左右しかねないほどに。ですが、その小さな肩に全てを背負わせるつもりはありません。もっと我々を信じて、頼っていただきたい。決して悪いようにはしませんから」

「ありがとう。ちゃんと相談するように心掛けるよ」

「くれぐれもお願いします。……しかし、その能力は使いようによっては便利ですな」

「便利？　どんな風に？」

「我々が最も懸念しているのは、誘拐や加害といったリオン様、ひいてはキリアム家への害意です。ところが、その門を使えば、一時的にではありますが確実に避難できる」

「ああ、なるほど。確かに門の中に逃げ込んでしまえば、悪者は入ってこられないね」

なにしろ普通なら、生きた人間は入れない場所なのだから。

「ですから、身近に侵入者を察知した場合は、迷わず嚮導神の庭へと駆け込んでいただきたい」

「うん、万一の場合はそうする」

門はいくつか作れそうだし、別の安全な場所にも作っておけば、避難経路として使えるかもしれない。まあ、そのあたりはもっと検証した後かな。


あわや誘拐犯になるところだった家庭教師たちは、それを知ってか知らずか、今のところ目立つ振る舞いはしていない。

しかし、王都から来た上に、一応は緘口令《かんこうれい》が敷かれたあの騒動の余波もあって、本邸に勤める者たちが彼女たちに向ける視線は、決して好意的なものではなかった。

そんな状況の中、モロノエによる魔術の授業が始まった。今日はその二回目だ。

「では、前回の復習です。魔術とはなんですか？」

「魔術とは現象魔術を指します。魔素を具象化する技術であり、人為的に自然現象に類似する現象を引き起こします」

初回は座学で、魔術序論――魔術を習う上で前提となる概念について学んだ。七歳児を相手に随分と難しいことを言うと思ったが、内容が間違っているわけではない。

「では、現象魔術の六要素を答えてください」

「必須三要素である魔法原理、魔素、魔力と、駆動体、魔術式、転化式です」

「よろしい。魔術を修める最初の第一歩は、魔力を操る技術、即《すなわ》ち魔力操作です。今日はこの箱庭迷路を使った魔術操作の訓練をします」

どうやら目の前に置かれたものが、魔術教育用の教材らしい。

中が迷路になった三十センチ四方の箱と、直径約二センチの丸い玉、それに鉛筆サイズの短杖《たんじょう》だ。

「これをどう使うのですか？」

「ここが迷路の入口で、こちらが出口です。まずは入口にある浅い窪《くぼ》みに玉を置いてみてください」

光沢のある玉を指で摘《つ》まむと、見た目よりもずっしりと重い。素材はなんだ？　金属かな？

「置きました」

「杖《つえ》を手に取ってください。その杖には、初級魔術である風球の魔術式が刻まれています。杖に魔力を流して風を生み出し、玉を出口に向かって移動させましょう」

「はい！」

いわゆる玉転がしの魔術版。風圧で玉を転がすだけのシンプルなゲームだ。

ところが、実際にやってみると、杖先にいくら風球を生み出し続けても、玉はピクリとも動いてくれない。

「最初から上手くいく人はまずいません。焦らず集中して続けるように」

これって集中だけでなんとかなるもの？

そもそも玉の重さに比べて、風球の威力――杖の魔術式が全く釣り合っていない。アフリカゾウに家庭用の扇風機を向けるようなものだ。このまま魔力を流し続けても無駄になるだけ。

……わざとか。すぐにはクリアできない課題を与えると言っていた。それがこれか。

メラメラと反骨心が湧いてくる。手玉に取られたままじゃ嫌だって。

風圧が弱いなら強くすればいい。だが、杖の魔術式を変えられない以上、なんらかの工夫が要る。

《マスター……私の手を使って》

アラネオラの声が聞こえた。

杖に向かって彼女の透明な手が伸びていく。

アラネオラの身体は、俺の身体の中を走る魔導基盤そのもので、その基盤と杖に刻まれた魔術式が接続したのを感じた。

……いける！　これなら魔術式を思い通りに改変できる！

アラネオラと同期すると、杖がまるで身体の一部のように思えた。

小さな風球を作り、その大きさを維持しながら風をどんどん送り込む。

……これでどうだ！　内圧はかなり高まったはず。

蛇口を少しずつ捻《ひね》る感じで制御を緩めていき、進行方向への指向性を高めてから風を解放すれば
……あっ！　しまった！

玉が勢いよく跳ね、箱から飛び出してしまった。もっと絞るべきだったか。

「えっ!?　動いた？　なんで？」

「でも失敗しちゃいました。力加減が上手くいかなくて。これ、凄《すご》く難しいですね」

「そ、そう……そうなの。精密な魔力操作は難しいものなの。ほら、盤面が平らでしょ？　これでも初心者向けで、こうしてひっくり返すと、裏側はもっと難しい盤面になっているのよ」

「本当ですね。より立体的になっていて、盤面に落とし穴や坂道がある」

じゃあ、玉か。玉を本来使用するものより、ずっと重いのに交換したんだ。だって、モロノエの目が泳いでる。後ろめたいことがある証拠だ。

「ほらね！　だから急がず、ちょっとずつ、ゆっくりゆっくり先に進んでいきましょう」

「はい！」

良い子の返事をして、床に落ちた玉を拾いに行こうとしたら、玉がツイーッと浮き上がり、箱庭裏面の入口に辿《たど》り着いた。

――イケ！

玉が軽やかに転がり始める。落とし穴をヒョイッと飛び越え、坂道なんてないみたいに。

――ヤッタ！

見事なゴールを決め、フェーンが快哉《かいさい》の声をあげた。

「い、今のは何？　あなたじゃないわよね？」

「精霊の仕業です。精霊は悪戯《いたずら》好きで、こんな風にいきなり遊びに参加してくることがあります」

「えっ!?　どこ？　精霊はどこにいるの!?」

どこって言われても。精霊のことを探っていて、キリアムに害を為《な》すかもしれない人に、フェーンを紹介するわけないだろ。

「至るところにいますよ。なにしろここは、『精霊の国』と呼ばれる場所ですから」

「そんなに沢山いるの？　姿が全然見えないのに？」

「小さな精霊は数えきれないほどいます。ただし、素質がないと精霊を『視る』ことはできません。その点は魔術と似ていますね」

「大きな精霊だったら、素質がなくても姿が見えたりは……？」

「いえ、それも難しいかと。そもそも誰もが存在を感じるほどの大精霊であれば、伝説として残ります。つまり、めったにいません」

「……えっ!?　でもここには……あっ、ううん、なんでもない。ないったらない」

ああ、また目が泳いでる。それもさっきより酷い。めっちゃ動揺してるじゃん。

「モロノエ先生？」

「あっ、盤面を元に戻して訓練を再開して。今日の授業は、時間いっぱいまで箱庭迷路をやります」

そう指示を出したきり、黙り込み、考え込んでしまったモロノエ。今の会話で、何を探しているかの見当はついたが。

なあ、左坤《モロノエ》。もし……もし目的のものが見つかったとして、お前はいったい何を仕掛けるつもりだ？　いったい誰に従っている？

杵坂《きねさか》との会話では、この世界でも、乾井《いぬい》と繋《つな》がっているような口ぶりだった。たとえ望んで今の状況にいるわけではないとしても、キリアムの敵に回るなら戦わざるを得ない。

猫耳モロノエが左坤《さこん》、作家ナミディアが杵坂、舞姫ミラベルがおそらく御子柴《みこしば》だ。異世界に転生して七年。クラスメイト三人と出会えたのに、そのうちの二人が既に敵の手の内だなんて。いったいどうなっているんだよ？

基本的に夜中には活動しない。できる限り事前報告をする。

この二点を約束することで、モリ爺とネイソンから、不定期に幽明遊廊へ入る公認を得た。

外出用の衣類等を寝室にワンセット常備してもらえることになったので、服の心配もいらない。

今は空き時間に少しずつ、門を中心として円弧を描くように探索範囲を広げている。

緩やかな起伏がある地形で、必ずしも見通しがよい場所ばかりではない。加えて、どこもかしこも花畑で、似たような景色が続いている。【門番θ《ゲートキーパーシータ》】の職業特性がなければ、門の位置を見失って迷子になること請け合いだ。

「おっ！　なんだあれ？　何か飛び出てる」

そして今日。小さな丘を登り切って頂上に立ったとき、眼下の花畑に今までにない変化を見つけた。それが、目の前の黄色い花だ。

「これだけやけに発育がいい。なんでだ？」

遠くから見たら黄色い柱のように見えた。丘を駆け下りて近づくと、それが俺の身長ほどもある背の高い花だと分かった。

他の花々は膝から大腿あたりの高さで群生しているのに、目の前の花は、花穂《かすい》が槍《やり》のように長く伸びて、頭ひとつどころかいくつも抜けている。

地面から垂直に立ち上がる花穂には、マメ科の花に似た蝶形花《ちょうけいか》が鈴なりに咲いていて、パッと見で、藤の花を逆さにしたような形だと思った。

あたりを見回すと、周囲にも同じ形の花はある。ただこれだけが、やけに大きい。

「君に触ってもいい？」

特別な存在感を示す花に、星の王子様ばりに話しかけてみる。

情念花であれば、なにかしらの想いを抱えている。これだけ大きければ、ワンチャン会話できるかも、なんてちょっと期待したんだけどね。残念ながら返事はもらえなかった。

それならと、手を伸ばし、指先で花弁にそっと触れてみる。

『オマエノモノハ　オレノモノ』

「うおっ！　喋った！」

それに、今までの花よりセリフが長い。いつもなら一言なのに、この花に限っては、呟きが短い文章になっている。しかも、妙に俺様的な。

ここは、きっちり教えてあげなきゃ。

「違う。俺のものは俺のものだ！」

そう断言すると、まるで抗議するように花全体がプルプルと震え始めた。

え!?　怒った？

花弁が生き物のように動いて、開いていた花が閉じていく。まるで逆再生を見ているかのように、密に咲く全ての花が蕾に戻り、まさに槍そのものといった形に変化していった。

この現象に、どんな意味があるのか？　新たに発見した花畑の秘密というか謎。花の行く末が気になって、その場に留《とど》まり観察を続けることにした。

変化は目に見える速さで進んでいく。

尖っていた花穂が形を変え、先端に蕾が寄り集まって風船のように丸く膨らんだ。それが子供の頭くらいの大きさになったとき、花穂がパチンと弾けて、花と同じ色をした靄《もや》に変わった。

丸い形を留めた靄は、徐々に一点に収束し始め、何かの形を取り始める。

「蝶々《ちょうちょう》？」

キラキラした鱗粉《りんぷん》を振り撒《ま》く大きく透明な羽。蝶の翅《はね》に形がよく似ている。

でも、少し立ち位置をずらして見たら、黄色っぽい身体の部分が虫のそれではなく、人型に近い形をしていることに気づいた。手が二本に、脚が二本。顔には円《つぶ》らな目が二つ。頭の天辺《てっぺん》に小さな花が咲いている。

《蝶ではありません。おそらく妖精です》

「妖精!?　この子が？」

妖精、フェアリー。ファンタジー小説の準レギュラー的な存在。その誕生シーンを目撃したことに、少なからず心が浮き立つ。

《妖精は人の情念が凝集して形作られた妖《あやかし》の類《たぐ》いです。人の姿を模しているのは、それ故だと考えられています。どうやら、大きく育った情念花から生まれるようですね》

黄色い妖精は、翅をパタパタと動かして旋回しながら、俺の目の前に飛んできた。

『トモダチ？』

おおっ！　向こうから話しかけてきた。さっき俺様なセリフを吐いていたけど、まさかのフレンドリーさだ。

小さな妖精が首を傾《かし》げる様は、あどけなく幼い子供のよう。

「友達になりたいの？」

妖の類いであっても、友好的なら友達になるのもありだ。ただし、もうちょっと性格を知ってから。

『オマエ　トモダチ』

「そっか、随分と積極的だね。嬉《うれ》しいけど、まだ俺たちは知り合ったばかりだから……」

『オレノ　トモダチ』

「じゃあ、仲良くなれるように、これから親睦を深めて……」

『オマエ　オレノ』

「は？　人の話聞いてる？」

『ゼンブ　オレノ』

『ミンナ　オレノ』

『ダカラ　オマエモ　オレノ』

……言葉が通じるようで通じない。これって、会話は無理なのでは？

結局、自称友達の妖精と共に探索を続けた。だって離れてくれないから。俺の周りをフラフラと飛びながら、ひも付きの風船みたいについてくる。

さて。運がいいのか悪いのか。その後、他の色の妖精にも次々と遭遇した。

どの妖精も、母体となった情念花と同じ性質の言葉を発する。緑色の妖精は嫉妬《しっと》深く、赤い妖精は怒りっぽくて、青い妖精は悲観的といった具合に。

元が人の情念であるが故に、拙《つたな》いながらも人語を話す。しかし残念ながら、一方的に話しかけてくるだけで、会話は成立しない。

『ゼンブ　モラッテヤル』

『ズルイ　オマエ　ズルイ』

『ケ　ケ　ケシカラン』

『ドウセ　ダメダカラ』

順に黄、緑、赤、青の妖精のセリフだ。創造主とも言える人間、あるいは俺自身に興味がある？

どの妖精も俺に付かず離れずついてきて、ときに急接近しては話しかけてくる。

うるさい以外に実害はないけど、相手をしても埒《らち》が明かない。それが分かった時点で、妖精たちには構わず先に進むことにした。

「おっ、そろそろか？」

足元には競うように花が咲いている。

こんな風に、足の踏み場もないほど花が増えたとき、七色の花は上空に昇った。周囲が黄金から赤に染まる黄昏の訪れ。あれがまた起きるのか？

あの時に遭遇した謎の一行は、どうやら冥界の住人であるらしい。彼らは幽明遊廊を通って、冥界と顕界、つまり地上とを行き来している。

生きている人間に害を及ぼすことはなく、加護がある俺にとっては無害な存在。

門番《ゲートキーパー》という立場からすると、彼らは大事なお客様であり資金源なんだよね。実際に、門の管理台帳に記載されている通行料金の徴収金額が日ごとに増えている。

「きたきた」

周囲の花が一斉に浮き上がってくる。

すると、俺をストーキング中の四匹の妖精たちが、妙に落ち着きを失くし、しきりに上空を気にしながらソワソワし始めた。

あれ？　もしかして。花と一緒に昇華するのか？

しばらくの間、妖精たちは上へ引っ張られるのに抵抗するそぶりを見せていたが、ついには花の勢いに呑《の》まれ、蝶の翅をパタパタさせながら、ゆうるりと天に昇り始めた。

「達者でな！　ちゃんと昇華しろよ！」

俺の声が届いたのか、四匹のうちで最も絡んできた黄色い妖精が振り向いた。

それに笑顔で手を振ると、意外なことに妖精も手を振り返してくれた。

ははっ。あいつはやけに馴《な》れ馴《な》れしかったけど、ちょっとは友達になれたのかな？

なんて思いながら上空を眺めていたら、去り行く黄色い妖精からポトッと何かが落ちてきた。慌てて両手を広げると、辛うじて地面に落ちる前に受けることができた。

ビー玉？　丸くてサイズ的にはそれくらい。でも、小さな珠は澄んだ透明で、キラキラした白い光を内包していた。

「なんだろうこれ？」

『バウッバウ！　バウバウ！　ウウウゥゥッ！　バウバウゥ！』

《『妖精の珠』あるいは『昇華珠《しょうかじゅ》』と呼ばれているもので、昏《くら》い情念を克服した陽の精神エネルギーが宿っています。が、エネルギー量としては小さく、それだけでは大した役には立たないそうです》

ふぅん。でも、いいじゃないか。

「綺麗な置き土産をありがとう！」

既にあいつの姿は見えなくなっていたが、空に向かってもう一度大きく手を振った。

「さて。今日はもう帰ろう」

マジカルに彩《いろど》りを変える空の下、門に向かって歩いていると、今まで姿を消していた待宵が、ものの凄い速さで駆けてきた。その背に、おかしなものをくっつけながら。

『バウッバウバウッ！』

俺の目の前に駆け込んできて、とってとってと言わんばかりに鳴きながら、グルグルとその場で回っている。

……あり得ない。なんでここにいるの？

「暴れ犬ちゃん、エルは絶対に離れないから！」

「待宵止まって！　止まらなきゃとってあげられないよ！」

待宵が動きを止め、俺の前に伏せをするように座り込んだので、自《おの》ずとその背にいたものと目が合うことになった。

「エルシーだよね？」

待宵の背中にしがみついているのは、見慣れた赤い髪の少女で、どう見てもエルシーだ。

「リオン？　なんでエルの夢の中にいるの？」

それはこっちのセリフだよ！

「とりあえず、嫌がっているから、その子の背中から下りてあげて」

「なんで？　せっかく捕まえたのに」

「その子は俺の友達だから。自由に散歩を楽しんでいたのに、捕まえちゃダメだって」

「夢の中でまでダメって言う」

夢ねぇ。改めてよく見ると、エルシーの身体の表面が、薄いベールで覆われたようにぼんやりと光っていることに気づいた。

「エルシーは、どうやってここに来たの？」

「分かんない。気づいたらお花畑にいて、この子を見つけたの」

夢だと思っていたようで、ここになぜ迷い込んだのかは本人にも分からないときた。

幽明遊廊は顕界と冥界の狭間《はざま》にあり、幽体姿にならない限り、生きた人間は入れないはずなのに。

……まさか、死んじゃったわけじゃないよね？　もし生霊の類いだとしても、長時間肉体から離れていたら悪影響がありそうだ。

いったいいつから、エルシーはここにいるのか？　早く身体に戻さないと。

「あれ？　空が赤い」

エルシーと話している間にも、刻々と黄昏化は進み、周囲に赤みが差してきた。マズい！　このままいくと冥界の住人と顔を合わせてしまう。

「エルシー、もう時間がない。一緒に地上に戻ろう」

「待宵、悪いけど俺たちを乗せて急いで門に走ってくれる？」

待宵の背中に二人は、無理矢理乗る姿勢になる。でも、背に腹は代えられない。

『バウウウウゥゥーーッ！』

任せろとばかりに待宵が吠《ほ》えると、見る間にその体高がグングンと伸び、俺たち二人を乗せても余裕なほど身体が大きくなった。

「凄い、そんなこともできたんだ？」

感心したし、いくらでも褒めてあげたいけど、今は時間がない。

「エルシー乗って。さっきみたいに、しっかり掴《つか》まっててね！」

花が散った後の道なき道を、門に向かって疾走する。待宵の活躍のおかげで、あっという間に門に着いた。

「あれが、外の世界に出る門——鍵章なんだけど、エルシーは、この門に見覚えは？

「見たのは初めて。これ、あの暴れ犬の顔？」

「そうなんだけど……」

なんか不安だ。本当に、どうやってこの場所に来たんだか。

「じゃあ、念のため一緒に出よう。エルシー、手を……」

そう言って手を差し出したとき、エルシーの身体がピカピカと光りだした。

「あっ、時間だ。夢から覚めちゃう」

その呟きと共に、エルシーの姿が目の前から消えてしまった。まるで蒸発するように。

「エルシー!?」

いったい今のは？

門を出て、急いでエルシーを探しに行く。どこだ？　どこにいる？

誰か知っていそうな人は……そうだ！　あそこならきっといる。

遊戯室に駆け込むと、そこには大きなクッションに埋もれるようにして眠るシンシアと、その横で首を傾げながら座っているエルシーがいて。

「あっ、リオン！　今見た夢の中にリオンと大きな犬が出てきたよ」

夢？　確かに幽明遊廊にいたのに、あれがエルシーにとっては夢だった？

訳が分からない。こういうときは……困った時のモリ爺召喚だ！


モリ爺に幽明遊廊でのあらましを聞かせると、すぐに心当たりがあるといった風に話し始めた。

「実は『顕盤の儀』で初めて判明したのですが、エルシーには加護があるそうです」

「加護？　どの神から加護を？」

「幽明神の眷属《けんぞく》である夢神《ゆめがみ》です。夢を司《つかさど》り、夢を通して神意を伝えると言われています」

「確かにエルシーは、あれが夢の中だと思い込んでいる様子だった」

どういった理屈か分からないが、加護を通して夢を見ることで、嚮導神の庭に遊びに行けるってことか？　幽体離脱したわけではなく？

「母親のブリジットによれば、エルシーは物心つく前から、実際に見聞きしたことがない空想的な話をすることがあったそうです」

「ああ、加護は生まれつきだからか。以前から、あんな風に夢の中で遊ぶ習慣があったの？」

「おそらく。家族以外には夢の話をしないようにと諭していたそうですが、加護があることが分かって、とても安心していた様子でした」

その判断は正しい。いきなり誰も知らない話をし始めたら、不審がられて人から距離を取られる可能性が高い。特に子供同士は。

「今回の件からすると、本人は夢を見ているつもりで、思わぬ場所に彷徨《さまよ》い込んでいそうだよね」

「家族の夢の中に現れることはあるそうです。両親と離れて子供だけで本邸に残る話が出たときに、エルシーだけは『夢でいつでも会えるから大丈夫』だと、あっけらかんとしていたとか」

「夢を通して会いたい人に会いに行けるの？　それ凄くない？」

「家族や、ごく親しい人に限るそうです。エルシーが会いたいと思う相手の夢にだけ現れる。今のところは、ですが」

「なるほど。じゃあ、しばらくは様子見するか」

「もしまたエルシーを見かけるようなことがあればお知らせください」

俺自身、加護に関しては不明な点が多い。エルシーがなぜ幽明遊廊に入れたのかは分からないが、あれっきりになる可能性もあるしね。

§　渡る舟

ところが、実際は予想と全く違った。

「……また来たの？　なんか最近、お昼寝が多くない？」

「えへへ。だって楽しいから」

あれ以来、割と頻繁に幽明遊廊でエルシーと遭遇するようになった。

「今日はちょっと遠くに足を延ばす予定なんだけど……」

「エルも一緒に行く！」

「俺が今日はここまでって言ったら、ちゃんと帰る？」

「うん！」

良い子のお返事が聞けたので、大きな姿に変身した待宵《まつよい》に二人して騎乗した。

「じゃあ、出発！」

滑るような速さで待宵が駆けだした。

待宵曰《いわ》く、ここは走るのに最適な場所なのだとか。どこまでも続く花畑に見えるが、この階層の空間は閉じていて、情念の昇華という浄化槽的な役割を果たしているそうだ。

また、階層の中心部には「残響冥路」と呼ばれる顕界と冥界を繋《つな》ぐ直通路——死せる魂の通り道——が貫通しており、そこを通り抜ける間に、死者の魂は穢《けが》れを落とし、生前の記憶を失って、魂の再生への前準備を済ませるという。

「ねえ、今日はどこに行くの？」

「えーっとね、なんて言ったらいいかな？　……この先に特別な乗り物があるらしいから、それを確認しに行く」

「どんな乗り物なの？」

「行ってみないと分からない」

すぐ下の階層で門を見た。

待宵からそう聞いて、その場所へ行きたくなった。階層の移動方法を聞くと、「残響冥路」の近くで何かに乗ればいいという。

「滝みたいなのが見えてきた。あそこが中心部？」

延々と続くように思われた景色に、ようやく変化が現れた。

緩い下り坂が続く先に、左右の視界いっぱいを塞《ふさ》ぐ滝のような流れがある。同時に、ボーッという低く唸《うな》るような音も聞こえてきた。

この重低音って何？

死者の雄叫《おたけ》び、断末魔の声なんてフレーズが浮かんだ。しかし、耳を澄ませて音を聞くと、港に停泊する船が一斉に汽笛を鳴らす「除夜の汽笛」に似ている気がした。

「着いたね。下りよう」

ここまで近づけば、さすがに分かる。目の前の滝が何からできているのかが。

「これ全部泡だ！　下から上に、もの凄《すご》い数の泡が流れている」

泡の大きさはバラバラで、ピンポン玉サイズから、バランスボール大まで様々だ。共通しているのは、同じ方向に流れていて、泡の表面に映像が映し出されている点だ。

どこかの風景や見知らぬ男女、子供や老人、動物や食べ物まで。ひとつひとつ、どれも違っていてとりとめがない。

そういえば、エルシーがやけに静かだ。さっきから、ひと言も発していないぞ。

「エルシー？」

声をかけても反応がなく、魅入られたように大小の泡の流れを見つめている。

「……知らない誰かが見た夢……儚《はかな》い夢の泡が生まれては消えていく」

「夢？　この泡が？」

夢神《ゆめがみ》の加護を持つエルシーが言うなら、この泡は本当に夢を映したものなのかもしれない。

視線を泡の滝に戻した。

途中で弾《はじ》けてしまう泡もあるが、残った泡は上空に広がる霞《かすみ》の中にグングン吸い込まれていく。

「ダメだ。どこに消えているかは、霞《かす》んでいて見えないや」

『バウバウゥバウゥ（流れ……死……）！　バウバウバウ（……喰《く》う）！』

待宵が会話に加わってきた。アイ、通訳をお願い。

《泡の奔流は、死者の魂に宿る記憶や願いが剥《は》がれたもので「空貘《くうばく》の饗膳《きょうぜん》」と呼ばれています。夢の残滓《ざんし》と言えるかもしれません。あの先には、泡を飲み込む役目を果たすものがいるそうです》

あの大量の泡を!?

なにそれ。怪しいを通り越して怖すぎる。泡が消えていく霞の中に、とんでもないものが隠れていそうだ。

「待宵。乗り物のある場所って分かる？」

『ワウゥ！（待て）』

「ここで待っていればいいの？」

『バウッ（そうだ）！』


それほど待つこともなく、足元から微細な振動が伝わってきた。

「地震？」

「リオン、地面が揺れてるよ！」

泡に見惚《みと》れていたエルシーが、怖くなったのか腕にしがみついてくる。

振動は徐々に強くなり、唐突にゴンドラのような舟が壁を割って現れた。

舳先《へさき》に、柄の長い櫂《オール》を手にした猫耳の小柄な生き物が立っている。

『バウバウッ（夢……）！』

《憧夢《どうむ》と呼ばれる、船頭を生業《なりわい》にしている種族だそうです》

舟全体が姿を現したら、地面の揺れが収まった。泡の壁から抜け出た直後は宙に浮いていた舟が、高度を下げて地面にめり込むようにして停止する。

憧夢の視線が、すぐに俺にロックオンされた。

――五キル鮫？〈ㇵ　葱励k縺ョ？

《料金は五キル黄貨《おうか》。渡し舟に乗るかと尋ねています》

なるほど、こういうのにキル貨を使うのか。

「行ってみたいけど、ちゃんと戻ってこれる？」

『バウバウウ！　バゥゥバウ（……来る……）！』

《客の存在を察知すれば、すぐに憧夢が来るそうです》

配車サービス付きの無線タクシーみたいなものかな？　往復のキル貨が用意できれば、この舟に乗ってもよさそうだ。

あれ以来チェックしてなかったけど、【管理台帳】を見てみよう。

職業	【門番θ】
固有能力	【施錠】【開錠】【哨戒】 【誰何】
派生能力	【管理台帳】

管理台帳

◆出入管理　利用者数
［朔月門］★　14,142 人

◆通行基本料金
［朔月門］★
1 往復：1 キル黄貨

徴収総額
14,142（1,414,200 クルス）

◆資金
1,414,200 クルス

「えっ!?　なにこの人数」

予想以上にお金が貯《た》まっていた。それは嬉《うれ》しいけど、延べ人数にしても利用者数が多すぎる。でも考察は後だ。とりあえずここは。

「乗ります！」

舟の周囲をブクブクと泡が昇っていく。まるで金魚になった気分だ。まさか渡し舟とはね。予想もしなかった。

泡の壁の中、巧みに櫂《オール》を操る船頭さんが気になって、つい目で追ってしまう。

憧夢は猫耳だけど、同じく猫耳のモロノエとは全く似ていない。背は俺よりも小さい。緑がかった灰色の肌に、仁王像に似た厳《いか》つい顔つき。よく見れば、猫耳の間に二本の小さな角があった。

船頭としての腕は確かなようで、舟は泡の流れに逆らって、滑るように下降していった。舟型のエレベーターって感じだ。

不意に泡の壁が大きく割れて外に出た。意外なことに視界は明るく、目の前に広がるのは風光明媚《ふうこうめいび》な緑あふれる景色だった。

「乗せてくれてありがとう！」

降りる時にお礼を言うと、憧夢の口が大きく裂けた。下顎《したあご》に生えた牙がむき出しになり、より怖い顔に見える。でも、若干目を細めて眉尻が下がっている。きっと笑ってくれたのだ。

俺も笑い返して、泡の中に戻っていく舟に手を振って見送った。

さてさて。身体の向きを変えて泡の壁を背にして立ち、確かな足取りで、こちらに近づいてくる「彼ら」と視線を合わせた。

人数は二人。幽明境界に知り合いなんていないから、もちろん初対面の相手だ。いったい何者だ？

……デカい。

二人のうち一人は、とても背が高かった。おそらく身の丈は二メートル超えで、俺の倍ほどもある。もう一人は少年と言っていい容姿だが、二人とも筋肉質で絞られた体つきをしている。

俺の警戒に気づいたのか、彼らは少し離れた位置でピタリと足を止め、初めて口を開いた。

――ヨク来タ　小サキ　人ノ子ヨ
――ホントニ　チッサイ
えっ、凄い。言葉が通じる!?

抑揚がなくてカタコト風に聞こえるけど、意味がはっきり理解できた。

――我ラハ　於爾《オニ》　遊廓ヲ　衛《マモ》ル　モノ　ナリ
――オニ　ニ　マカセーロ
遊廓を衛る？　ここの守備隊みたいなものかな？
二人の肌は漆黒に近い深い黒色で、黒瑪瑙《ブラックオニキス》のようだった。
耳の上部が長く尖《とが》っていて、頭に角がある。いかにも戦闘民族って雰囲気なのに、どちらも顔面偏差値が高いせいか粗野な感じはしない。
「初めまして。リオンです。こちらは連れのエルシーと待宵。於爾《オニ》さんたちは、なぜここに？」
初《しょ》っ端《ぱな》で言われた「ヨク来タ」という言葉は、明らかに彼らがここで俺を待っていたことを示す。
そして、歓迎されているように聞こえた。
――新タナ　門番《ゲートキーパー》ガ　生マレタ　ト　聞イタ
――ソレガ　オマエダ
――我ラ　ハ　先導スル　役目ヲスル
――リーオン　シッカリ　オボエタ
俺が門番《ゲートキーパー》だと知った上で、どこかに案内してくれる。そう言われて、詳しく話を聞くことにした。
彼ら二人のうち、より流暢《りゅうちょう》に話すのが羯羅波《カラハ》。背が高く、少し緑がかった青髪に、より青みが強い虹彩と角が特徴だ。
言葉が少し拙《つたな》い方が諦羅《タイラ》。髪は鮮やかな朱色。虹彩と角は琥珀色《こはくいろ》に近い濃い金色で、少年のような姿をしている。

最初の自己紹介の通り、彼らは於爾《オニ》という幽明遊廊の治安を守る一族であり、顕界への出入口を管理する門番《ゲートキーパー》とは、ときに協力し合ってきた関係らしい。

ところが、人の世で幾度も騒乱が起こり、多くの門が閉鎖され、門番《ゲートキーパー》の数も激減してしまった。しばらくその状態で時が過ぎたが、唐突に嚮導神《きょうどうしん》から神託が下されたという。

「どんな神託だったのですか？」

――ヒトリデ　複数ノ　門ヲ　司《ツカサド》ル　新タナ　門番《ゲートキーパー》　ガ　現レタ
――ソレガ　リーオン　ダ
神託には、新しい門番《ゲートキーパー》を既存の門がある場所に案内するようにという指示があったそうだ。

――夢ノ　語リ部　モ　一緒　ニ　行クノカ？

――ソノ　チッコイ　ノハ　リオン　ノ　オンナカ？

羯羅波《カラハ》がエルシーを見ながら気になる言葉を口にし、諦羅《タイラ》がとんでもないことを言う。

「お二人はエルシーが見えるのですか？」

――モチロンダ　デハ　全員ガ乗レルモノヲ　呼ブ
――オンナ　ヅレ　ヒャクネン　ハヤイネ　ナマイキ　ダゾ
羯羅波《カラハ》が呪文めいた言葉を唱えた。すると、目の前で青い光が渦を巻き、その中心から巨大な生物がノソノソと這《は》い出てくる。

「こ、これに乗るの？」

「龍!?」

色も大きさも装甲車。でも……龍というよりは鰐《わに》じゃないかな？　ちょっと、いやかなりバランスがおかしい頭でっかちな鰐。迷彩柄で凶悪面《づら》の大型爬虫類《はちゅうるい》。

――古キ門　ハ　少シ　遠イ
――エンリョ　スルナ
諦羅《タイラ》が俺とエルシーをひょいっと抱え上げ、なぜか鰐の正面に向かう。

「背中に乗るんじゃないの？」

待宵が羯羅波《カラハ》に続いてピョンと鰐の背に飛び乗ったので、てっきり俺たちもそこかと思ったのに。

――チッコイノ　ダメ　マッサカサマ　オチル
「じゃあ、どこに乗るの？」

――アギト　ノ　ナカ
「へ？　アギトって顎《あご》だよね？　つまり口の中!?　嘘《うそ》でしょ!?」

――ウソジャ　ナイヨ　ヒラケ　アギト！

巨大鰐の長く大きな顎がクパーッと開いた。先が尖った凶悪な歯が剣山のように並んでいる。

「こんなの怪我《けが》するんじゃ……」

「リオン、これは夢だから平気だよ！」

いや、全然平気じゃないって！

――コワクナイ　コワクナイ　チビッコ　カカエル　ダイジョーブネ
諦羅《タイラ》は俺たちを両腕に抱えたまま、慣れた挙動で歯を飛び越え、鰐の口の中に乗り込んだ。上には口蓋《こうがい》、下にはベロ。生臭くはない。だけど、生温《なまぬる》くて湿った感じがした。

巨大な顎が静かに閉じて、口の中が真っ暗になる。

――ツカマレ　スコシ　ユレル
その言葉通り、すぐに軽い衝撃がきて身体が斜めに傾いた。飛行機が離陸するのに似た加速感。

「もしかして空を飛ぶの？」

「ワクワクするね！」

――ソラハ　バク　ムシャムシャ　トテモ　キケン
バクって……あっ「空獏の饗膳」か。上空の霞《かすみ》には、やっぱりヤバいやつがいた。

詳しく話を聞いてみると、この鰐は地面の少し上に浮いて、滑るように進んでいくらしい。

墜落する心配がないのはいいが、困ったことに鰐の口の中で身動きできない。だって、諦羅《タイラ》が怖いことを言うから。

――ウゴック　ト　ゴックン　ネ
鰐を刺激したら飲み込まれると聞いて、さすがのエルシーもじっとしていた。そりゃあ、夢でもそんな目には遭いたくないよ。

――ツイタ　オリロ
不意に光が差し込んで、口腔《こうこう》内が明るくなった。

少し遠いと言っていたけど、体感時間はそれほど長くない。腕から下ろしてもらい、自分の足で地面に降り立った。

地面には淡く発光する石畳が敷かれている。花はもちろん植物も見当たらない。空を見上げれば、長い尾を引く流星のような光の筋がひっきりなしに流れていた。

「ここは？」

――満天彗慧《マンテンスイケイ》　アマネク世界ヘノ　門　ガ　集ウ

今は滑走路のような幅広い道の上にいて、道の先に明るく広がる空間が見えている。おそらくあっちがメインで、ここは来訪者向けの発着場のような場所なのかも。

――行コウ

鍔をその場において先に進むと、円形の広場に着いた。

広場の直径は、目算で百メートルくらいある。円の外周に等間隔で光球が浮かび、広場全体を煌々《こうこう》と照らす中、皆で広場の中心に向かう。

「リオン、敷石に不思議な模様があるよ。あと、あちこちに丸い円盤が埋まってる」

梵字《ぼんじ》や象形文字に似た模様は、この世界では見たことがないものだ。床には同心円状に通路が巡っていて、その間には、色や大きさが異なる古びた鍵章《けんしょう》が散見される。

「そうだね。円盤は鍵章――つまり、門だと思う。割れたり崩れたりしているから、使えるかどうかは分からない。廃棄された門なのかも」

ここが門の港のような場所だとしたら、なぜこんなに寂れてしまったのだろう？

「これも鍵章？　凄く大きいよ」

広場の中心には、直径が三メートルはありそうな、表面に抽象的な渦模様が刻まれた巨大な鍵章が埋め込まれていた。この広場の中で最も大きく、恐ろしいほどの威圧感を放っている。

見ただけで分かった。これは俺の手には到底余る、なにか特別な門だって。

「この門は？」

――「混沌《コントン》」ニ　通ジル門

「混沌とは？」

——此《コ》ノ世ノ全テ　ソウ聞イテイル

創世神話的なアレかな？　とりあえず危なそうなものには触らない。触っちゃいけない。俺だけでなく、エルシーもだ。

「エルシー、手を繋ごう。何があるか分からないから、俺から絶対に離れないで」

「うん！」

エルシーを引き寄せ、しっかりと確保しながら、改めてこの場所の観察を始めた。

鍵章は円の中心に近いものほど大きい。「混沌」を取り巻くように、直径一メートルほどの鍵章が十字方向に四つ。さらにその外側に、もうひと回り小さな鍵章が四つ。

「あっ！」

「何か出てきたけど、エルシーはそのまま動かないで」

だいたいの広場の様子を掴《つか》んだ時、目の前に大きな鍵が現れた。

——受ケ取レ　門　番《ゲートキーパー》　ノ　継承ノ鍵　ダ

……なるほど。これは、確かに俺が手に取るべきものだ。エルシーと繋いでいない方の手を伸ばし、宙に浮かんでいる鍵を掴んだ。

『継承の鍵θ《シータ》』。子供の手に余るほど大きな鍵だが、触れた指先から、次々と門番《ゲートキーパー》に関する知識が流れ込んでくる。

「リオン、触っても大丈夫なの？」

「うん。これは俺のための鍵だから平気だよ」

まず、最も大きな鍵章「混沌」。原初から存在し世界の創世に使用された。今は開かずの門で門番《ゲートキーパー》の管轄外にある。

「混沌」のすぐ外側にある四つの鍵章が「大神の門」。その名が示す通り四大神のための門で、それぞれに固有の門番《ゲートキーパー》がいる。

そして、神々の門のさらに外側。斜め十字方向にある鍵章が「古き門」だ。幽明神と大地神の意向を受けて嚮導神が設置した。

「古き門」は、広い大陸に散らばる人の魂――より正確に言えば、輪廻《りんね》の正規ルートである「残響冥路」に入り損ねた訳アリの幽魂（幽体と魂）の回収《リサイクル》に使用される。

大陸の東西南北に「古き門」の鍵章を納めた「円環塔」という建物があり、かつて地上の門番《ゲートキーパー》は、「古き門」と塔の番人を兼ねていた。

ところが今現在、西を除く三つの門で、門番《ゲートキーパー》の継承が途切れてしまっている。

「ここでも生命神教か。火葬の禁止だけでなく、門番《ゲートキーパー》を虐げていたとはね」

「それ知ってる。リリア・メーナス物語に出てきたよ」

「うん。メーナスが粛正した宗教で、様々な悪事を重ねていたみたいだ」

統一王国以前に中原を制覇した宗教国家「神聖ロザリオ帝国」。

生命神教を国教とし、輪廻転生《りんねてんせい》を否定する彼らは、教義に反すると言って領土内にある「円環塔」を破壊し、門番《ゲートキーパー》を異端認定して迫害した。

難を逃れたのは、当時、辺境とされていた地にある「東の門」と、峻険《しゅんけん》な赤龍山脈の向こう側にある「西の門」だけ。

そこから少なくない時が流れて、「東の門」は門番《ゲートキーパー》が引き継ぎを行わずに寿命を迎えて閉鎖した。その結果、地上には未回収の訳アリ幽魂が停滞し続けている。

「なるほどね。ごめん、エルシー。退屈だろうけど、もうしばらく我慢してくれる？」

「大切なご用なんでしょ？　それにちっとも退屈じゃないから」

「うん、ありがとう。そう言ってくれて助かるよ」

やっと大陸の東側に現れたというか、用意された門番《ゲートキーパー》が俺なわけだ。

じゃあ、門をサクッと管理しちゃえばいいの？　……えっ？　管理制限がある？

門番《ゲートキーパー》一人につき門はひとつが初期設定《デフォルト》だって。

俺は既に待宵作の門をひとつ管理している。だから、さらに門を増やすには、なにがしかの対価を差し出す必要があるらしい。

前の門番《ゲートキーパー》がいなくなった時点で門は閉ざされている。その時に、拡張されていた機能は初期化されて、貯蓄されていた通行料金も全て失われた状態だ。

即《すなわ》ち、門を開放するための対価は俺の持ち出しになる。

「でもさ、幽魂の回収って人族全員のために必要なシステムだよね？　門番《ゲートキーパー》という一個人が、その対価を支払うのはおかしくない？」

結構マジで『継承の鍵θ』に向かって訴えてみる。

「その鍵がリオンに無茶を言うの？」

「そんな感じ。仕事を請け負うためにまず金を払うなんて理不尽だよね？　真面目に働こうとする意欲を挫《くじ》くっていうか」

「お金を払って働くの？　それってやるだけ損だね」

――響導神　カラ　新タナ神託　ガ　下サレタ
新たな神託？　今、このタイミングで？

――古キ門　ヲ　司レバ　新タナ　能力ニ　目覚メヨウ
響導神様からの急なお知らせに、心の冷や汗が出てきた。

たった今吐いたばかりの愚痴が伝わってる⁉　だって、そうとしか思えない。ははっ、そりゃそうか。ここってモロに響導神様の領域じゃないか。

相手は神様だ。ここは人間らしい謙虚さが大事。

「迅速に声をお聞き届けくださり感謝いたします。響導神様のご要請を謹んでお引き受けします」

これで届いた？

決して新たな能力に引かれたわけじゃない。ちょっと愚痴ってみたかっただけで、元々「古き門」を引き受けるつもりはあった。

東の門がいつ閉じたのかは不明だが、そのせいで相当数の訳アリ幽魂が、未回収のまま地上に滞留していたのではないか？

そう思ったのは、管理台帳の利用者数を見たから。

早くも万単位だった。これって、閉鎖中の門の代わりに「朔月門《さくげつもん》」が幽魂の回収に使われたからだよね。グラス地方は中原の西に接していて、人口が多いベルファスト王国に開いた門でもある。

そりゃあ便利で使い倒すよ。

そして、このまま「古き門」が開放されなければ、今後もずっと俺の門が使われ続ける。回収業者の皆さんが、既にバンバン通っているから今さらではあるが、このまま一極集中はよくない。

ただし、塔が破壊されたという南北の門は、現在の地上の様子に不安がある。従って、門番《ゲートキーパー》の寿命で閉じてしまったという東の門、まずはこれを開くつもりだ。

「東の『古き門』って、どれか分かる？」

——コッチダ

羯羅波《カラハ》と諦羅《タイラ》に案内されて、エルシーと手を繋いだまま、東の「古き門」の前までやってきた。

鍵章の大きさは直径六十センチくらいで、表面に鱗《うろこ》のような模様がある。

で、問題は対価だ。

しゃがみ込んで鍵章に触れると、開放の対価を知らせるメッセージがきた。

《[東円環門《ひがしえんかんもん》]管理者権限取得金　一〇〇〇〇〇〇クルス》

「うわっ、金かよ！　そして高い！」

世知辛い。現金だった。神様が作った門のせいか凄い値段だ。百万クルスだって。

幸いにして、ギリ払える額ではある。到底実現できない対価を要求されるよりは、むしろ金で片がついてよかったと考えよう。もともと、濡《ぬ》れ手に粟《あわ》で得た利益だしな。

必要経費だ。払ってしまえ！

職業　【門番θ】
固有能力　【施錠】【開錠】【哨戒】【誰何】
派生能力　【管理台帳】

管理台帳

◆出入管理　利用者数
［朔月門］★　14,808人
［東円環門］★★★　0人

◆通行基本料金
［朔月門］★
1往復：1キル黄貨

徴収総額
14,808（1,480,800クルス）

［東円環門］★★★
1往復：1キル蒼貨 0人

徴収総額
0（0クルス）

◆資金
479,800クルス

◆利用明細
交通費
1,000クルス

管理者権限取得金
1,000,000クルス

管理台帳がなかなか使える。残金が一目瞭然だ。

資金がごっそり減ったが、まだ四〇万クルス以上ある。そして、また少し増えた。幽魂の回収班の皆様、大変お疲れ様です。

「東の門」の正式名称は［東円環門］。嚮導神様作だから、初期値で門のランクを示す★の数が多い。通行料金は門のランクに準じるので、値段が［朔月門］の十倍だ。

「じゃあ、用は済んだし帰ろう。お二人と出会った場所に、また運んでもらうことはできますか？」

於爾《オニ》の二人に向かってそう言うと、不思議そうな顔をされた。

——帰還用ノ　門ヲ　作レバヨイ

——ベロベロ　ゴックン　キニイッタカ？

門を作る？　でも管理制限が……あれ？　「朔月門」と同じクラスなら、おひとつ一〇万ルクスで追加設置できるって。

また資金が減ってしまうが、この門の港を気軽に利用できるメリットの方が上回る。

「待宵、門を作れそうな場所ってある？　なるべく、中心に近いところで」

『バウッ！』

「うん、そこにしよう。じゃあ待宵、お願い。俺の寝室に直通で。【裂空】！」

『バウウ！　(任せろ)』

待宵が時空に開けた穴を門として固定する。例のアレだ。シュバってやつ。エルシーも於爾《オニ》の二人も黙って見ていてくれたけど、人前でやるのは恥ずかしすぎた。

「じゃあ、お二人にはお世話になりました。嚮導神様にも、くれぐれもよろしくお伝えください」

——受ケ取レ

——ナクスナヨ

別れの挨拶をしたら、二人が青と赤のマーブル模様の小さな角笛をくれた。受け取ると、角笛から細い鎖がシュルッと伸びてきて、ブレスレットみたいに手首に巻きついた。

「えっと、これはなんですか？」

——シカルベキ時ニ　呼べ

——リーオン　マタ　アオウ

「今日はありがとうございました。また会える日を楽しみにしてます！」

再会の言葉を交わし、彼ら二人と別れた。新たな門の名前は『繊月門《せんげつもん》』。寝室にもうひとつ俺の門が開いた。

§　月光

「東円環門《ひがしえんかんもん》」が開通した。もう一人の門番《ゲートキーパー》が管理している「西円環門《にしえんかんもん》」も、通行料金を払えば利用可能である。

門を経由して、大陸の東と西を自由に行き来できそうな状況になり、とある問題が浮上した。

大陸の地理が皆目分からない。帰還は待宵《まつよい》頼みでなんとかなるが、門を出た先で迷子だなんて、何をしに行ったのか分からない。

必要なのは地理感覚だ。大陸にある国々や地形の把握が、喫緊に必要だと実感したわけです。

「大陸の地図でございますか？」

「うん。できるだけ広範囲なのがいい。見ることってできる？」

「地図にご興味がおありですか？」

「とても。だって描いて……いや、あの、ほら、歴史を習ったから、地理にも興味が湧いたんだ」

あっぶねぇ。地図を描いていることを、モリ爺《じい》に告白するところだった。なんとなくバレている気もするが、サイケな俺の絵がグラス地方の俯瞰《ふかん》地図であることは、まだ内緒にしておきたい。

「なるほど。さすがリオン様。素晴らしい向学心でいらっしゃる。地図は慎重に扱うべきものですが、リオン様は次期当主です。ご希望が叶《かな》うように手配いたしましょう」

それほど待たずに、モリ爺が同席の上で大陸地図を閲覧できることになった。

モリ爺が、地図の中央に走る亀裂を指し示す。

「大陸中央に縦に入った亀裂。これが『巨人の一撃』です。ご覧のように、グラス地方に隣接する部分はほぼ直線状ですが、南北は東側に湾曲して海に繋《つな》がっています」

「グラス地方って、かなり広いんだね。ベルファスト王国の四分の一ほどを占めている」

位置的にも、大きさ的にも、その成り立ちからしても、ひとつの国と言っておかしくない。

「へぇ。赤龍山脈って、こんな風になっていたんだ」

グラス地方の西に隣接する赤龍山脈は、大陸を縦断するだけでなく、その南北端で大陸の西側を取り巻く山々と連なり、環状の山岳地帯を形成していた。

環状山岳地帯の外側には、いくつかの沿岸国家が存在する。しかし、内側はなぜか空白になっていて、地名も何も書かれていない。

「この空白部分には何があるの？」

「大陸の西側中央地域については、実はあまりよく分かっていません。ときに高品質の魔道具が市場に流れますが、この地域にある古代遺跡で発掘されたと、まことしやかに囁《ささや》かれています。そのことから、かつては高度な魔導文明があったと推測されています」

「売れるほど質の良い魔道具が出てくるんだ？」

「はい。中には、今の技術では再現不可能な魔道具もあり、なぜそのような高度な文明が滅びたのかは謎とされています」

ロストテクノロジー、オーパーツの類《たぐ》いか。凄《すご》く気になる。古代遺跡なんて、ワクワクするじゃないか。しかし、地図がないのは痛いな。

「市場で売っている人たちは、どうやって魔道具を手に入れているの？」

「大陸の最西端にあるムスカという小国……ここですね、の市場で発掘品が取引されており、商船で運ばれていると聞いています」

「なるほどね。赤龍山脈を越えるのではなく、船で交易しているのか」

「西側では国や集落の多くが沿岸部に集中していて、食料や酒などが飛ぶように売れるそうです。あくまで推測ですが、内陸部は水源に乏しく、農耕には不向きな土地なのではないでしょうか？」

「かつてのグラス地方みたいに？」

「はい。ルーカス卿の偉大な功績がなければ、この地もいまだ西側の領域とされていたはずです」

こうして改めて聞くと、ルーカスさんって、本当に凄い人だったんだね。

「中原には大小様々な国がありますが、その緩衝地帯となっているのが中央大森林――別名『魔獣の森』です。放っておくと森林が際限なく拡大してしまうため、中央大森林に隣接する国は、常に森林の侵食と戦っています」

「それなら、昔はなぜ戦争が絶えなかったの？」

「今よりも森林の拡大速度が緩やかだったからです。百年ほど前までは、イグニス大火山の噴火による影響が残っていました」

「なるほど。そのイグニス大火山は……ここか。随分と東にあるんだね」

「はい。イグニス大火山より東にあるのは、鱗人《りんじん》が住むグラヴィス竜鱗国《りゅうりんこく》だけです」

鱗人。その言葉を聞いて、「東円環門」の鍵章《けんしょう》にあった鱗状の模様が脳裏に浮かんだ。無関係とは思えない。あの門は、グラヴィス竜鱗国にあるのかも。

せっかく門を開いたし、ちょっと覗《のぞ》いてみようか。

日を改めて。

待宵をお供に「織月門」を通って満天彗慧《まんてんすいけい》へやってきた。が、なぜか目の前にエルシーがいる。

「エルシー、どうやってここに来たの？」

「お願いしたの。夢の中なら好きな場所に行けるから」

「えっ!? どこにでも？」

「うん。今日は、ここのお星様が見たいってお願いしたら来れたよ」

マジか。エルシーが幽明遊廓で活動している間、彼女の身体は地上にあったことを確認している。

従って、夢の中のエルシーは、意識だけが飛んできているはずなのに、加護の力で作り出した本物に近い身体がある。

「じゃあ、出かけるよ。待宵、エルシー、準備はいい？」

ついて来ることは分かっているので、最初からエルシー、にも声をかけた。

『バウッ（おうっ）！』

「おうっ！」

妙に息が合っている子供とワンコ。起床時刻までには戻りたいから、先を急ごう。

鱗《うろこ》模様の「東円環門」の前に立った。門番《ゲートキーパー》がいなくなった「円環塔」が、果たして現状どうなっているのか？

鍵章に足を踏み入れた。

「寒っ！　それに暗いね。かなり埃《ほこり》っぽいし、長いこと人が出入りしていない感じ？」

魔術で小さな明かりを作る。

石壁に囲まれ、床に鍵章があるだけの、酷《ひど》く殺風景な部屋が浮かび上がった。人の姿はなく、床の上には埃や砂塵《さじん》が積もっている。

門番《ゲートキーパー》がいなくなってから、どのくらいの時が経《た》ったのか？　今は放棄されて、この塔自体が無人になっている可能性もありそうだ。

「窓も明かりもないなんて……あれ？　エルシーは？」

後ろからついてきたはずのエルシーの姿が見当たらない。夢から覚めて戻ったのか？

「リオン、エルはここだよ！」

声がする方を見ると、エルシーがいた。ただし、身体が透けている。向こう側の壁がはっきり見えるくらいに。なんでだ？　ここが地上だから？

「エルシーは、まだ夢の中にいる感じ？」

「うん。でも、さっきよりフワフワしてる」

そりゃあ、そんなに透け透けじゃあね。でもこれ、まずくないか？

「身体が薄く透けているのには気づいている？」

「……本当だ。なんで？　リオンも待宵もそのままなのに」

「俺は元々肉体があるから。待宵は……召喚主である俺との契約があるからだと思う」

「じゃあ、エルも契約する！」

「無理！　エルシーは召喚獣じゃないから！」

《おそらくですが、幽明境界は顕界と冥界の狭間《はざま》にあり、疑似的な夢として扱われていたのではないでしょうか？　本来は夢の中でだけ発揮される夢神《ゆめがみ》の加護が、強く働いていましたから。しかし、地上ではそうはいきません。加護の力が弱まって、仮の身体を維持できなくなったのでは？》

なるほど。アイの推測には一理ある。嚮導神《きょうどうしん》と夢神は共に幽明神の眷属《けんぞく》で、いわば同僚だ。それに、幽明遊廊には夢の泡でできた滝があった。夢神の影響があってもおかしくない。

「それなら戻った方がいいよね？」

《ひとつ提案ですが、待宵に触れてみては。待宵は幽明境界の住人であり、その性質を色濃く有しています。さらには、マスターと契約したことで存在が安定している。いわば幽明境界の仮出張所のような状態です》

ダメ元で試す価値はあるか。

「エルシー、待宵にギュッて抱きついてみて」

「いいよ。ギュギュギュッてしてあげる。……あれ？　なんか安心する」

じわじわと浮き上がるようにエルシーの姿がハッキリしてきた。

「うん。まだ透けてるけど、だいぶマシにはなったね」

「フワフワが消えた!?」

「エルシーは探索を続けたい？」

「うん。ダメ？」

「またフワフワしてきたら、今度こそ夢から覚めて。それを約束できるなら連れていく」

「できる。ちゃんと約束する」

「じゃあ、待宵。エルシーを頼んだ」

『バウッ！』

部屋にひとつだけある木製のドアを開けた。半ば朽ちて蝶番《ちょうつがい》に錆《さび》が浮いていたが、ギギギッと軋《きし》む音がして、ドアは抵抗もなく開いた。

一歩部屋を出ると、右を見ても左を見ても通路で、正面に上り階段がある。

まずは右手に進んだ。通路はすぐに右に折れ、少し広めのエントランスのような場所に出た。壁に金属製の両開きの扉がある。

この階をざっと調べたところ、鍵章がある四角い部屋を、ぐるっと通路が囲んでいるだけの単純な造りだった。高い位置に換気用の通風孔はあるが、外を覗けるような窓はない。

「この扉は無理だ」

両開きの扉は、氷のように冷たくて押しても引いてもびくともしない。

「仕方ない。外は諦めて、塔の上に昇ってみよう」

階段を上ると少し息切れがした。たいした運動量でもないのに、なぜか息苦しい。

最初の部屋があったフロアを一階とすると、二階には木のテーブルと長椅子の残骸があり、三階の各部屋には崩れたベッドが並んでいた。いずれも、放棄されてから相当の年月が経っていそうだ。

「二階は待合室で、三階は宿泊所だったのかな？」

「リオン、こっちに来てくれる？　エルには拾えないみたい」

エルシーに呼ばれて行ってみると、床にペンダントが落ちている。手に取って調べてみると、鎖の部分は錆《さ》びて腐食していた。しかし、ペンダントトップは台座が銀色に輝いていて、透明な楕円《だえん》形の石を透かして台座に刻まれた魔法陣が見えた。まだ勉強中だけど、おそらくこれは風魔術のものだ。

《正解です。空気を生み出して対象の周囲に纏《まと》わせるという比較的シンプルな魔法陣ですね》

「これ、ひとつだけかな？」

壊れたベッドの隙間《すきま》を皆で丁寧に見ていくと、あと二つ見つけることができた。魔法陣や石の状態が一番良かったものをひとつだけ残し、他はポケットにしまう。

試しに石に風の魔素を注入してみると、透明な石がみるみる緑色に染まり、輝きを発した。

「綺麗《きれい》。宝石みたい」

「見た目は似ているけど宝石じゃない。この装身具は魔道具だよ」

「なにに使う魔道具なの？」

「身につけた人に絶えず新鮮な空気を供給する。ここは空気が薄いから、日常的に使われていたんじゃないかな？」

早速、ペンダントの魔道具で息苦しさを改善しながら四階へ移動する。

「もう屋上？」

高い塔ではなかったようで、このフロアは天井がなく物見台になっていた。床は真っ白で、少なくない雪が積もっている。寒いわけだ。

『バウゥウゥーーッ！』

獣の血が騒ぐのか、待宵が一声吠《ほ》えて前に駆け出した。

正面に冴《さ》えた月が見える。雲が流れているから風が強そうだ。暗視を切り、月明かりを浴びながら、外壁に近寄った。

「めっちゃパノラマ。三六〇度、山と雲しか見えない」

「凄い、雲の上にいる！」

月光雲海。

まさにそんな風景で、青みを帯びた灰白色の雲の海原に、暗く沈んだ山の陰影が島のように浮かんでいる。息苦しいはずだよ。かなり標高が高そうだ。

なぜこんな場所に塔を作ったのか？　放棄されたのは、存在を忘れられてしまったから？

塔の外壁から頭を出して真下を見下ろすと、基部が雪に埋まっていた。正面の両開き扉が開かなかったのは、半ば以上、雪に埋もれているせいだったのか。

雄大な景色に心を動かされるけど、長居をするわけにはいかない。

「じゃあまたね。エルシー、待宵、今日はこれで撤収だ。帰るよ」

去り際に、もう一度だけと雲の海を振り返った。またいつか、この景色を見に来よう。

第三章　風の消息

§　亀を喰らう

遊戯室へ手に画用紙を携えたナミディアがやってきた。

「あの。教材を準備するために絵の具を使いたいのですが」

「画材一式はあの収納棚の中にあります。この部屋の中であれば自由に使っていただいて構いません」

「じゃあ早速、お借りしますね」

画用紙には既に下絵が描かれていて、ナミディアが手慣れた様子で色を塗り始めた。……ふむ。気になる。

「見学してもよいですか？」

「ええ。まだ絵の具が乾いてないから、触らないように注意してね」

俺が見学の許可を取ると、他の子供たちもワラワラと集まってきた。皆それぞれに、作業台に広げられた画用紙を覗き込んでいる。

幼い兄妹が森の中を歩いている絵。恐ろしい顔をした老婆の絵。絵心があるのか、かなり上手《うま》い。

「あっ、おかしだ！」

目をキラキラさせたシンシアが、ナミディアが新たに塗り始めた絵を見て声をあげた。そこには、かなり凝った造りの可愛《かわい》らしい家が描かれている。

「そうよ。お菓子でできた家だから、とても甘くて美味《おい》しいのよ」

「たべられるの？」

「ええ、壁も、ドアも窓も屋根もお菓子だから、全部食べられるわ」

「うわぁ」

全員の目がお菓子の家に釘付《くぎづ》けになった。他の子供たちはワクワクとした期待を込めて。俺はハラハラとした危機感を覚えて。

これは罠《わな》か？　平常心、平常心。動揺を顔に出しちゃダメだ。

板チョコの屋根にばら撒《ま》かれた七色《マーブル》の粒々。門柱に見立てた渦巻きキャンディー。パステルカラーのマカロン軍団。

こんなカラフルなお菓子は、ここにいる誰もが見たことはないはずだ。

「ナミディア先生、こういった色合いのお菓子はどうやって作るのですか？」

クレア、いいぞ。良い質問だ。

「どうやってって……材料に食紅——あっ！　えっと、そう、そうだわ。食べても大丈夫な色素を混ぜればいいの」

ナミディアの顔に焦りが浮かんだ。えっ、これワザとじゃないの？

「その色素は、どこかで売られているのですか？」

どうだろう？　そもそも食品に着色するという発想に乏しいのに、商品化された食紅があるとは思えない。

「さ、さあ？　……あっ、ほら。色の濃い花や野菜を使えば、こんな風に染められるんじゃないかしら？」

「なるほどですね。使えそうなものがないか探してみます」

そこに、いつになく目を輝かせたジャスパーが、ニュースを運んできた。

「今日の午後に北部からゲス・エグィス・マズィナが届くそうです」

「それって、滋養溢《あふ》れる大亀だったよね？　やっぱり珍しいの？」

魔獣図鑑によれば、大型の亀甲獣で魔力があり、防御力が高く倒すのが難しいとあった。高級食材とされ、高く取引されるとも。

「とても珍しいです。それ以上に、美味しいのです！」

「ジャスパーは食べたことがあるの？」

「いえ、残念ながら。しかし、聞いた話では、ゲス・エグィス・マズィナで作られた黄金のスープは、脳天を突き抜けるような美味しさだとか」

黄金のスープか。それってスッポンの丸鍋みたいな感じなのかな？

「へえ。それは凄《すご》く楽しみだ」

「かめをたべるの？」

「そうだよ、ジェイク。ですがその前に！　ゲス・エグィス・マズィナは氷冷車で運ばれてきて、届き次第、下郭《かかく》で解体されるそうです。皆で一緒に見に行きませんか？」

「大亀の解体？　見てみたいけど、下郭かぁ。モリスに聞いてみるよ」

警備面での手配を懸念していたが、ダメ元で聞いてみたら、あっさり許可が下りた。

どうやらめったにないイベントらしくて、福利厚生的な意味合いで、屋敷に詰める武官も当直に当たっている者以外は揃《そろ》って見物に行くらしい。

そして、湧き立つ雰囲気の取り巻きを引き連れて下郭へ大移動した。ここへ来るのは、ヒューゴ卿のお墓の一件以来だ。

共有広場に着くと、既に人だかりができている。

護衛の武官たちが促すまでもなく、俺の到着に気づいた者たちが道を空けてくれたので、ゆっくりと前に進む。

「ご主君～！」

「ルイス！　来てたのか」

人垣の中からルイスが駆け出してきた。「男子、三日会わざれば刮目《かつもく》して見よ」なんて言うけど、ちょっと見ない間に顔つきがシュッとして凛々《りり》しくなっている。

「はい。ここ最近は毎日来ております。ジャスパーが修行を始めたと聞きました。自分も負けてはいられません。一日でも早く、護衛騎士になれるように励みます！」

相当絞られたのかも。笑顔も人懐《ひとなつ》っこさも変わらないが、言葉遣いが激変している。ちょっと寂しい気もするが、護衛騎士の先輩がゾロゾロいる中では、畏《かしこ》まった話し方になるのも当然か。

「ルイスが護衛騎士になるのを待っている。凄く期待してるから」

湖上屋敷で共に過ごして、人柄も気心も知れている。今から鍛えているなら、生え抜きの護衛騎士になってくれるだろう。

双子の姉であるマイラとエマも既に本邸に出仕していて、教育係に指導を受けながら、真剣な顔で仕事をしているのを見かけるときがある。彼女たちは、ここには来ていないのかな？

あっ、いた！

内勤女官のお仕着せを着た若い女性たちの中に、二人の姿を見つけた。あっちも気づいたようで丁寧に会釈してきたので、こちらも軽く手を上げて返しておく。

どんどん人が集まってくる。大型魔獣の解体ショーって、相当な娯楽なんだね。意外なことに、女性の見学者もかなりいる。

「あっ、来たようです」

ゴロゴロと車輪が立てる重たい音を響かせながら、解体用に空けたスペースに、鎧馬《よろいうま》に引かれた荷車が入ってきた。

いかにも頑丈そうで、荷台にコンテナのような四角い荷箱を積んでいる。

「大型魔獣搬送用の氷冷車だと聞いています。荷箱に霜が浮いていますね」

「精霊の力を借りているみたいだ」

精霊の気配が一気に強まった。相当数の小精霊がいる。精霊たちを集めて、なおかつ輸送に協力してもらう。こんな活用の仕方もあるとはね。誰が彼らを動かしているんだろう？

──カワイイコ　ミッケ！

──アイニ　イコウ！

小さなざわめきが聞こえたと思ったら、荷箱から小精霊たちが次々と飛び出し、真っすぐにこちらに向かってきた。その身にまとう冷気と共に。

「おいっ、急げ！　冷気が漏れ始めたぞ」

停止した氷冷車から鎧馬が外され、荷箱の後ろ側にある大きな閂《かんぬき》が抜かれた。後部扉が大きく開け放たれ、少なくない冷気が押し寄せてくる。

「おいおい。どんだけ持ってくんだよ。吸引力が半端ない。さすが、ただ一人の『愛し子《いとご》』様だ」

イケボな声がして、荷箱の中から毛皮に身を包んだ背の高い男が飛び降りた。ロングコートに、長靴。手袋を嵌《は》めて、耳まで覆うような帽子も被《かぶ》っている。

どれも毛皮で作られていて、俺ならモコモコと着ぶくれしちゃいそうな出《い》で立《た》ちだけど、それがやけに似合うワイルドな着こなしだ。

その毛皮、俺も欲しいです。だって今、とても寒いから。しっかりと防寒対策をしてきたのに、体感気温が冷蔵庫並みに下がってる。

「お前ら、もうちょい離れろ！『愛し子』様を冷やしちゃダメだろ！」

彼がそう言うと、周囲を飛び交っていた小精霊たちが、俺から離れて彼の元へ引き返した。

「あなたは？」

「お初にお目にかかる。高名な『愛し子』様にお会いできて光栄至極。マクシミリアン・リハイド・キャスパーと申します。……挨拶はこんな感じでいいか？　堅苦しいのは苦手でね」

「初めまして。キャスパー家の方が直々に運んでくれたのですね」

「二十年ぶりの大物だからな。万一があってはならないって、兄貴がうるさくてよ。超特急で運んできたから、鮮度はそう落ちてないはずだ。ちゃっちゃと解体しちまおう」

「兄貴？」

「アーサーだよ。会ったことあるだろ？」

キャスパー家のアーサーといえば、一人該当者がいる。

「当主のアーサー卿なら面識があります」

「まだ小さいのに難しい言葉を知ってるね。兄貴が言う通り賢そうだ。でも、俺に対しては、もっとこう砕けた感じでいいぜ。マックスと呼んでくれ。じゃあ、始めるから楽しんでくれよ」

マックスは、前方で着々と進められている解体の準備に合流し、指揮を執り始めた。

「あれが、マクシミリアン・リハイド・キャスパーですか。噂《うわさ》通り、型破りな人物っぽいですね」

ジャスパーは、あの男性について何か知っているようだ。

「噂って？」

「彼はキャスパー家の現当主の弟です。氷の精霊との強い盟約を持っていて、幼少期から期待されていました。しかし、当主には向いていないと、家督を継ぐことを拒否したらしいです」

「それがすんなり通ったの？」

「いえ。アーサー卿は、自分が補佐するからと粘り強く説得したと聞いています。ですが、当人が森で暮らすと言って出奔。これは無理だろうと現在の形になったそうです」

「なるほど。そこまでして、自分の意志を通したんだ」

目の前で生き生きと解体に励むマックスを眺めながら、流されるばかりの生き方をする必要もないのか、なんて思ってしまった。

まあ、もし俺が出奔したら、身内が地の果てまでも追いかけてきそうだけどね。

見ればキャスパー家の子供三人が、すぐ近くで声をあげて応援している。朝から姿を見かけなかったから、自家主催の一大イベントとして、早めにこの場に来ていたのかもしれない。

そして、大食堂にみんなで集まって食す。

丁寧に解体されたゲス・エグィス・マズィナは、荒ぶる厨房《ちゅうぼう》により三日間にわたって調理された。料理はスープと煮込みの二品だと聞いている。

台車に載せた大鍋が運ばれてくると、周囲からワッと歓声があがった。まるでお祭りみたいだ。皆が笑顔で楽しげで。

「う、うまっ！　なにこれ！」

ひと口含めば、とろみのあるスープが即座に舌へ絡みつき、纏わりついて離れない。

……こ、こいつはヤバい。味蕾《みらい》が瞬時に制圧され、旨味《うまみ》センサーが延々と蹂躙《じゅうりん》されている。甘い、辛いとかではなく、ただひたすら美味《うま》い。押し寄せる多幸感が半端ない。

「いかがですか？　北部産のゲス・エグィス・マズィナのスープは？」

まだ料理に手をつけずに、アーチーが感想を聞いてきた。自分の代わりにアピールしてこいと、父親のアーサー卿から指令を受けているのかもしれない。

「凶悪なくらいに美味い。これ、食べ物を超越してるよ」

絶対に快楽物質が出てる。

「その言葉を聞けば、父が大層喜びます」

「皆も凄く喜んでいるし、アーサー卿にお礼を言わなきゃ」

大人も子供も、はふはふと夢中になって食べている。そのせいで、大食堂内は熱気に満ち満ちているのに、会話はほとんど聞こえない。

さて。煮込みはどうだろう？

「……プルプル最高！　脳が震えそう！」

とろける脂身はゼラチンみたいにプルンとしているのに、噛《か》むとジュワッと口の中に凝縮された旨味と滋養が溢れてきて、思考が歓喜に染まった。

「もう全部食べちゃった……リオン、お替わりしてもいい？」

「エルシー、なぜそれを俺に聞くの？」

「だってこれは、リオンのための料理だから」

エルシーの言葉を聞いて、周囲にいた人間が一斉に顔を上げ俺を見つめた。彼らの目には、熱くひたむきな懇願と期待が浮かんでいる。

俺もお替わりするつもりだし、ダメなんて言えないよ。

「沢山作ってもらったから、お替わりしても大丈夫だよ」

「わーい！」

他にも席を立つ人がいて、あっという間に大鍋の前に行列ができた。

釣られて焦りそうな気持ちを抑え、ひと口ひと口、ゆっくりと味わう。そうやって自分の胃袋の許容上限を測っていると、不意にぐだぐだしたNGワードが耳に飛び込んできた。

「もっと飲むぅぅぅ！　コラーゲン最高～プルンプルンプルンだってば！」

「ちょっと、モエ。酔ってる？　猫にマタタビ……じゃなくて、猫に亀？　やだ、どうしよう？」

……頭が痛い。家庭教師二人が視界の隅っこでバタバタしている。コラーゲンもマタタビも日本語だ。いったい、何をやっているんだか。

「お嬢ちゃんは、どうやら酩酊《めいてい》体質みたいだね。あんまり飲みすぎない方がいい」

「オッサン誰？　余計なこと言わないでよ」

「そう言われるほど老けたつもりはないが、まあ、お嬢ちゃんから見ればオッサンかもな。俺はそのスープの材料を狩って運んできた者だ」

「マジマジのマジ？　オッサンなんて言ってゴメン。だったら、あのレア亀の甲羅を頂戴？ちょっとだけ、できればいっぱい。モエ、あれがすっごくすっごく欲しいの」

「無理だ。あれは『愛し子』様に献上したものだから、既に俺ん家《ち》に所有権はない。それに、甲羅は魔封石の材料になる貴重な素材だしな」

「だから欲しいの！　モエはこう見えて錬金術師なんだよ！」

「ちょっと、モエちゃん。何を言って……」

あーあ。猫が馬脚を現した。あいつらの化けの皮が一枚剥《は》がれたわけだが、どうしようか？

モリ爺《じい》とネイサンをご老公ばりに両脇に侍《はべ》らせ、しょげる猫耳の尋問を始めた。

といっても、尋問自体は大人二人がしてくれる。さて。何が飛び出てくるやら。

「錬金術の専門家であるモロノエ女史が、どういった経緯で当家の魔術教師になったのですか？」

「お願い、首にしないで！」

「理由を言わずにお願いだけされても困ります」

「……知らないの。推挙された理由を教えてもらってないから」

「予想もつきませんか？　普通は疑問に思うでしょう？」

「さあ？　他に成り手がいなかったとか？　『精霊の国』では、魔術師が生まれない。それを頑《かたく》なに信じている人が多いし、気位の高い魔術師ほど精霊を嫌うらしいから」

「なるほど。では、あなたがこの地にやってきた真の目的は？」

「そ、そんなの家庭教師をしに来ただけ……」

もはやその理由が通じないことに気づいたのか、モロノエの語尾が小さくなっていく。

「あなたはここに来てから、精霊について随分と聞きまわっていたそうですね。それはなぜですか？」

「そ、それは……王都で耳にしたからよ。グラスブリッジで大規模な精霊術が行われたって。そんなの聞いたら気になるじゃない」

「怪しいことこの上ないですな。ナミディア女史も、あなたとグルだと考えてよろしいですね？」

「あの子は関係ない！　彼女はちゃんと自分の仕事をしてたでしょ」

感情が表に出すぎる。モロノエの性格は諜報員《ちょうほういん》向きじゃない。

早めに排除した方がいいと考えていたが、ここまで粗忽《そこつ》なら泳がせておいた方がいいのか？

「ふむ。先ほど解雇は嫌だと仰《おっしゃ》っていましたが、ここに残って何の仕事をするつもりですか？」

「なんのって……錬金？　ほら、あの大亀！　素材加工は得意なの。甲羅からいくらでも魔封石を作ってあげるし、簡単な魔道具なら修理や自作もできるわ」

魔道具を作れる？　それは聞き捨てならない。

「あっ！　でも、甲羅を切断するのが大変で……」

「どんな風に大変なのですか？」

「切り方自体は知っているけど、中級魔術を使うのよ。だから私には無理。ここには、そんな人材なんていないわよね？　私でも教師が務まると見做《みな》されたくらいだし」

　ここで、気になったことをモリ爺に質問してみる。

「ねえ、今まで採れた大亀の素材はどうしていたの？」

「めったに採れるものではありませんが、前回は王都で競りにかけて売却しています」

「それって儲《もう》かるの？」

「高額で売れはしますが、加工製品の値段に比べたら微々たるものです」

　なるほど。良いことを聞いた。グラス地方で採れた稀少《きしょう》素材なのに、人材がいないから自領では加工できずに手放していたとは。

　それなら、試してみてもいいかもしれない。猫耳《モロノエ》に希望通り仕事を与えて、余計なことなどできないくらいに働かせてやろう。

§　壊れた加護

　白い蛇がいる。真珠色の蛇だ。

　……あれ？　いつものやつじゃない。だって、随分と小さくて、短いロープみたいだ。

　ここはどこだ？

　視界の大部分を緑色が占めている。敷石があり空は開けているから、自然の中ではない。どこかの庭園かな？

　剪定《せんてい》を怠っているのか、植栽の枝葉が伸び放題になっていた。あまり使われていない放置気味の場所なのかもしれない。

地面を覆うほど密に繁《しげ》った下草を縫い、白い子蛇は小刻みに身をくねらせながら地を這《は》っていた。

前へ前へと急ぐ様は、何かに怯《おび》え必死に逃げているように見える。

「待って！　どこに行くの？」

背後から子蛇を呼び止める声が聞こえた。甲高い子供の声だ。

植栽の陰から蜂蜜色の髪をした少女が飛び出してきて、懸命に子蛇を追いかける。まだあどけない。五〜六歳くらいかな？

「お願い！　止まって！」

なかなか距離が縮まらず、しばらく続いた追いかけっこは、第三者の介入により強制的に終わりを告げられた。

行く手に長いローブを着た男女が現れて、少女の前に立ち塞《ふさ》がったからだ。

「悪い子だ。外へ出てはいけないと言われただろう？」

「お願い、どいて！　じゃないと逃げちゃう！」

「あら？　何が逃げちゃうの？」

男に即座に言い返した少女が、女性の質問を聞いてハッと何かに気づいたような顔をした。

「あっ、えっと……えっと……知らない！」

慌ててしらを切っても、それは見え透いていて。

「ふぅん。一応、隠す知恵はあるのね。それで騙《だま》せるのは、子供を産むしか能がない愚図《ぐず》な母親くらいでしょうけど」

二人は共に少女を圧迫するように近づき見下ろしているが、その表情は対照的だった。

男は眉間に皺《しわ》を寄せ、不機嫌を隠さない厳しい表情をしている。一方の女は、一見優しげだけど、哄笑《こうしょう》というか嘲《あざけ》りを多分に含んだ仮面のような笑顔に見えた。

「隠しても無駄だ。お前には蛇が『視《み》える』。追っているのは蛇だろう？」

「なぜそれを知ってるの!?」

「我々は全てを見通せる。だから誤魔化しはきかない。早くさっきまでいた部屋に戻れ！」

「……い、いやっ！　いやよ！　あの部屋は変な臭《にお》いがするもの！」

男の恫喝《どうかつ》に怯え、少女が泣きそうな顔になる。

「このお兄さんが言ったことは本当よ。私たちには嘘《うそ》つきが分かるの。蛇が『視える』ことを隠していたのはなぜ？　正直に理由を教えて？　ね？」

「……だって。だって、蛇は困るって。そう言ってたから」

「あら、誰が言ってたの？　とってもとっても大切なことだから、それも教えて。もちろん、あなたが叱《しか》られることはないわ」

「……お、お母さま」

二人の大人に挟まれた息苦しい沈黙の後、小さな小さな囁《ささや》くような声で少女が答えた。

「いい子ね。教えてくれてありがとう。お姉さん、助かっちゃった」

「やはりあの間抜けな母親か」

「ねえ、もういい？　あの子を、蛇を追いかけなきゃいけないの」

「その必要はない。部屋に戻れ」

「いやよ！　お願い、そこをどいて！」

「ふぅん。そんなにあの蛇が必要なの？」

「そう。やっと来てくれた大切な子なの。だから……」

「えっ!?」

「そう。会えてよかったわね。そして、残念なお知らせ。蛇さんとは、もうお別れなの」

「さあ、こっちに来るんだ！」

「いやっ！　はなして！」

少女は男に拘束され、どこかに連れていかれてしまった。この光景はなんだ？　何が起こっているのか訳が分からない。

すぐに景色が切り替わり、ぼんやりと焦点が合わない目をした少女が視界に映った。背景は依然屋外で、遠くに瀟洒《しょうしゃ》な建物が見えている。

様子が変だ。少女はいったい何をされた？

「あら？　お薬が効きすぎちゃったかしら？」

「問題ない。下手に意識があると精神が壊れて廃人になりかねない。植え付けるには、この状態の方が望ましい」

「まあ、そうよね。こんな化け物じみた花。見ないで済むなら、それに越したことはないわ」

男女の会話が不穏すぎる。廃人とか化け物とか。嫌な予感がした。

視点が移動し、身体をふらつかせた少女の前方に異様な花が映り込む。大人の背丈ほどもある巨大な花だ。

花は俯《うつむ》き加減で、その正面は少女を向いていた。六枚の花びらの先が外向きにクルクルと捲《まく》れていて、形自体は大輪の百合《ゆり》の花によく似ている。

しかし、その色が禍々《まがまが》しい。闇のように黒く、枝分かれした赤い花脈が血管のように花弁の表面を走っていた。

「いい子だから、そのままじっとしていてね。大丈夫。すぐに終わるから」

ローブ姿の男女が後ろに下がった。すると、それが合図だったかのように、黒くて細い蔓《つる》のようなものが花から伸びてくる。

蔓は螺旋《らせん》を描くように少女の身体に巻きつき、その先端が白くて小さな額の前でピタッと止まった。その間、少女は抵抗する様子もなくじっとしていて、表情は虚《うつ》ろなままだ。

蔓の中で何かが蠢《うごめ》いていた。

ぷくっとした小さな膨らみが、蔓の先端に向かって少しずつ移動してきている。獲物を飲み込み蠕動《ぜんどう》する蛇。あるいは卵を生み出す産卵管。そういった生々しいイメージが湧いてきた。

膨らみが蔓の先端に到達し、ようやくその正体が見えた。碧玉《へきぎょく》。翡翠色《ひすいいろ》の宝石？　アーモンドのような形をしていて、大きさもそのくらいだ。

宝石を咥《くわ》えたまま触手が動いた。少女の額中央に宝石が当てられ、ジワジワと体内に押し込まれていく。宝石が全て呑《の》み込まれてしまうと、蔓はスルッと少女から外れて花に戻っていった。

少女の額は白くツルンとしていて、異変の痕跡は見られない。

あれはなんだ？　少女は何をされた？

下がっていたローブの男女が再び前に出てきて、男の方が諭すように少女に話しかけた。

「君の加護はすっかり壊れてしまった。余計なものは、もはや『視る』ことができない。縁が切れてしまった以上、追いかける必要もない。君はもう自由だ。自らが望む通りの人生を送ればいい」

「この様子じゃあ、自分に何が起きたかなんて分からないわよ。この子に何を施したの？」

「それを貴様が知る必要はない。詮索《せんさく》は無用だ」

「はいはい。斜十字《サルタイア》の偉い人たちの思惑なんて、下々には分かりません。これでいい？」

「おいっ！　軽々しくその名を口に出すな！」

「用心深いのね。ここには結界があるし、万一侵入者が潜んでいたとしても、この護符がなければ花からは逃げ切れない。そうでしょ？」

女が自分の首に手をやり細い鎖を引き出した。鎖の先に十字架に似た意匠の飾りが見える。何かの紋章？　勲章っぽいデザインだけど。

「それでもだ。護符も隠せ！」

「はーい」

そこで目が覚めた。自分のベッドの上で、猫のように丸くなっている。

今のは……凄《すご》くリアルだった。本当に夢だったのか？

でももし、あの映像が『視せられた』ものだとしたら。あれは過去に実際に起こった出来事で、邪法によって加護を壊された人がいることになる。

あの少女はその後どんな人生を送って、そして今、どんな状態なのか？　彼女の名前は分からないが、ヒントはある。加護、そして白い蛇だ。

アレだよね。できれば近づきたくない界隈《しんせきかんけい》だ。だけど、神から与えられた加護を人為的に壊すなんて、決して見過ごしていいとは思えなかった。

§　西円環塔

シトシトと雨が降っている。

このところ空気が乾燥していたので、恵みの雨と言えるだろう。

グラス地方は広大な穀倉地帯を抱えているが、今年も大豊作だったそうだ。そのせいか、休耕期に入って気温が急激に下がってきても、人々の表情は極めて明るく活気がある。

　グラスブリッジへ転居して迎える初めての冬。

バレンフィールドは内陸部にもかかわらず、一年を通して寒暖の差が小さかった。それに比べ、グラスブリッジは季節の変化を如実に感じる。

めっきり冷え込んできて衣服や部屋の内装が冬仕様に整えられた。

つい先日、暖炉開きも行われたから、日が暮れても室内は暖かい。このままぬくぬくと柔らかい布団に潜り込んで眠りたい。誘惑に負けそうになったが、そうもいかない。時間は有限だから。

「さて、出かけるか。待宵《まつよい》、行くよ！」

『バウッ（おうっ）！』

東の円環塔に続いて、今夜は西の円環塔に行ってみることにした。「古き門」第二弾ってわけだ。

西には現役の門番《ゲートキーパー》がいるはずなので、まだこの時刻なら会える可能性が高い。いきなり門から子供が現れたら、驚かせてしまうかもしれないが……いいや、出たとこ勝負でいこう。

満天彗慧《まんてんすいけい》へ移動して、「西の門」の鍵章《けんしょう》前にやってきた。

峻険《しゅんけん》な赤龍山脈の向こうにある「西円環門《にしえんかんもん》」は果たして……これってなんの模様？

螺旋《らせん》状に捻《ねじ》れながら上へと伸びる二本の棒。それが斜めに交差している。棒の先端は鋭利に尖《とが》り、その背景は渦巻きの意匠で埋め尽くされていた。

「貝？　あるいは角かな？」

巻貝のようにも見えるし、巻角と言われてもおかしくない。

この模様は門に関係する何かを表していると思うんだよね。東と違って門番《ゲートキーパー》がいるはずだから、行けば分かるかな？

『バウウ（通行料金がいる）！』

「うん。他の人の門だからね。えっと、料金は……俺と待宵の二人分で、管理画面から払える」

鍵章の上に待宵と一緒に乗り、料金をまとめて払うと、次の瞬間には景色が変わっていた。

「結構明るい？」

出た場所は、「東円環塔《ひがしえんかんとう》」と同じような石造りの四角い部屋だ。常夜灯なのか部屋の四隅と天井に埋め込まれた石が薄黄色にぼんやり光っている。

ああいう光源は初めて見た。照明の魔道具かな？

西の大地には高度な魔導文明があったと聞いている。ランプや照明といった見た目ではないので天然石の可能性もあるが、もし魔道具なら実にシンプルな造りだ。

……夜中だし、さすがにこの部屋に門番《ゲートキーパー》はいないか。

部屋を出ると、広い待合室のような場所に出た。正面に外扉と思われる両開きの大きな扉がある。

このあたりは「東円環門《ひがしえんかんもん》」と似た構造だ。でも他が違った。

外扉近くの右側の壁にカウンターのような台があり、その手前の壁にはドア無しの入口が開いている。左側の壁には木製のドアが二つ。階段らしきものは見当たらない。

この空間も常夜灯レベルの明るさで、光量を調節するようなスイッチは見つからなかった。調査するにはさすがに暗すぎる。暗視を働かせるか。

「まずは右のドア無しの部屋に行くよ」

『バウウゥウ、バウゥバウッ（我は外が気になるから、出かけてくる）！』

「そっか。気をつけて。早めに戻ってきてね」

『バウッ（おうっ）！』

外扉をすり抜ける待宵を見送り、一人で右側の部屋に入った。大きな長テーブルが三台とベンチ状の長椅子がいくつも配置されていて、パッと見には食堂か休憩所といった雰囲気だ。

壁には窓が並んでいるが、全て木の板で塞《ふさ》がれている。外から吹き込んだのか、板の隙間《すきま》から砂がこぼれ落ち、床に小さな山を作っているのが見えた。

殺風景に片付いていて生活感はない。部屋の中に生き物の気配もない。

すぐに見終わったので、部屋を出て左側の壁に向かった。まずは、ほぼ正面にある奥側のドアへ。

「あれ？　ここに文字が書いてある」

ドアに木製のプレートが打ちつけてある。そこにある文字をじっと眺めた。

「この文字は？　魔術言語に形が似ている気がするけど、同じ読み方でいいのかな？　えっと、『じ』……いや、『じゅ』かな？　次は『ん』で、その次は……」

そこで言葉が止まった。

なぜなら、右手の視界に妙なものが映ったからだ。

暗闇に浮かび上がる大きな三日月。鈍い光沢を放つそれが、あっという間に近づいてくる。

長柄の大鎌。闇色のローブを着た誰か。それは幽明遊廊で見かける冥界の住人にそっくりで。

「こ、こんばんは！」

認識した瞬間に身が竦《すく》み、身体は防御の姿勢をとった。なのに、口からありふれた挨拶がこぼれたのは、気が動転していたからかもしれない。

大鎌を手にしたローブを着た誰かは、俺の目の前でピタッと足を止めた。足元まで隠れる長いローブ。スレンダーな体躯《たいく》は床から浮いていて、滑るような動きを見せた。

――霑ｷ蟄舌。？

わっ、話しかけてきた。えっと、これは……迷子かと聞かれてる？

《そのようです。同時通訳しますか？》

アイ、お願い。

「迷子ではありません。東の門番《ゲートキーパー》をしています」

門番《ゲートキーパー》ですよ～皆様のお役に立つ存在ですよ～とまずはアピールをしてみた。

――縺ｪ縺懶摩逡ｪ縺後%縺薙←？（なぜ門番《ゲートキーパー》がここに？）

「西の門番《ゲートキーパー》に会いに来ました」

――荳∝ｺヲ濶ｯ縺ゅ%縺」縺 。縺（ちょうど良い。こっちだ）

何がちょうど良いのか聞く間もなく、ローブの存在――おそらく魂の回収人は、もうひとつのドアの向こうにスッと消えてしまった。それって、ついてこいって意味だよね？

おそるおそる近づいて、ドアを開けて顔を出す。そこは生活感がある八畳くらいの部屋で、奥にベッドが置かれていた。

ベッドの枕元と足元に向い合わせで、ローブの人が二人立っていた。見た目が同じなので、どちらがさっきの人なのか分からない。

彼らはベッドの上に横たわる誰かと、その上空に浮いている小柄な老人を見下ろしていた。

あれが西の門番《ゲートキーパー》？　なぜあの老人は、宙に浮いているんだ？

見れば頭の両脇に小ぶりな角が生えている。羊みたいな巻角だ。以前、職業を調べたとき、獣の特徴を色濃く持つ人を獣人と呼ぶとあった。しかし、老人には角しか特徴がない。

……なんか影が薄い？　暗闇に溶けてしまいそうだ。

老人はすぐに俺に気づいて、こちらへ話しかけてきた。

『おやおや迷い子かね？　しかし、なぜここに？　親はどうした？』

心配げに話しかけてきたが、声の響きが少し変だ。トランシーバーを介して聞こえるようなノイズが混ざっている。

返事をしようとしたら、ベッドの足元側にいるローブの人が、鎌を持っていない方の手をこちらに突き出した。黒い手袋をした手が、来い来いと手招きをしている。

それならと、一歩二歩とゆっくりベッドに近づいていった。

ベッドに横たわる人の顔が見えてきた。老人もローブの人たちも、同じポジションで佇《たたず》んだまま移動する様子はない。

「えっ!?　同じ顔？」

目を閉じて寝ているのも老人で、宙に浮いている人とそっくり同じ顔をしていた。二人を交互に見比べると、浮いている方の老人の身体は薄く透けていて、輪郭《りんかく》が朧気《おぼろげ》なことに気づいた。先ほど影が薄いと感じたのは気のせいではなかったようだ。

……二人が同一人物だとしたら、生霊？　幽体離脱しているのか？

『おや？　幽体が『視《み》える』のか？　不思議なお子じゃ。すまない、驚かせてしまったが、見ての通りワシは死にかけじゃ。こうしてお迎えが来ているが、まだ死ぬわけにはいかぬでのう。幽魂が身体を出たり入ったりといまだ生きあがいている』

は!?　これってそんな状況なの？

事情を聞いてみたいが、まずは挨拶をしなきゃ。

「初めまして。自分は迷子ではありません。『東円環塔』の門番《ゲートキーパー》です。ここへは西の門番《ゲートキーパー》に会うために来ました」

『なんと!?　ワシに会いに？　それも大陸の東から。わざわざ遠いところをよう来られた。しかし、どうやってここまで？』

「門を出入りして、幽明境界を抜けてきました」

『幽明境界を？　生身の身体で、そんなことが可能なのかね？』

めっちゃ驚いている。つまり、普通の門番《ゲートキーパー》には嚮導神《きょうどうしん》の加護がない。幽明境界へは入れず、地上勤務に限定されているってことだ。

「はい。特別な加護を持っているので」

『なるほど加護か！　ますます稀有《けう》なお子じゃ。冥廻人《キルキトレス》が急に出ていったときは何事かと思ったが、お前さんを迎えに行ったのであれば納得だ』

「冥廻人《キルキトレス》とは彼らのことですか？」

ローブの人たちに視線を送りながら、念のため確認をしておく。

『そうじゃ。死者の魂を門の向こうに導く者たちが、ずっとワシを見張っておる』

ここで幽魂の回収人の呼び名が判明した。正式名称か通り名なのかは不明だけど、これからは俺もそう呼ぶことにしよう。

「冥廻人《キルキトレス》がなぜここにいるのですか？」

『さっきも言うたが、ワシは死にかけじゃ。いや、ワシだけではない。この地は枯死寸前で、生き物が住める場所ではなくなってしまった』

互いに自己紹介をしてから、より詳しい話を聞くことができた。

西の門番《ゲートキーパー》である老人の名前はクストス。彼が生まれた村は代々「西円環塔」を守り、村長の家系が門番《ゲートキーパー》を代々務めてきた。

あまり農耕に適した土地ではなかったが、掘れば地下水が湧き出た。だから井戸を掘り、雨水を溜《た》め、日々の糧となる作物を育てて、長きにわたり命脈を繋《つな》いできたという。

ところが、十数年ほど前から徐々に井戸が涸《か》れ始めた。そして今年の春に、東から乾いた強風が何日も吹き続け、それをきっかけに長期的な旱魃《かんばつ》が発生して土地が干上がってしまった。

水がなければ人は生きていけない。多くの住民が水を求めて村を去った。彼は門番《ゲートキーパー》の務めがあるため一人この地に残ったが、ついに最後の水源――この塔の中にある「純精の泉」からも水が汲《く》めなくなってしまった。

『次の春には息子たちが様子を見に戻ってくる。おそらくは、門番《ゲートキーパー》を引き継ぐべき子供を連れて。それまでは死ぬわけにはいかんのだ』

「なるほど。足りないのは水だけですか？」

『食料は村人が残していってくれたから、いくばくかの備蓄がある。しかし、水がなければ料理どころか唾を飲み込むことすらできやしない』

うーん。水だけなら出せると思うけど、カラカラに空気が乾燥しているなら、あっという間に蒸発してしまいそうだ。

でもとりあえず、今飲むための水を出そう。まずはごく少量で、口を湿らせるくらいでいい。

「ちょっと口元に失礼しますね」

水属性の魔素を転化により生み出し、指先を覆うくらいの小さな水球を作る。

『お主、それは!!』

「魔術で作った水です。唇の上に落とします。舐《な》めることってできますか？」

『なんとなんと！　リオン殿は魔術師でもあったか！　すぐに身体に戻る。ワシが目を開けたら水を頼む！』

「はい、分かりました」

時間をかけてクストスさんに少しずつ水を飲ませた。

身体が衰弱していて身を起こすことはできないようだが、なんとか寝返りを打ち、枕元に置いてあった袋から塩を取り出して、水と一緒に摂取している。

袋の中にはナツメヤシに似た乾燥果実も入っていた。甘くて糖分を含んでいるらしいので、脱水症状がもう少し治まれば、水で戻して柔らかくしたのを食べるといいかも。

これで一命をとりとめたと思いたいけど、まだ油断はできない。だって、二人の冥廻人《キルキトレス》がまだ立ち去っていないのだ。

とりあえず、卓上に置いてあった水差しやコップを水で満たしておくことにした。

「また来ます。お身体を大事にしてください」

この状況で去るのは心苦しいが、もう自室に戻らねばならない。クストスさんがウトウトし始めて、待宵も外から戻ってきたので、いったんはこの場を辞去することにした。

翌日の午後、再び様子を見に行くと、クストスさんは驚くほど元気になっていた。

「おおっ、リオン殿！　来てくれたか。おかげさまで、ほれこの通り。だいぶ元気になり申した」

「あんなにぐったりしていたのに、凄《すご》い回復力ですね」

羨《うらや》ましいほどの生命力だ。水と塩を摂取してから、まだ丸一日も経《た》っていない。なのに彼は早くも起き出して、待合室のようなスペースの床を掃いていた。

掃除中の床を駆け抜けて外へ出る待宵を見送りながら、クストスさんとの会話を続ける。

「いや、まだまだじゃ。ワシら有角種は、この角のおかげで飢えや渇きには強い。じゃが、さすがに今回は堪《こた》えての。角の力自体が落ちているようじゃて」

「有角種？　初めて耳にします。大陸の西側には詳しくなくて」

てっきり獣人だと思っていたが、どうやら違う人種のようだ。

その驚きが顔に出ていたのか、クストスさんが自らの種族について説明してくれた。

「並人の国ではよく獣人と間違われるらしいが、異なる起源をもつ別の種族じゃ。遠い昔、ワシらの先祖は魔人に仕えていた。大多数は魔人の滅亡時に運命を共にしたが、各地で農耕に従事していた者が生き残り、『断罪の刻《とき》』以降の荒れ果てた地で細々《ほそぼそ》と暮らしてきた。ワシらはその末裔《まつえい》だと言われておる」

魔人!?　それに『断罪の刻』だって。気になる単語が次々と出てきた。初めて聞く古代の歴史。いったい過去になにがあったのか？

古代遺跡から出土する高度な魔道具。その失われた魔導技術は、魔人が築き上げた文明の残滓《ざんし》ってことになる。魔人と呼ばれるほどだ。特別に魔術に長《た》けている種族だったはず。

……気になる。めっちゃ気になる。魔人が住む都市や文化が、どれほどの栄華を誇っていたのか。

古代遺跡はどこにあるのだろう？　根掘り葉掘り聞いてみたいけど、今は現状確認が先だ。

「クストスさんのご家族の方は、どこに避難されているのですか？」

「北にある『関門』じゃ。この地はぐるりと山に囲まれている。東から南にかけては赤龍が鎮座し、人がその背を越えることはできない。外への出口は『関門』から西へ抜ける隧道《ずいどう》だけじゃて」

大陸の地理を頭に思い浮かべた。おそらくここは、地図で空白だった場所だ。大陸西の沿岸部にはムスカ首長国がある。外というのは、あの国を指すのかもしれない。

でも、ご家族がいるのはその手前だ。『関門』は関所を意味するから、外へは出ていかず内に留《とど》まっていることになる。

大勢の人が暮らす国へ、助けを求めない理由ってなんだ？

「その西への隧道を抜けるとどこへ出るのですか？」

「沿岸部のムスカじゃ。しかし、隧道内は迷宮化していて、踏破するのは容易ではない。苦労して隧道を抜けても、ムスカまで行くには険しい渓谷を通らねばならない。従って、こちらからはめったに外へは出ていかないが、ときにあちらから人が来る。廃墟《はいきょ》を漁《あさ》っているらしいが、物好きなことじゃて」

なるほど。間に迷宮や難所があるなら、少なくない脱落者を出しそうだ。一族を引き連れて移住するのは簡単じゃない。

「大陸の西側には古代遺跡があると聞きました。廃墟とはその遺跡のことでしょうか？」

「そうじゃ。そういえば、西から来た連中は遺跡調査隊と名乗っておったらしい」

「その調査隊は、どんな人たちでした？」

「さて。若い者に話を聞いただけで、ワシが直接見たわけではないからのう。彼らはムスカの住人ではなく、船に乗ってカリブなんとかという国から来たと聞く」

カリブなんとか……あっ！　北部諸国のひとつ、魔導国カリブンクルスか！

あの国が、独自に古代遺跡にやってきているなんて知らなかった。戻ったら、遺跡調査隊について調べてみよう。

「古代遺跡から魔道具が出土しますよね？　水が出るような魔道具はなかったのですか？」

そんな疑問が湧いた。

大陸の東側では大型家電のような扱いの魔道具が多くて、中には冷水や温水が出るものもある。かつては魔人がいたという西側に、同じ類《たぐ》いの魔道具がないとは思えない。

「それがのう。ワシら有角種は魔力を体内に巡らせて生命力を底上げできるが、それと引き換えに、魔力を放出して魔道具を動かすことができないのじゃ。自律的に動く魔道具もあるが貴重での。大昔は村々にいくつか備えられていたが、現存するのはただひとつじゃ」

「それはどこに？」

「あの部屋の中じゃ。『純精の泉』と呼ばれていて、長きにわたり、澄んだ水が滾々《こんこん》と湧き出していた。残念なことに、今は壊れて動かない」

プレートの文字を読み損ねたドア。あの先に、魔人製だと思われる魔道具がある。

「泉を見に行ってもいいですか？」

「構わんが……ふむ。魔術師であるリオン殿なら、『純精の泉』が壊れた原因が分かるかもしれん」

ドアの施錠《ロック》を外して、泉があるという部屋の中に入った。予想より広く二十畳くらいのスペースがある。入口付近にはいくつも水瓶《みずがめ》が並んでいたが、どれも空だ。

部屋の奥に進むと床に一メートル四方の四角い水盤があった。底はそう深くはなくて、目測で七〇～八〇センチ程度だ。

「これが『純精の泉』じゃ。見ての通り、すっかり涸れておる」

パッと見には魔道具だとは分からない。ただの干上がった水盤に見える。

魔眼を働かせると、水盤の底に直径五〇センチくらいの魔術回路が浮き出てきた。でも、黒いもやもやとした霞《かすみ》が蓋《ふた》をするように底に溜まっていて、回路を遮断している。

なんかデジャブ。この霞には見覚えがある。これって呪いの類いでは？

もう半年近く前になる空中庭園での戦い。異形が俺を攻撃しようとして、黒い触手を伸ばしてきた。その触手と色や質感がそっくりなのだ。

アイ、気のせいじゃないよね？

《はい。あれと同じものです。呪素《じゅそ》ですね》

通常の転化とは異なった特殊な構造変換で生み出される変異系の魔素。魔素の一種ではあるが呪素を使って起こす現象は魔術ではなく呪術と呼ばれる。

もし魔術回路を遮断している呪素を排除できれば、『純精の泉』は復活するのか？

あのとき倒した異形は水属性に耐性があったが、黒い触手は風属性で防げた。ならこれにも、風の魔術が効くかもしれない。

「クストスさん。『純精の泉』の底に目に見えないゴミが溜まっています。よくないものなので、魔術の風で掃除してもいいですか？」

「なんと！　泉は汚れておったのか！　ひと目でそれを見抜くとは、さすが魔術師じゃ。リオン殿、よろしくお頼み申します」

念のためクストスさんには泉から離れてもらって、魔術回路の上を吹き流すように小さな風魔術を展開する。

あれ!?　随分と簡単にどけられた。もっと抵抗されるかと思ったのに。

そのまま風を流し続けると呪素が変則的な動きを見せた。風を避けるように底の四隅に集まり、生き物のようにモゾモゾと動いて塊になる。

その塊の中から、悍《おぞ》ましい姿をした小さな黒い虫が這《は》い出てきた。S字にうねうねして、うじゃうじゃと脚が沢山ある。本能が悲鳴をあげた。

うわっ！　気持ち悪い。小さな……百足《むかで》？

虫たちが泉の側壁を這い登り始めた。そして泉の縁まで来ると、俺に背を向けてバラバラに逃げ出していく。

なぜこちらに向かってこない？

意味不明な行動を見せたが、呪素から湧いたものを見逃がすわけがない。

さて。虫退治といきますか！

対象は小さく数が多い。そして地を這って移動している。

「まとめて刈り取るか」

イメージは草刈りだ。小さな風魔術を同時にいくつも構築する。

刃が床と平行になるように、複数の風の刃《やいば》を生み出した。床すれすれの低い位置で横一列に隊列を組み、小百足が一番多い方向へ一斉に解き放つ。

「まずはあそこから！　飛べ！」

イメージは燕《つばめ》の群れだ。低空飛行した風の刃が、逃げ出す小百足の背後から襲いかかる。

刃に触れた小百足がパチンパチンと弾《はじ》けていった。次々と、膨らませた風船が破裂するように、あっけなく呪素が霧散していく。

「えっ!?　弱っ！　この程度で消えちゃうの？」

あまりにも弱い。弱すぎる。強いよりはいいんだけど、本当に倒せたのか心配になってきた。

《以前戦った異形は敵対勢力により入念に用意された呪具的な存在です。百年以上あの場所で封印の役目をしていたことから、呪術に使われた呪素は膨大な量だったはずです》

なるほど。あれは対キリアム仕様の特別製だったか。比べる相手が強すぎたわけね。

あの異形を大魚とすれば、こいつらは生まれたての稚魚みたいな……あれ？　本当にそうだったりして？

手を休めず魔術を操りながら、今の思いつきを掘り下げていく。

魔術回路を覆う呪素を攻撃したら、こいつらが湧き出した。まるでスイッチが入ったみたいに。あの異形もそんな感じだったから、そこまではいい。変なのは次の挙動だ。迎撃や包囲をするのではなく、即座に泉から逃げ出すという不思議な動き。

呪術のシステムには詳しくないけど、呪いが対象を放棄して逃げ出すなんておかしくないか？　呪素を生み出した何者かは、この泉を指定して呪術を仕掛けたはずで……いや、待て待て。そう考えるのは早計かもしれない。

呪術は人の欲望の写し鏡だ。強い執着——妄執に取り憑《つ》かれた悪意そのものと言っていい。陰湿で、執念深く、往生際が悪く、他者へ不幸を押し付ける。

一方で、魔術回路を覆っていた呪素は、ふんわりと床に積もる埃《ほこり》みたいだった。実際に吹けば飛んだし。

……そうだよ。全くもって呪術らしくない。呪素はあるけど術式が適切に構築されていない。そんな感じだ。もしそうなら、小百足の無秩序な行動にも説明がつく。

誰にも制御されていない呪素だとして。ただ積もるだけで魔術回路に悪影響を及ぼすなんて知らなかっ……あれ？　積もるってことは、元は空気中にあったのか？

風媒花の花粉みたいに、生み出された場所から離れて空中を漂い、何らかの理由でこの泉に集まった。でも、そんなことってあり得る？

《呪素には、魔術の起動や魔素への転化、あるいは魔素の動きそのものに引き寄せられる性質があるようです。空気中に一定密度の呪素があれば、この泉のような自律的に稼働する魔道具に呪素が集積する可能性はあり得ます。あくまで理論的にはですが》

そうなの？　もし仮定が正しければ、どこか別の場所に呪素の発生源があることになる。いったいどこから来たのか？　そして、ここ以外にも呪素に汚染された場所があるのかどうか？

いずれも簡単に調べられることじゃないけど、気に留めておいた方がよさそうだ。

小百足を全て駆除し終わった。黒いもやもやとした呪素はすっかり消え去り、代わりに、床に赤黒いグミのような粒がいくつも散らばっている。

これって、空中庭園で異形が残して、白蛇がパクッと食べた赤黒い核……の縮小版？

大きさが全然違うけど、グニュグニュした質感がそっくりだ。

あの正体についてルーカスさんに尋ねてみたところ、呪素を生み出すための媒体として使われ、変質した生き物の幽魂ではないかと言っていた。

ルーカスさんの知り合い——三傑の一人であるリリア・メーナスが呪術関係に詳しかったそうで、かつて彼女から、呪いを解消した後にそういった類いのものが残ると聞いたことがあるらしい。

これ、どうしよう。前回は白蛇が処理してくれたけど、最近は姿を見せないんだよね。

あの白蛇には随分と連れ回されたけど、ヒューゴ卿の精霊の件については感謝している。たまには顔を出せよ。ちゃんとお礼を言いたいから。

さて。目の前の赤黒い粒々です。どう見ても、例の核の小粒版だ。ぶっちゃけ触りたくない。でも、呪いの残骸らしいから、このまま放置ってわけにもいかな……えっ！　糸？

目の前にツツーッと一本の糸が垂れてきた。細くて白い蜘蛛《くも》の糸が。デジャブか！

転生時に絡んでいた糸によく似ているが、先端はフリーで先に小さな星の子――銀色の極小蜘蛛が一匹ついている。

君、なんで出てきたの？　ここは夢の中じゃないのに。……ないよね？

極小蜘蛛を見て、ちょっと自信がなくなってきた。エルシーじゃあるまいし、夢を見ながらこんな活動はできないって。

《はい、間違いなく現実です》

よかった。アイの声を聞いて、改めて極小蜘蛛に注目した。糸の先端が俺の目の前でピタッと止まり、顔の真ん前に静止した極小蜘蛛がいる、いわゆるお見合い状態だ。

仲間とはぐれちゃったの？　夢の中に戻った方がいいよ。……え!?　食べたい？　なにを……って、まさかアレを!?

白蛇に続き、極小蜘蛛――改め「星蜘蛛」と命名――が食べたい食べたいとしきりに訴えてくる。

一応、意思の疎通ができる範囲内で理由を聞いてからにしよう。……ふむふむ。アレを食べると、呪いへの……抵抗力的なものがつく？

いわゆる耐性の獲得ってやつか！　あんな身体に悪そうな見た目なのに、実は有用だった!?

えっ、それなら俺も……とか一瞬だけ思ったけど、元が人の幽魂かもしれないので、すぐにその考えは却下した。

しかし、呪いだ。住んでる場所に呪いがあり、旅先でまた呪いに遭遇。異形との戦いで対抗魔術を作ったけど、こんな風にたびたび遭遇するなら、もっといろんな対策が要るよね。

……あっ、食べていいよ。どうぞ好きなだけ召し上がれ。

へぇ、凄い。どんどん不気味な粒が消えていく。

小さな体にもかかわらず、星蜘蛛は意外な速さで赤黒いグミ擬《もど》きを全て食べ切ってしまった。

この子、気のせいでなく身体が一回り大きくなってる。

ひとつ食べるごとにわずかずつ成長して、元は直径一ミリ大の砂粒サイズだったのが、最終的に直径二ミリ大の粟粒《あわつぶ》サイズになって姿を消した。

さて。泉周りの掃除が済んだし魔術回路を確認しよう。おっ！　魔力がすんなり通った。この感じなら回路自体は無事かもしれない。

……動く様子がないね。この泉は自律的な魔道具のはずなのに、なぜだろう？　周囲の自然魔素密度が薄すぎるから？　試しに魔素を供給してみるか。

魔術回路の上に水属性の魔素をふんだんに生み出すと、魔術回路が励起して青く輝き始めた。

「クストスさん、こっちへ来てください。泉が回復したようです」

「なんと！　まことか？」

早くも泉の中心部からチョロチョロと水が湧き出している。

「おおっ！　水が出ている！　リオン殿、なんとお礼を言っていいか。感謝してもしきれない。貴殿は我々の救世主じゃ！」

泉の様子をもう少し見ていたかったけど、昼寝タイムがそろそろリミットだ。待宵が戻ってきてすぐに退去することになった。

保険として、空《から》の水瓶を魔術で作った水で満たしておく。これでもし泉の機能が止まったとしても、しばらくは飲み水に困らないはず。

「近いうちにまた来ます」

「いつでも歓迎しますぞ」

いろいろあって、今回はあまり話ができなかった。次は門番《ゲートキーパー》の仕事について聞けるといいな。

笑顔のクストスさんに見送られて門をくぐった。

大きなテーブルを二つ並べた作業部屋で、俺は杖《つえ》を片手に箱庭迷路に集中していた。表面の初心者盤は既にクリアしたが、裏面に苦戦中だ。なんだ、この鬼仕様。めっちゃ性格が悪い奴が考えたに違いない。

苦戦する俺の横から、テンションが高い声が遠慮なく響く。

「おおーっ！　これは会心の出来！　ねえ、見て見て。見事なカボションカットでしょ！」

「俺には石の形についての良し悪しは分かりませんが、確かに綺麗《きれい》な形ですね」

「そうでしょ、そうでしょ。で、もうカットした亀の甲羅がなくなっちゃった。追加をお願い」

「えーっ、もう使っちゃったんですか？」

「そう。だって、こんなに湯水のごとく稀少《きしょう》素材を使える機会なんてそうそうないのよ。これだけ高品質の魔封石なら、いろんなことに使える。だからお願い、亀を切って。切って切って切りまくって！」

「じゃあ、亀切り場へ行ってきます」

まあね。キリアム家の資産が増えるんだから、喜んでやりますよ。

あのとき猫耳《モロノエ》は、中級魔術さえ使えればカットできるようなことを言っていたが、実際は全くもって簡単ではなかった。

稀少大亀の甲羅には歯車模様がある。その模様に合わせて、指定の形や大きさにスパッと切り出さねばならないからだ。

集中力と精緻な魔術操作が必要な作業で、ただぶっ放すのとはわけが違う。

従って、ひたすら箱庭迷路に取り組んで、俺の魔術操作はメキメキと上達していった。

「はい。当面はこれだけあれば足りるよね？」

「ありがとう、リオンちゃん！」

「代わりにってわけじゃないけど、質問してもいいですか？」

「何？　構わないけど、何を聞きたいの？」

「大陸西側の古代遺跡と遺跡調査隊についてです」

遺跡調査隊は北部諸国のひとつであるカリブンクルスから来たとクストスさんが言っていた。モロノエは大陸南部出身だけど、ダメ元で聞いてみることにした。

「あーそれね。あんまり詳しくはないわよ」

「構いません。先生が知っている範囲でいいので教えてください」

「そうね。前提として、北部諸国は横に細長い地形をしていて、数珠繋《じゅずつな》がりに三つの国があるの」

「地図で見たことがあります。大陸北西部の沿岸にあるんですよね？」

「そう。遺跡に調査隊を送っているのは、最も西にある魔導国カリブンクルス。彼らは魔術至上主義で、古《いにしえ》の魔導文明——つまり、古代遺跡があった場所に栄えた文明なんだけど——それに強いこだわりがあって、自分たちこそがその末裔だと謳《うた》っているの」

えっ!?　古代文明の住人って魔人だよね？　彼らは滅んでしまったと聞いたし、今の大陸の人類とは別の種族のはずだ。まさか生き残りがいたのか？　クストスさんたちみたいに。

「古代遺跡を調べる目的は？　失われた魔導技術ですか？」

「それもあると思うけど、もっとヤバい感じ。彼らは古代遺跡を『聖地』と呼んで、調査隊の派遣を『巡礼』と見做《みな》しているそうだから」

「先祖を信仰の対象にしているってことですか？」

「おそらく？　彼ら曰《いわ》く、魔術は神に選ばれた者だけが持ちうる特権なんですって。そのくせ、私みたいな種族特性で魔術に適性がある少数民族は下に見ているのよ」

「それは、筋が通らない気がしますね」

「そうでしょ！　ダブルスタン……こ、こほん、ともかく、古代遺跡の情報は、カリブンクルスが秘匿しているから分からないことだらけよ」

「秘匿？　古代遺跡産とされる魔道具は数は少ないですが市場に流通していますよね？」

「あれは大抵が迷宮産よ。古代遺跡の手前に厄介な高難易度の迷宮があるの。その戦利品を古代遺跡から出土したと言って売っているんじゃないかしら？」

「迷宮から魔道具が出るんですか」

「場所が隣接しているから、その迷宮も古代遺跡と全く無関係というわけではないのかも」

§ 風穴

待宵《まつよい》に「西円環塔《にしえんかんとう》」へ行こうとせっつかれた。

『バウゥゥ！　バウワン！　（夜の散歩だ。さっさと出かけよう！）』

「待宵、やる気満々だけど、いつも外で何をしているの？」

ソワソワしているそぶりが不思議で、待宵に目的を尋ねてみたら、意外な言葉が返ってきた。

『ババウバウ！　（追いかけっこだ！）』

「追いかけっこって……えっ？　いったい誰と？　塔の外に一緒に遊ぶような相手ができたの？」

そう聞いてはみたものの変な話だ。待宵は幽明境界の住人で、人にはその姿が見えない。

待宵を認知できるってことは、相手は人ならざる存在ということになってしまう。

魑魅魍魎《ちみもうりょう》の類《たぐ》い？　あるいは幽霊《ゴースト》とか？

……気になる。単にぷらぷら散策していると思って放っておいたが、どんな相手か確認しておいた方がいいかも。

『バウッババゥバウッ！　（今日こそ絶対に捕まえる！）』

待宵曰《いわ》く、とてもすばしっこくて空を飛んで逃げてしまう何かだって。まあ、行けば分かるか。

意気込む待宵と一緒に「西円環塔」へ。

鍵章《けんしょう》がある部屋を出て、常夜灯《とも》が灯る正面の待合スペースで立ち止まった。

「エルシー？」

「おや、この娘さんはリオン殿のお知り合いかね？」

「そうですが……いつからここに？」

「つい先ほどじゃ。ポツンと椅子に座っておった。こんなに小さいのに可哀想《かわいそう》に。きっと門に惹《ひ》かれてやってきた幽魂に違いないと思っておったが」

「この子は特殊体質で、亡くなったわけではありません」

「なんと！　リオン殿といい、この娘さんといい、不思議なことがあるものじゃ」

このところ、探索時にエルシーは現れていなかった。

今現在、本邸には親戚のマクシミリアンさんが滞在しているが、あの人は見かけによらず子供好きで、甥《おい》っ子や姪《めい》っ子を構い倒しているらしい。ちなみに、本人は独身で子供もいない。

「エルシー、今日は塔の外に出かける予定なんだ。だから……」

「一緒に行く！　リオンは最近、モロノエ先生と部屋に籠《こも》っていて遊べなかった」

「まあ、そこはお互いに忙しかったってことで……分かった、一緒に行こう。なにも泣かなくても」

初めて見るエルシーの涙。いつもケロッとした感じの子だから、まさかこんなことで泣くとは思わなかった。

「な、仲間外れはダメなんだもん」

「悪かった。そうだね、エルシーは俺たちの探索仲間だ」

「外へ行くのかね？　だったら正面扉を開けてあげよう。今夜は開けっ放しにしておくよ」

「ありがとうございます」

外に出て、まだエグエグしているエルシーを巨大化した待宵にしがみつかせ、目的地へのドライブが始まった。

今夜は満月だったらしい。空には煌々《こうこう》と輝く月が昇っている。

空を覆う紺青。薄暗闇の中に浮かび上がる赤みが強い大地。そのふたつに視界がほぼ二分され、遠景にゴツゴツとした岩山の影が見える。

今日の探索は待宵任せだ。冷たい風を避けて、待宵のフサフサした鬣《たてがみ》に顔を埋《うず》めた。ふと横を見ると、エルシーがこっちをじっと見ていて、視線が合った。

「エルシー、楽しい？」

「うん！　ありがとう、リオン」

二人顔を見合わせ、向かい合わせにそっくり同じ格好をしているのに気づいて吹き出した。凄《すご》く近い距離に互いの顔があるのに、待宵の白い毛塗《まみ》れだ。なんか楽しくなってきたぞ。

顔を外側に向けるとかなりの速さで移動していることが分かる。

遠くに見えた岩山のシルエットが、あっという間に近くへ迫ってきた。そそり立つ巨岩を軽々と飛び越え、ゴツゴツとした岩肌を利用して岩山を駆け上がり、尾根伝いにさらに疾走する。

……これ、どこまで行くつもりなんだろう？

既にかなりの距離を移動したはずだ。標高も上がっているし、果たしてどんな場所に連れていかれるのやら。

ようやく待宵の動きが止まった。

「ここが目的地？」

「面白い地形だね！」

『バウッ！　(そうだ)』

周囲を岩壁に囲まれた巨大なすり鉢の底のような場所で、岩壁にいくつか横穴が穿《うが》たれている。

横穴の入口は暗く奥は見通せない。風穴《ふうけつ》。そんな言葉が頭に思い浮かんだ。

「追いかけっこの相手は？」

『バウウウゥワン！（待っていれば出てくる）』

言われるがまま待つことしばし。

横穴のひとつから、小さな影がヒュンッと飛び出してきた。

『バウッ！（来たぞ！）』

既に元のサイズに戻っている待宵が、影に向かって大きくジャンプする。タイミングはバッチリで、てっきり捕まえたかと思ったのに、ヒュンッと小さな影はすり抜けた。

なるほど。正体は分からないが、確かにすばしこい。

小さな影は待宵を挑発するように近づき、すぐにパッと離れていく。リズミカルなその動きに、楽しんでいるのは待宵だけではないと思った。

「あっ！」

忙《せわ》しない追いかけっこに、ついに決着がついた。相手が俺たち傍観者の存在に気づいて、急にぎこちない動きになったからだ。

その隙《すき》を逃さず、待宵がパクッと影に噛《か》みつく。そして、鼠《ねずみ》を捕まえた猫のように、相手を口に咥《くわ》えたまま得意げな顔でこちらにやってきた。

肝心の相手はとても元気で、翼をバタバタと動かして待宵から逃れようとしながらも、その視線はなぜか俺にひたっとロックオンされていた。

その相手から思わぬ声が聞こえてきた。

『……ち、ちち……うえ？』

びっくりして、待宵が咥えているものをマジマジと見つめた。小さな蝙蝠《こうもり》も、同じように俺を見つめ返してくる。

「今……なんて？」

そう。どう見ても見た目は蝙蝠なのだ。小振りで可愛《かわい》い系の、どこか愛嬌《あいきょう》がある蝙蝠。飛膜が張られた翼手に小さな体躯《たいく》。ビーズみたいなまん丸い目と少し尖《とが》った鼻。頭の両脇に、シェルパスタに似た形の耳がついている。

喋《しゃべ》る蝙蝠というだけで風変わりなのに、その身に纏《まと》う色も珍しい。真っ黒な目を除けば、どこもかしこも宝石のように煌《きら》めく青みを帯びた緑だ。もし昼間だったら、カワセミと見間違えたかもしれない。

「エルシー、蝙蝠ってあんな色をしていたっけ？」

「ううん。普通はもっと地味？　あんな目立つ色はしてないよ」

自然豊かな北部育ちのエルシーが言うなら確かだろう。

それに、あの蝙蝠は別の意味でも普通じゃない。だって、さっきから【精霊感応】が反応している。蝙蝠の声が聞こえたのは、【精霊感応】が働いたからで。

ふと、ひとつの可能性が頭を掠《かす》めた。ああでも、まさかそんなことって……あり得るのか？

『ちち？　……ちがった？』

不思議な蝙蝠は、あどけない口調で再び俺に話しかけてきた。

「待宵、追いかけっこはおしまいにしよう。待宵の勝ちだ。だから、その子を放してあげて。いろいろ聞きたいことがあるから」

「リオンは蝙蝠とお話ができるの？」

「うん。この蝙蝠は特別だからね」

おそらく待宵には蝙蝠の声が聞こえていない。もちろん、エルシーにもだ。

蝙蝠を解放するように頼むと、ポトリと待宵の口から蝙蝠が落ちた。ぺちゃっと地に伏せながら、なお円《つぶ》らな二つの瞳が、何かを見極めようとするかのように俺をジッと見上げてくる。

「俺は君の父親じゃない。だけど、俺たちには血の繫《つな》がりがあるかもしれない。とても大事なことだから教えて。君の名前は？」

『なまえ？　……あれ？　わからない？　いつもよばれて……だれに？　ずっといっしょ……いようって……どこ？　いない!?　いなくなっちゃった！』

名前を聞いただけなのに、蝙蝠がパニックに陥った。忘れただって。自覚がないままに記憶が欠けているのか？　それに、まるで幼児退行したように語彙《ごい》が拙《つたな》い。こんなの想定外だ。

「落ち着いて！　何がいないの？」

『なにが？　……なに？　それもわすれた？　……ずっとなのに！　ないないない！』

……ダメだ。いくら宥《なだ》めても蝙蝠は同じ言葉を繰り返すだけで埒《らち》が明かない。かといって、放置するという選択は無しだ。

どうしようか？

とにかくここは場所が悪い、状況もよくない。言葉が通じても記憶が曖昧なら、次に会う約束なんて役に立たない。

『バウウ？　（知り合いなのか？）』

「もしかしたらね。間接的な知り合いの可能性が……あっ、本人に聞くのが早いか？」

ルーカスさんとの交信を試みる。

「……ダメだ」

リンクが繋がらない。いつもならサクッと通じるのに。

「何がダメなの？」

「どうもこの地は、精霊との相性が悪いみたいだ」

ずっと違和感があった。精霊の姿を見かけないなって。山脈を越えて東側に行けば、あれほど沢山いるのに。

「この子の正体を確認したかったけど、その手段がここでは使えない」

『バウゥゥバウ！　（共に連れていけばいい）』

思案する俺に、待宵が意外な提案をしてきた。

「共に……って、できるの!?　えっ、でも、この子って幽明境界を通れないよね!?」

待宵が言うには、自分が咥えられるものは幽明境界を通れる、ダメなら通れない——だそうだ。

試してみる価値はあると思う。

すぐに身をかがめて、地面にぺっちょり伏せている蝙蝠を両手で掬《すく》った。

「このままだと危ないから、翼を畳んでくれる？」

小さな蝙蝠は、きょとんとした顔をしながらも、コートを羽織るような感じで翼を閉じた。

「近くで見ると、不思議な色ね」

「そうだね。青と緑がモザイクみたいに交ざっている」

なんというか、よく分からない存在だ。

精霊に似た雰囲気があり【精霊感応】で声を聞くことができる。でも、精霊ではない。見た目は獣。こんな存在は初めて見た。

「待宵は、この蝙蝠に対して何か感じる？」

『バウッ！　バウバウ〜バウバウ？　ババウバウバウ！　バウゥゥバウワン！』

待宵の意見をまとめると「捉えどころがない存在」だそうだ。

現世の生き物ではなく、幽明境界の住人でもない。所属している階層が曖昧で、微《かす》かに精霊の匂いもするって。

ここでいくら考えても結論が出そうにないので、すぐに帰還することにした。

巨大化した待宵に「西円環塔」まで運んでもらう。蝙蝠は背中に乗った俺が抱えていった。

俺を先頭に正面の扉から中に入ると、目の前に背の高い二つの影が立っていた。

「うわっ！　なに!?」

「リオン、どうしたの？」

油断した。常夜灯の薄暗闇の中でも、大鎌がはっきりと見える。

「こ、こんばんは」

いつぞやと同じように、間の抜けた挨拶が口からこぼれた。お願いだから、その振り上げた大鎌を下ろしてほしい。

「何かご用……ですか？」

俺、なんかした？　あっ、まさか、嚮導神《きょうどうしん》の加護が消えちゃったとか!?

《大丈夫です。加護に変化はありません》

じゃあなんで？　なぜ冥廻人《キルキトレス》たちは大鎌を俺に向けてるの？

——縺ｩ縺托ｼ∵擲縺ｮ髢?逡ｪ縲?縺昴l縺ｯ邏ｩ蟒上。繧牙 ､閔l縺ｦ縺?k
——蜉?隴ｷ縺ｪ縺榊ｹｽ鬲ゅ?霈ｪ蟒ｻ縺ｫ謌ｻ縺輔?縺ｰ縺ｪ繧峨→縺
アイ！　通訳をお願い！

《どけ！　東の門番《ゲートキーパー》。それは秩序から外れた存在だ。加護なき幽魂は輪廻《りんね》に戻さねばならない》

対象は俺じゃない!?

待宵は幽明境界の住人で、エルシーは夢神の加護を持っている。だったら対象は一人で、いや、この場合一匹か？

冥廻人《キルキトレス》は自力では「残響冥路」に辿《たど》り着けなかった迷える人の幽魂を狩る役目を負っている。

小さな蝙蝠を抱える手に力が入った。

ええい、ままよ！

「……渡さない。この子は絶対に渡せないんです！　でもこれには事情が……」

ダメだ、話を聞いてくれそうにない……だったら。

「待宵は、エルシーを守れ！」

『バウッ！』

「リオン!?」

細い鎖を手繰り、引き寄せた角笛に、思いっきり息を吹き込んだ。

キーンと耳鳴りのような音がして、直後、冥廻人《キルキトレス》が振り下ろした大鎌を、深紅《しんく》の鉾《ほこ》が受け止める。

「諦羅《タイラ》！　来てくれたのか！」

——リーオン　ナニ　ヤラカッシタ
危機的な状況にあって、今はその口調さえ頼もしく感じる。

「あ、ありがとう。切羽詰まってたから呼んじゃった」

——ソノタメーノ　ツノブエ　カンシャ　シロ
「う、うん。助かった。本当に助かったよ」

——コレ　ドウスルーヨ
「冥廻人《キルキトレス》さんたちに、話を聞いてほしいんだ。あ、あの。あなた方の仕事を妨害したいわけではないんです。でも、絶対に確かめなければならないことがあって。それは、俺個人の問題ではなくて、この世界と精霊との関係に影響する重要な案件だから」

頭から拒否されることも想定していたが、二人の冥廻人《キルキトレス》は互いに顔を見合わせ、躊躇《ちゅうちょ》するそぶりを見せた。これなら譲歩を引き出せる？

「嚮導神様の前で釈明をします。だから、一緒に来て構わないので、門を通って幽明界に行ってもいいですか？」

彼らは冥界のルールに従って行動している。だったら、そのルールに例外を設けることができる上位の存在に許可をもらうしかない。

しばらくの間《ま》を置いて、冥廻人《キルキトレス》たちが鎌を戻し、首を縦に振った。

諦羅《タイラ》が先導し、蝙蝠を抱えた俺一人が、二人の冥廻人《キルキトレス》に前後を挟まれる形で「西円環門《にしえんかんもん》」の鍵章に乗る。エルシーと待宵には、後ろからついてきてもらうことにした。

すぐに満天彗慧《まんてんすいけい》に転移したが、目の前にいる冥廻人《キルキトレス》が立ち止まったまま動かない。不思議に思って彼らの背中越しに前方を覗《のぞ》くと、もう一人の於爾《オニ》である羯羅波《カラハ》と目が合った。

「羯羅波《カラハ》！　君も来てくれたんだね」

——嚮導神　カラ　神託　ガ　下サレタ

もう？　果たして何を告げられるのか。少し身構えて神託の内容に意識を集中する。

——汝《ナンジ》ハ　人ノ身ヲ　忘レル　ナカレ

——人ヲ　逸脱シタ　幽魂　ハ　輪廻ノ輪　ニ　戻レヌ

——同源ノ融和　ヲ　志ス　限リニオイテ　一時《イットキ》ノ　看過ヲ　与エン

最初の一文は俺への戒めだ。人の分限を逸脱した神の領分に手を出すな、身を弁《わきま》えろと警鐘を鳴らされたと考えるべきだ。

次の一文は、この蝙蝠が既にその分限を踏み越えていて、輪廻転生はできないと告げている。

そして最後の一文。条件付きではあるが、望んでいた許可が出された。

だけど、それも一時的な猶予にすぎない。この子が抱えている問題を、早急に解消しないと。

「嚮導神様の寛容なご裁定に深く感謝を捧げます。この件に関して、一刻も早く解決できるよう尽力いたします」

神託という確かな言質を得たことで、冥廻人《キルキトレス》たちからはすぐに解放された。あとは門をくぐって自室に帰って……それからがまた大変かな？

「諦羅《タイラ》、羯羅波《カラハ》。今日はありがとう。凄く心強かったし、助かったよ」

――困ッタ　コトガ　アレバ　遠慮ナク　呼べ
――カッコ　ヨカッタ　ダロ
「うん。何かあったら相談させてもらう。またこの角笛を吹くよ」

於爾《オニ》の二人が見送る中、胸に緑色の小さな蝙蝠を抱えたまま、待宵とエルシーと共に帰還用の鍵章に乗った。すぐに見慣れた自室の風景が視界に映る。

……さて。どうなることやら。この子から、いったい何がどうして今の状態になったのか、上手《うま》く話を聞き出せるといいんだけど。

エルシーの姿は消えている。今頃はベッドの中で別の夢を見始めているかもしれない。

外は暗いが、夜更けというにはまだ早いはず。

とりあえず用件を済まそうと、ルーカスさんとの交信リンクを繋げた。

「ルーカスさん、緊急事態です。今、お話しできませんか？」

『もちろんできるよ。早速聞こうじゃないか』

「以前話していた、お子さんかもしれない人……人といっていいのかは微妙ですが、それらしき蝙蝠？　が見つかりました。ただ、様子が変なんです。確認してもらえますか？」

『えっ!?　もう見つかったの？　君、まだ子供じゃないか。いったいどうやって探したの？』

「実はこのところ、特殊な方法で大陸の西側に出入りしていました。そこで、人の言葉を喋る緑色の蝙蝠に遭遇して『ちちうえ』と呼ばれたんです。俺とルーカスさんに何か共通点があって、見間違えたのかと思って」

俺とルーカスさんは姿形《すがたかたち》こそ異なるが、精霊紋を介して深い関わりがある。小さな蝙蝠は俺の中に父親の片鱗《へんりん》を見つけて、呼びかけてきたのではないか？　そう考えた。

『大陸の西側かぁ。よくそんな場所に行ったね。で、レオらしき蝙蝠の様子がおかしいって、どんな風なの？』

「記憶喪失です。自分の名前すら忘れてしまっています」

『彼の精霊はそばにいた？』

「いえ。精霊には会っていません。なにしろ蝙蝠の話が要領を得なくて。大事なものがないと繰り返すばかりです」

あっ、あとこれも伝えなきゃ。

「それと、無視できない出来事がありました。蝙蝠が冥廻人《キルキトレス》に狩られそうになった上に、嚮導神の神託が下りて、人を逸脱しているから輪廻の輪には戻れないと告げられています」

『なるほどね。そんな状況でよく連れ帰ってきてくれた。心からお礼を言いたい。リオン、ありがとう。そして、その蝙蝠がレオだとすると、彼に何が起きたのか、今の話から予想がついたよ』

「凄く気になります。何をどうしたら人が蝙蝠になるのか」

『レオは精霊化に失敗したんだと思う』

「精霊化？　初耳です。どんな状態を指すのか知りたいです」

『人と精霊は「存在」のあり方が違う。人の核になるのは幽魂だけど、肉体に縛られている以上、老化や寿命がある。寿命という短いサイクルで幽魂の洗浄を受け、肉体を乗り換えることを定められている――そう言い換えてもいい。でも精霊は違うだろう？』

「はい。彼らは長生きですよね。精霊には寿命ってないのですか？」

『人の基準からすれば、あってないようなものだね。精霊化とは、人の幽魂の形を変えて精霊と同化することだ。精霊の一部として生まれ変わり、共に永遠の時を生きることができる。その唯一の成功例が僕なんだけどね』

そういうことだったのか。

声が聞こえて確かな人格も感じるのに、ルーカスさんの姿を見たことはない。肉体を捨てて精霊になる。それも同化ときた。相当な覚悟が必要だったはず。

「レオさんが失敗した原因ってなんですか？」

『簡単に言えば、素質の違いかな？　僕は元々そうあるべく設定されていた。でもレオはそうじゃないから』

「それって、もしかして転生の際に？」

『そう。僕の転生職は【融皇】。潮解γ《ガンマ》型で、固有能力は【異端融合】。極めれば異界の住人――つまり、精霊と融合して同化できる。まあ、この世界にとっては試作品《プロトタイプ》にすぎないんだけどね』

「試作品《プロトタイプ》的な存在って何人もいたりしますか？」

『うん。ここに二人いて、過去にはもっといた。ただ、全部が上手く育つわけではなくて、目的を遂げずに死んじゃうケースもあった。なにしろ、生きづらい時代が続いたからね』

俺は精霊を好ましいとは思うけど、さすがに同化したいとは思わない。

精霊化すれば永遠ともいえる寿命が手に入る。でも、人としての生き方を全て捨ててまで生き続ける理由ってあるのかな？　そう思うのは俺が若いから？

「ルーカスさんが精霊化を選んだ理由を聞いてもいいですか？」

『理由はひとつしかない。「愛」だね。僕が死んでしまえば、僕の精霊は一人ぼっちになってしまう。それが嫌だった。愛する相手と存在がひとつになれたら。僕はそれを究極の愛の形だと考えた。実際に後悔はしていないよ。愛する二人を分かつものは、もはやなにも存在しないのだから』

な、なるほど。ルーカスさんって、実はもの凄《すご》く情熱的な人だったんだ。

「じゃあ、レオさんもルーカスさんみたいになりたくて、同じ選択をしたってことですか？」

『そうだろうね。レオは不完全ながらも【融皇】の資質を受け継いでいた。ただ彼の能力では、精霊と融合できなかった。融合による負荷に耐えられなくて幽魂が壊れたのかもしれない。蝙蝠姿になったのは、「存在」を失う前に応急手当てをした結果かな？』

「どうしましょう？　このまま放置すると、レオさんは冥廻人《キルキトレス》に狩られてしまいます」

『僕と僕の精霊をそっちに呼び出してくれる？　蝙蝠はレオである可能性が高いと思うけど、実際に会ってみたいからね』

「分かりました。でも今は夜なので外に出られません。明日の日中でもいいですか？」

『いいよ。じゃあ、いったんリンクを切ろう。君もひと眠りしなよ。子供がよく育つには、睡眠が欠かせないから。おやすみ、リオン』

明日の日中。

そう約束したけど、なにしろ呼ぶ相手が大物すぎる。いつ、どこで呼んでいいか、モリ爺《じい》に確認しなければ。

「ねえ、モリス。今日の午前と午後だったら、どっちがいいと思う？」

朝食の後、周囲にはまだ人が何人もいた。だから、思いっきり歯に衣着《きぬ》せまくって問いかけたら、モリ爺はすぐに察してくれた。目配せひとつで速やかに人払いが完了だ。

「リオン様。ご用件をお伺いいたします」

「あのね。水精王様を呼び出したいんだ。それも、早ければ早いほどいい。今日中って可能かな？

……召喚するって約束しちゃったから」

「そういった重要な案件は、できればお約束をする前にご相談いただけるとありがたく存じます」

「そうだよね。次からは気をつける。面倒をかけるけど、各方面の手配を頼んでもいい？」

「承知しました。周知や警備の準備にしばらく時間を要します。本日の午後はいかがでしょうか？」

「分かった。午後ね」


午後になり、空中庭園にやってきた。

夏の間はちょくちょく遊んだ場所だけど、冬になってからは初めてだ。常緑の植物が多くて、すっかり枯れ果てているなんてことはなかったけど、やはり夏場よりは寂しげな佇《たたず》まいになっている。

でも、修復された水盤の周囲だけは印象が違った。修復時に植えた星花《ステラ》が根付いて豊かに葉が生い茂り、小さな白い蕾《つぼみ》が鈴なりだったからだ。

もうこの場所にグラキエスはいない。だけど、ヒューゴ卿の愛の言葉を刻んだ銀板が、水盤の中央に記念碑として輝いている。

「じゃあ、呼ぶね。水精王様との話し合いには、少し時間がかかるかもしれない。その間は、この辺りで待機していてほしい」

緊張と期待を隠しきれていない周囲の人たちに声をかけた。今この空中庭園にいるのは、大人はモリ爺とネイサンに加えて、各所で配置につく護衛騎士が複数名。

そして、俺以外に子供が三人。ジャスパーとルイス、それにエルシーだ。

男子二人は将来の文武の側近候補なので、いずれどんな状況にも対応できるようにと見学を許された。英才教育的な感じだと思う。

エルシーは、まあ半分は当事者みたいなものだからね。夢を介して不意に出てこられるよりも、呼んでしまった方がいいと判断した。

水盤から少し離れたところをみんなの待機場所に指定して、俺一人が水盤の前に進み出た。

召喚場所については、ルーカスさんと午前中に打ち合わせ済みだ。その際に、前回の降臨ほど大胆でなく、できる限り地味に、目立たないように出てきてほしいとお願いしてある。

さて、いきますか。両手に小さな緑色の蝙蝠を抱えたまま、召喚の言葉を紡ぎ始めた。

「我、汝《なんじ》と盟約を結ぶ者なり。水界を統《す》べる精霊よ。清明なる千万無量の王よ」

最初の呼びかけの段階で、精霊紋から眩《まばゆ》い銀光が放たれた。俺を中心として急速に水属性の精霊力が広がり始める。

「我が呼び声に応え降臨せよ！　【精霊召喚】リクオル！」

水精王の名前を発すると、水盤直上の空中に縦に長さ二メートルほどの亀裂が入った。

亀裂は徐々に横に広がり、半端ない存在感がのしかかってくる。

あの亀裂から出てくるのかな？

そう思った直後、水盤の水がザンッ！　と間欠泉のように高く噴き上がり、その状態を維持したまま視界が白く霞《かす》んでいく。

……霧だ。

空中庭園がみるみる白い濃霧に沈んでいく。念のため後ろを振り返ると、警戒はしているが動揺や混乱は起きていない。

モリ爺と専属護衛官のハワード、そしてジャスパーとルイスにも目配せして、このまま話し合いに入ることを知らせておく。エルシーは……大丈夫そうだ。真摯《しんし》な表情でこちらを見ている。以前から、精霊に強い興味を示していたから、この光景を見逃すまいとしているのかも。

視線を前に戻したら、正面に霧を凝縮したような白い人影ができていた。真っ白な影はすぐに造形がはっきりしてきて、女性だと分かる形になってから動きを止めた。

『やあ、本当に蝙蝠なんだね。それもかなり小さい』

「ルーカスさん、リクオルさん。顕現ありがとうございます。実際にご覧になってどうですか？　レオさんで間違いないでしょうか？」

『うん。姿は様変わりしているけど、この子はレオだ。記憶障害があるんだっけ？　レオ、分かるかな？　君の父親とその精霊だよ』

「ち、ちちうえ。ちちうえ、ちちうえ！　わ、わかる！　レオ！　そうだ、レオだ！　なんでわすれてた？」

『おそらくそれは、レオとレオの精霊がかなり無茶をしたからだ。幽魂が損傷しているし、精霊力も枯渇しかけている』

精霊力の枯渇？　それって、レオさんのそばに精霊がいないせい？　あれ？　でもレオさんは精霊化に失敗したって言ってたよね？

「レオさんが蝙蝠の姿なのはなぜですか？」

『大きな損傷を受けた幽魂を修復しようとして、近くにいた生き物の幽魂の器を利用した。それにより幽魂の崩壊は免れたが、その代わりに器の影響を大きく受けて蝙蝠の姿になってしまった――レオの様子から考えるに、そういった事態が起こったはずだ』

蝙蝠の幽魂を利用した？　つまり人の幽魂と蝙蝠のそれが混ざり合った状態だってこと？

「ルーカスさん、レオさんが冥廻人《キルキトレス》に狩られそうになったのは、魂が傷ついたからですか？」

『そうだね。おそらく今のレオは半分死んだような状態だ。既に人ではなく、肉体を失っていて、精霊にもなりきれていない。この状態をたとえるなら精霊獣、あるいは風の精霊の影響を大いに受けているから風霊獣と呼ぶのが相応《ふさわ》しいかもしれない』

「肝心の風の精霊はどこへ行ったのでしょう？　少なくともレオさんの近くにはいませんでした」

『それはレオに聞いてみるしかないね。精霊化に失敗したレオは、精霊から精霊力を分けてもらわないと「存在」を維持できない。現状は極めて不安定な状態だ。精霊力が枯渇しかけているせいで、蝙蝠の影響が強く出て幽魂自体が獣性に支配されそうになっている』

「じゃあ、精霊力を補充してあげれば、記憶が戻る可能性があるってことですか？」

『うん。ただこの子は風霊獣だから、水属性よりも風属性の精霊力が望ましい。だからリオン、君の精霊にお願いできるかな？』

「分かりました。頼んでみます。フェーン！　こっちに来てくれる？」

上空に向かって声をかけた。
フェーンは空から俺の様子をジッと見ていたようで、呼びかけるとすぐに下りてきた。
「フェーン、俺とルーカスさんの話って聞こえてた？」
――キイテタ　チカラ　ソソグ　イル
「そう。フェーンの協力が必要なんだ。無理しない程度で構わないので、頼んでいい？」
――ワカッタ　ヤッテミル
『面倒をかけてすまないね。僕からもお願いするよ。この子に、レオに力を貸してほしい』
――レオ　カゼ　ノ　ニオイ　スル　ダカラ　ダイジョウブ
フェーンが俺ごと蝙蝠を包み込むようにして、力を注入し始めた。精霊視で観察すると、蝙蝠がじわじわとパステルグリーンに染まっていく。
――コレデ　オシマイ　ウツワ　チイサイ　モウ　イッパイ
「ありがとう、フェーン！　念のため、まだ上空で待機していてくれる？」
――ウン　リョウカイ
さて。どうだろう？　これで少しは話が通じるようになったかな？
『レオ、どう？　少しは自分を取り戻せた？』
ルーカスさんがレオさんに話しかけた。数百年ぶりの親子の対話に耳を澄ます。
「……ち、父上！　えっ、あれ？　これってどういう状況ですか？」
『どうやら思い出したみたいだね。君は身も心も蝙蝠になりかけていたんだ。精霊力が枯渇しかけたせいでね。君の精霊はどうしたの？　あれだけ熱烈に求愛した子が、君を見捨ててどこかに行ってしまうとは到底思えないけど』

「あ！　そ、そうだ、大変だ！　早く探しに行って、僕の精霊を取り戻さなきゃ！」

「取り戻す？　レオさん、いったい何が起きたんですか？」

「えっと、君は？　なんか見覚えがある気がする!?　でも初対面だよね？」

「リオンといいます。ルーカスさんの子孫で、西の地であなたを見つけて、ルーカスさんに会わせるために、ここに連れてきました」

「そうなんだ。覚えていなくてゴメン」

「いえ。それより、レオさんの精霊について教えてください。あなたがいた場所に精霊はいなかった。どこに行ってしまったのか見当はつきますか？」

「僕の精霊は、フラトゥスは攫《さら》われてしまった。おかしな連中がやってきて、フラトゥスを無理矢理に連れ去ったんだ！」

精霊を誘拐？　いったい誰が？　どうやって？　そして、なんのために？

攫われた精霊を探しに行くと焦るレオさん。彼をなんとか押しとどめて、話を聞き出さねばならない。

「探すといっても、何かあてがあるわけではないですよね？　とっかかりを掴《つか》むためにも、まずは今まで見聞きしたことを順番に教えてもらえませんか？」

「で、でも、フラトゥスが！　今もどこでどうしているのか……」

『レオ。君の気持ちはよく分かる。しかし、急いでここを飛び出しても、精霊力が枯れてしまえば君はまた蝙蝠に逆戻りだ。フラトゥスを探すには、間違いなくリオンの協力がいる。しばらく時間を割いて、よく分かるように事情を話してくれないか？』

レオさんは、俺と霧状の人型であるルーカスさんを交互に見た後、俺に向かって尋ねてきた。

「リオンは、フラトゥスを探すのに協力してくれるの？」

「はい。及ばずながら。ご覧の通りまだ子供なので、できることに限りはあります。それでも、この中では一番動きやすい立場なので、お役に立てるはずです」

「そ、そうか。それなら話すよ。僕が今まで、どう過ごしてきたか、そして何が起きたのか」

レオさんは戻りつつある記憶を探りながら、途切れ途切れに語り始めた。

精霊に攫われて大陸の西側へ来た当初は、彼はまだ人間だった。当然、生きていくには水や食料がいる。

レオさんが切実に訴えると、それならいい場所があると精霊に言われ、緑が生い茂る果樹園へ連れていかれた。そこでは、クストスさんが食べていた果物がなる木――マジョルの木の大規模な栽培が行われていたらしい。

「羽根みたいな葉をつけた背の高い木ですよね？　塔の周辺で俺も見かけましたが、果樹園といえるほどではありませんでした。果樹園がある場所はこの地のどの辺りになりますか？」

「それがよく分からない。行き先は、フラトゥス任せだったから」

「じゃあ、なにか目印のようなものはありませんか？　背景の山の形とか、特徴的な大岩みたいなのがあったら教えてください」

「特徴ならある！　あの場所には何基もの風車があった。地下水をくみ上げるために風車を使っていたんだ」

なるほど。果樹園のための水源をどう確保したのかと疑問だったけど、灌漑《かんがい》を行っていたのか。

「だから、フラトゥスが風車を動かすのに力を貸すことを条件に、彼らの集落の隅っこに住むことを許された。精霊化を行うまではずっとそこにいたよ」

そして、年を取って寿命が近づいてきたときには精霊と相思相愛になっていた。だから、もっとずっと長く精霊と共にいるために精霊化に踏み切った。

「でも、精霊化は上手くいかなかったんですよね？」

「うん。自分が父上の特殊な資質を受け継いでいることを知っていたから、できると思ったんだ。失敗して蝙蝠の姿になってしまったけど、よく考えたらあまり困らないことに気づいた。だって、フラトゥスは僕の外見なんて気にしない。それに、肉体から解放されたことで、飲食が必要なくなったから」

その後は、人里から離れて二人っきりで暮らしていたのか。

「それって、あのすり鉢状の窪《くぼ》みですか？　岩壁にいくつも横穴が開いている」

「あそこは庭かな。僕たちはその穴に潜った先にある遺跡みたいな場所に住んでいた」

「それって、古代遺跡のことですか？」

「古代遺跡かどうかは分からない。穴の奥にはいくつもの空洞があって、最も大きな空洞の壁いっぱいに見事な、そして風変わりな壁画が描かれている」

「具体的にはどんな絵ですか？」

「槍《やり》みたいに先が尖った角を持つ人々の絵だ。背景の景色は様々で、炎が噴き出す山や、対岸が見えないほど広い湖に、広い草原。そして、天井には満天の星が描かれていた」

「へえ、それは見てみたいですね」

「なかなか見応えがあるよ。だから僕たちも気に入って、そこに住むことにしたんだ。より都合がいいことに、この姿でも止まれる枝があった。門を取り囲むようにして、木が何本か生えていてね。木の本体には触れないいんだけど、なぜかそこから伸びる金色の枝には止まれたんだ。不思議だよね？」

ちょ、ちょっと待った！　今なんて？

「門？　大きな空洞のどこに門があったのですか？」

「ど真ん中。中央だよ。ただ門だけがある。試しに門を通り抜けてみたけど、素通りするだけだったし、なぜあんな場所に門があるのかは分からない」

「あの、その門の近くの地面に円盤みたいなものってありませんでしたか？」

「円盤？　……あっ、あったよ。僕は飛んでいるから全く気にならなかったけど、そういえば門の真下に丸い円盤みたいなのが埋まっていたと思う」

「円盤の表面に何か模様が見えたりは？」

「模様……模様ねえ。あった気がするけど、ごめん、よく覚えてないや」

「そうですか。もし思い出したら、教えてもらえますか？」

「いいよ。でもそんなに気になるなら実際に見に行けば？　僕が案内してあげるよ！」

「えっと、それは……」

『レオはここで留守番だ。精霊化に失敗した結果、君はこの世界にとって異分子になってしまった。リオンが保護してくれなければ危ないところだったよ。それに、今も少しだけ時間を猶予されているだけだ。フラトゥスを見つけ出す前に「存在」を消されたくはないだろう？』

「父上、それって脅しでも冗談でもなく本当ですか？」

『君が楽観的な性格なのは知っていたが、危機感がなさすぎる。レオ、君はもうどれくらい生きた？　人の魂に――もちろん蝙蝠の魂もだけど――与えられた寿命をとうに超えて生きている自覚はあるよね？　消滅を免れるには完全に精霊化を遂げる以外に方法はない』

「それはつまり、レオさんが精霊化に成功する可能性があるってことですか？」

『確実ではないけど、できると思う。ただそれには、レオをこの状態にしたフラトゥスと、リオンの精霊の協力が必須になる』

§　金の枝

待宵の背に乗って、再び夜の砂漠を駆け抜けた。少し欠けている月は、まだ十分な光源となっていて地表を明るく照らしている。

今夜は風が強いのか、視界の隅で枯れ色の回転草《タンブルウィード》が赤い岩石の上をコロコロと転がっていった。

『バウッ！　（着いたぞ！）』

高い岩山の上で待宵から下りた。レオさんが庭だと言った場所全体が視界に入るように見下ろす。

地層がむき出しの岩壁に囲まれた巨大なすり鉢。周囲は見渡すばかりの岩、岩、岩だ。

待宵は、よくこんな場所を見つけたよね。この岩山は標高がそこそこ高いし、下から見上げても分からないはずなのに。

「よく見ると、面白い風の動きだね」

風が渦を巻き、岩壁を削ったかと思えば、急に向きを変えていくつもの暗い横穴——風穴《ふうけつ》に吸い込まれていく。

レオさんは「風を追っていけば大空洞に辿《たど》り着く」と言っていた。

でも、現地に来てみたら風の流れは一筋じゃない。いくつもあるぞ？

「待宵、正解はどれだと思う？」

『バウ！（あそこだ！）ババウバウバウッ！（蝙蝠《こうもり》は大抵はあの穴から出てきていた）』

「よく覚えてたね。助かったよ。じゃあ、あの風穴に入ってみよう」

目当ての風穴は、岩壁の中腹より少し高い位置にあった。

通常サイズの待宵の背にしがみつき、声をかける。

「待宵、飛んでいいよ！」

一瞬の浮遊感の直後には、目的の風穴の中に飛び込んでいた。

実際に入ってみると、風穴の内径は結構大きい。待宵から下りて立ってみると、ギリギリではあるが、頭が天井につかなかった。

『バウゥウウッ！（先に行くぞ！）』

「ちょ、ちょっと、待宵！　そこで待ってて！　はぐれると困るから！」

自分も慌てて待宵に続く。

風穴の中は真っ暗だったから、すぐに暗視を働かせた。

「待宵、道は一本じゃないかもしれない。分岐している可能性がある」

『バゥバゥバゥ！　（匂いで分かる。任せろ！）』

なるほど、鼻が利くのか。そういえば、レオさんを捕まえたときに、微《かす》かに精霊の匂いがすると言っていた。その匂いを辿れるのか……あるいは、レオさん自身の匂いがするのかもしれない。

「分かった。じゃあ、ゆっくりめに道案内をよろしく」

今さらだけど、待宵は嚮導神の加護で召喚したんだった。ここに来るまでも迷う様子は全くなかったし、道案内が得意だったりする？

風穴内は比較的広い通路と屈《かが》んでギリギリ通れるような隘路《あいろ》が混在していて、予想通り分岐しているところも数か所あった。

俺が苦労して難所を通り抜ける一方で、待宵は足を止めることなくスルスルと先へ進んでいる。

なるほど、小さい方にも身体の大きさを変えられるのか。

もし豆柴《まめしば》サイズになったら、かなり可愛《かわい》い気がする。今度頼んでみようかな……なんて考えているうちに、急に視界が開けて、目的地の大空洞に到達したと分かった。

「うわぁ、これは……」

目の前に、まるで円陣を組むように林立する木立がある。木の種類は分からない。樹高は高く、赤茶色の樹肌《きはだ》は一部が濃い緑色の苔《こけ》に覆われている。

腕を広げるように四方に伸びた枝に、所々、網目状に覆う、あるいは籠《かご》のように丸くなって絡まる金色の塊がいくつも見えた。

「宿り木かな？　やけに光ってるし金色だけど」

大空洞が意外なほど明るいのは、間違いなくこの光のせいだ。

近くで見ると、最初の印象通り金色の塊は植物の枝でできていた。一本一本が細くY字に枝分かれしていて、枝先には楕円《だえん》形の小さな葉がついている。

振り仰げば、木立から発する金光に照らされて、岩壁に幻想的、あるいは神秘的な色彩画が浮かび上がっていた。

「あっ、あれが火山か！」

火を噴く火山の絵を見つけた。その隣には水平線の絵もある。レオさんは対岸が見えないほどの広い湖と言っていたけど、これって海じゃないか？

でも、絵を眺めるより先にすることがある。そろそろ予定していた時刻のはずだ。

「エルシー！　いたら返事をして」

「リオン！　ここだよ！」

声は少し離れた場所から聞こえてきて、しばらく待っていると、前方の木立から待宵とエルシーが現れた。

『バウッ、ワウワウ！（いたぞ、連れてきた！）』

「待宵、ありがとう。エルシー、上手《うま》くいったね！」

「うん。夢の中でリオンに会いたいってお願いしたら、ここに来ることができたよ」

今日は時間差で待ち合わせをしてみた。それも現地集合だ。エルシーの能力なら、俺を目印にすれば飛べそうだと思ったから。

「じゃあ、まず最初に壁画を見て回ろう！」

「うん！」

林立する木立の周りをぐるっと巡って、順番に壁画を観察していく。

先ほど見えた火山や水平線、滔々《とうとう》と流れ落ちる巨大な滝に、長閑《のどか》な田園風景や色鮮やかな花畑。

草原を走る馬の群れや、草をはむ犀《さい》のような生き物もいる。

「この絵、北部の景色に似ている。こんな風に野生の馬が沢山いるんだよ」

「へぇ、それはぜひ実物を見てみたいな」

「北部に来ればいいよ。みんな大歓迎だから」

「今はまだ無理だけど、そのうち必ず行くよ」

「約束だよ！」

もう少し大きくなったら、領地内を見て回りたい。話に聞くだけでも、グラス地方は各地に特色があって面白そうだ。

「ねえ、なんで絵の中の人たちは角が生えているの？」

様々な風景の中には、必ず人の姿があった。そして、エルシーが言うように、彼らの頭には槍の穂先のような角が生えている。

もしかして、これが魔人？

「そういう種族なんだよ。ほら、塔にいたクストスさんも、形は違うけど角が生えていたよね」

「あっ、そういえばそうだった」

西の門番《ゲートキーパー》であるクストスさんは、自分たちは有角種という種族で、かつては魔人に仕えていたと言っていた。角には特殊な能力があるとも。

この角が生えた人々が魔人だとしたら。魔人は古代遺跡に住んでいたことになる。となると、ここは古代遺跡の一画なのか？

ざっと一周見終わって天井を見上げれば、満天の星が描かれている。

……ん？　なんかデジャヴ。

「この星の配置は……」

「似てるね。あの門が沢山ある広場の空と」

「エルシーもそう思う？」

最近よく訪れるようになって、今夜も通ってきた場所。

満天彗慧《まんてんすいけい》。あまねく世界への門が集い、門のターミナル的な役割を果たしている。

レオさんが言うには、この木立の中に門らしきものがあるはずだ。もしかして、ここと満天彗慧は繋《つな》がってる？

いや。人は幽体にならないと門を通れない。だから、万一そうだったとしても、通れるのは死者だけのはず。

周囲に広がる多彩な風景画。満天彗慧にある廃棄された門の数々。

そういえば、壊れていた数多くの門はいったい何の用途で使われていたのだろう？　魂の回収に使うにしては、門の数が多すぎる。

ふと、ひとつの可能性が頭をよぎった。魔人が肉体を伴ったまま門を利用できていたとしたら？

でも、どうやって？

『ババウバウッバウバウ！　（道を見つけたぞ！）』

「もう？　それは随分と早いね！」

得意げに先導する待宵についていくと、周回時に素通りした岩壁の前にやってきた。

「ここ？　ただの岩壁に見えるけど……あっ、魔法陣か！」

魔人に所縁《ゆかり》のある場所なら、なにがしかの魔術的な仕掛けがあってもおかしくない。そう考えて魔眼を働かせてみると、岩壁に直径三〇センチほどの魔法陣が浮かび上がった。

「アイ、この魔法陣を解析できる？」

《部分的な読み取りであれば可能です。土魔術の応用で、壁を通過できる対象を定義しています》

「その定義って何？」

《おそらく解除キーあるいは認証アイテムの保持ですね》

「その認証アイテム的なものが何かは分かる？」

《いいえ。それを記載した箇所がブラックボックスになっていて、なんらかの隠蔽《いんぺい》処理がされているため読み取りできませんでした》

「そっか。それじゃあ仕方ないや。待宵、怪しい場所はここだけ？」

『バウッ！　（そうだ）』

「じゃあ、侵入者はここから入ってきたと考えていいわけだ」


大空洞に来る前に、レオさんに事件のあらましを尋ねている。その時の会話を思い返した。

『奴らは僕たちの棲《す》み処《か》に唐突に現れたんだ！』

『状況をできる限り詳しく話してもらえませんか？』

『何回も大空洞にやってきた。その度に、おかしな機材を持ち込んで、あちこち測ったり、採取したりして、繰り返し大空洞を調べていた』

『その連中は門に触っていましたか？』

『うん。触ったり絵に描いたりしてたよ』

『では、鍵章――門の下にある円盤も調べてました？』

『いや。たぶん円盤があることに気づいていない。まるで見えてないみたいに素通りしていたから』

なるほど。拉致犯の中に特殊な職業である門番《ゲートキーパー》はいなさそうだ。

『風の精霊を攫った連中は、どんな風貌でした？』

『長いローブで全身を覆っていたから、実はよく分からない。たまに顔が見えたけど、男も女もいたとしか言えない』

人数はそう多くないらしい。四人から六人で、連中が大空洞に出入りし始めた頃は、レオさんたちの存在には気づいていなかった。

『なぜ察知されてしまったか分かります？』

『奴らが木を伐《き》ろうとした。それでフラトゥスが怒って攻撃したら、いったんは驚いて引き上げていったけど、次に来たときに奇妙な道具を持ってきて、おかしな術を使ってフラトゥスをその道具に閉じ込めちゃったんだ』

精霊はそのまま拉致され、それ以降、どれくらいの月日が経《た》ったのか分からない。

三傑が活躍した時代がおよそ三百年前。レオさんは人としての人生の終わりに精霊化を試している。蝙蝠になったのは、おそらく二百年くらい前？

その後、精霊と二人っきりで、どれくらいの時を過ごしたのか。困ったことにそれが曖昧だった。

レオさんは時の流れから切り離された存在になっていたから、数十年なのか、あるいは百年を超えるのかすらはっきりしない。

『では、精霊を閉じ込めた道具の特徴について、できるだけ詳しく教えてください』

『見ればすぐに分かると思うよ。もの凄《すご》く奇妙っていうか不気味だった。真っ黒な髑髏《どくろ》だから』

『髑髏って……人間の頭蓋骨《ずがいこつ》ってことですか？』

『そう。大人にしては少し小さめの髑髏だ。でも白ではなく黒かった。月のない闇夜みたいな黒一色だ。それが、フラトゥスを閉じ込めたら、目の奥が緑色に光ったんだ！』

誘拐犯たちは、岩壁に溶けるように消えてしまい、レオさんは追いかけることができなかった。

精霊を閉じ込める。そう聞いて真っ先に思い浮かんだのは、空中庭園の水盤だ。あれはかなり大掛かりな装置だったけど、もっと小型化できていたとしたら。

『呪具の類いですかね？　ルーカスさんはどう思われます？』

『おそらくそうだろう。いったい誰が仕掛けてきたのやら』

『水盤と同じ相手の可能性は？』

『あるかもしれない。レオ、その連中がフラトゥスを捕まえた目的は分かる？』

『それが分からない。でも、奴らは去り際に言ったんだ、『上手い具合に風の精霊を捕獲できた。これで計画が進む』って』

『なら、フラトゥスの今現在の居場所を調べないとね。僕が大陸を巡る風の精霊たちに聞いてみるよ。今言えるのは、グラス地方の外なのは間違いないってことだけだ』

ルーカスさんに聞き取り調査をお任せして、俺は現地調査に来た。だけど、犯人一味が来る可能性に賭けて、ずっと見張っているわけにもいかない。

「待宵。次は鍵章を調べよう」

大空洞の中心部に向かって進んでいくと、次第に周囲が昼のような明るさになってきた。

頭上を見上げれば、枝にまとわりつく金色の丸籠《まるかご》の数が随分と増えている。

それにしても。洞窟の中なのに、これほど大きな木が育ち、葉も芽吹いているのが不思議だ。

この金色の光に、光合成を促す作用があるのか？　あるいは、太陽の光がなくても育つのか？

レオさんと風の精霊は、長年にわたってここを拠点にしていた。風穴から続いているとはいえ、ほぼ閉鎖された場所だ。だからこそ、ここに籠《こも》っていれば安全だと考えた。

平穏な日々を過ごすうちに油断が生まれたという。

蝙蝠になった以上、自分たちが近づきさえしなければ、人間と関わることなんてないだろうって。

「リオン、あれが門じゃない？」

「ああ、間違いない。下に鍵章がある。それにしても随分と大きい」

高さは五メートル、間口は四メートルくらい。直下に直径一メートルほどの鍵章が見えている。

門はコの字型を伏せたシンプルな形で、スポーツ競技会なんかで見る入場ゲートに似ていた。

少し手前で足を止め、肝心の鍵章を観察した。表面に模様があり、Y字に分岐する木の枝と、丸っこい実のモチーフが彫られている。

鍵章の前でしゃがみ込み、指を伸ばしてそっと触れた。

よかった……施錠《ロック》されてるけど壊れてはいない。

管理制限は、幸いにも手持ちの貨幣で解除できた。早速、解除だ！

「朔月門《さくげつもん》」「東円環門《ひがしえんかんもん》」「繊月門《せんげつもん》」に続いて、四つ目の門『魔人の門』が管理台帳に加わった……んだけど、それと同時に現れた新たな項目に目を瞠《みは》った。

◆改造門
［魔人の門］★★：0人　通行条件：「金榴《きんる》」

……改造門ね。

この言葉で「魔人の門」が持つ性質の一端を掴《つか》めた。

自分で言うのもなんだけど、俺以上に「改造」について知る人なんていないはず。なにしろ肉体改造を介して「無理を通す」とはこういうことかと、身をもって理解させられたのだから。

「改造」を受けることは正道からの逸脱を意味する。ただし、真っ黒ではない。おそらくは黒寄りのグレーぐらいで、あまねく世界に敷かれたルールの縁にギリ留《とど》まっているはずだ。

既定の運命や割り当てられた役割を「改造」という手段で強引に上書きし、本来許されていた以上の能力を手に入れた。世界主に拾われたが故の特例措置だ。

この門と俺は改造仲間。そう思うと、いくらか親しみが湧くが、果たしてこの門は、どの程度存在が許されたものなのか？

「魔人の門」と名付けるからには、門の製作や用途に魔人が関与してそうだ。しかし、その魔人は既に滅亡し、この世界から消え去ったとされている。にもかかわらず、廃棄されず残された門。

管理台帳に記載されているなら、俺同様に世界に承認されたと解釈してよさそうではある。

「利用者0人。これって初期化されてるよね」

閉じていたのだから当然か。過去の利用者情報は全て消えてしまった。

管理者になった以上は「魔人の門」の特性を把握しておきたいが、改造を受けているので、門番《ゲートキーパー》の継承知識が参考にならない。

手掛かりになりそうなのが大空洞の壁画だ。今は樹木で遮られて見えないが、その全てが絶景というか大自然を描いた風景画だった。

あくまで推測だけど、古代人——魔人は、高度な魔導文明を築き、都市型生活を送っていた。当時、世界の主役であった彼らの生活圏は、大陸の西半分に広がっていた。

次に版図を広げるなら、海や空を除けば赤龍山脈で分断された大陸の東へ向かうしかない。

『赤龍の背は人には越えられない』

これは大陸の東側では当たり前の認識で、西側の住人のクストスさんも、同じことを言っていた。

現状、人々は東西の行き来を海路に頼っているが、魔人はどうだっただろう？

転移。ワープゲート。

「魔人の門」がそういった機能を有している可能性は——あると思う。

しかし、管理画面は見えたものの、この門の使い方が分からない。通行条件として記載された「金榴」が唯一の手掛かりだ。

「というわけで、『金榴』を探そう！」

『バウッ（おうっ）！』

「おうっ！」

鍵章に描かれていた意匠がタダの飾りだとは思えない。金の枝に囲まれた果実。短絡的かもしれないけど、あれが「金榴」じゃないか？

皆で手分けして木立の中を探索することしばし。金色の丸籠の中から、ようやく目当てのものを探し当てた。

金色の果実は姫林檎《ひめりんご》くらいの大きさで、片手にすっぽり収まった。

外皮の一か所から、王冠のような形をした突起が飛び出ている。気になって小さな王冠の中を覗《のぞ》いてみたら、外皮に割れ目ができていて、隙間《すきま》から宝石のような赤い粒がいくつも見えた。

「これって割れてる？　果実の熟度って大事な要素かな？」

その前に使い方が分からない。

探せば他にも見つかりそうだけど、とりあえず今はひとつ確保して終了。タイムアウトだ。いいかげん帰らなければヤバい。検証は次回に持ち越しということで。


「昨夜は、あまりお休みになれませんでしたか？　大層眠そうなお顔をされています」

「少し寝つきが悪かったから」

朝食時に、モリ爺《じい》にズバリ指摘されてしまったが、ここは素直に認めておく。昨夜は帰還が遅かった。寝不足で、日中はダメダメかもしれないから。

「午前の予定を変更しておきます。リオン様は寝室にお戻りください」

「うん、ありがとう。そうさせてもらうね」

やった！　二度寝できる！　昼までぐっすりだ！

喜んでベッドに入ったのも束の間《つかま》、意識が沈むと共に金縛りに陥った。ルーカスさんと会う約束はしていない。つまりこれは、本物の金縛り!?

そう思った直後、視界に一本の銀色の糸が映り込んだ。

……いや、糸じゃない？　砂だ！　銀砂が上から下に流れ落ちている。まるで砂時計みたいに、細い筋を作って。

『なぜ今の時期に王都へ？　祭事の準備にしては早すぎない？』

この声!?　以前聞いたのと同じ？　少女めいた高い声には、聞き覚えがある。

『今回は祭事ではありません。あなたには当主代理として、ある人物に会ってもらいます。面談の日時は未定ですが、おそらく来月あたりになるでしょう』

こちらは大人の女性だと思うけど、以前と同じ人かどうかは判断に迷う。

『参拝客の接待であれば、もっと相応《ふさわ》しい者がいるのでは？』

『客人は幼い子供です。年若いあなたの方が警戒されずに済みます』

『やだ！　警戒されるような相手なの？　あなたたち、その子に何をしたのよ？』

『我々は何も。その子供は、まず間違いなく周囲の大人たちに我々の悪評を吹き込まれています。ですが、まだ子供です。懐柔の余地は残されているでしょう』

『つまり、その子供を手懐《てなず》けろと？　正直言って、子守りは苦手よ。上手くいくとは思えない』

『あなたの役目は、常に微笑《ほほえ》みを絶やさず、相手に優しく声をかけ続けることです。美しく着飾るのも忘れずに。そうすれば、最初は警戒していても、気持ちを変えられる可能性が高い』

『なぜそう言い切れるの？』

『あなたの容姿がものを言います。姉妹の中で最も子供の母親に似ているからです。確かな血の繋がりを感じる一方で、より若く、そっくりというわけでもない。彼は母親の愛情に飢えています。あなたの中に母親の面影を見出《みいだ》せば、心に隙が生まるはずです』

『……その子供って、あの人がずっと無視していた男の子？』

『そうです。生来病弱で、長くは生きられないと見做《みな》されていましたが、事情が変わりました』

『嫌な役目ね。可哀想《かわいそう》な子供を騙《だま》すみたいで』

『その子供には、騙すだけの価値が十分にあります』

『価値ね。相変わらず、この家の人たちは人間を価値でしか測れない』

『当然です。世の中には、生まれながらに選ばれた稀少《きしょう》な人間と、そうでない大勢がいますから。祈りが届かぬ以上、あなたも自らの進退について真剣に考えるべき時が近づいています』

『そんなの……言われなくても私自身が一番よく分かってる』

そこで金縛りが解けた。身体の力が抜けて、一気に眠気が襲ってくる。

今の会話は……現実？

えっと……どこで……誰と誰が……会う……って？

……ダメだ……めっちゃ眠い……考え……るのは……起きて、からに………しよ。

リオン・ハイド・ラ・
バレンフィールド・キリアム

年齢　7歳
種族　〆Ψ
肉体強度　体力中等度
一般能力　痛覚制御 / 精神耐性＋＋
飢餓耐性 / 不眠耐性 / 速
読 / 礼儀作法 / 写し絵
特典　自己開発指南

転生職　理皇
固有能力　究竟の理律
理律　理壱 / 理弐 / 理参 / 理肆
理漆（1／3）
派生能力　魔眼＋＋＋/ 超鋭敏 / 並
列思考 / 感覚同期 / 倒懸
鏤刻 / 蟲使いθ/ 並列起
動 / 幽体分離 / 俯瞰投影
（魔装甲）

職業　門番θ
固有能力　施錠 / 開錠 / 哨戒 / 誰何
派生能力　管理台帳

盟約　精霊の鍾愛
精霊紋　水精王 / 精霊召喚［リクオル］
精霊紋　氷精霊
精霊召喚［グラキエス］（封印中）
固有能力　精霊感応 / 愛され体質
派生能力　指揮 / 水精揺籃 / 甘露 /
架界交信 / 封想珠

加護　織神【糸詠＋】
固有能力　織神の栄光 / 樞蛇 / 蚕蛛
明晰翅 / 明晰翅
派生能力　万死一生 / 先見者θ/ 蠱毒
浄牙
顕彰　廻狂瀾於既倒

加護　嚮導神【悉伽羅】
固有能力　裂空 / 幽遊 / 双対

装備　継承の鍵θ/ 於爾の角笛 /
昇華珠

備考　転生 / 前世記憶

第四章　伏魔殿

§　王都招聘

モリ爺《じい》が、恭しく一通の書状を差し出してきた。

「リオン様。王政庁からリオン様宛《あ》てに招聘《しょうへい》状が届いております」

王政庁は王都にある司法組織で、国王への助言に始まり、国璽の管理、法令の作成、貴族名簿の管理等を行っている部署だ。

「招聘状？　なんて書いてあるの？」

招聘。招く。呼び出す。悪い意味じゃなかったよね？

「公爵位の相続人を登録するにあたり、本人確認が必要だそうです」

キリアム家はベルファスト王国に所属する世襲貴族であり、王国貴族では最上位の公爵位を与えられている。

爵位を世襲し貴族称号を名乗るには、ベルファスト王家の勅許状が必要で、勝手に売買したり譲渡したりできないのは知っていた。

「……本人確認!?　そのためにわざわざ王都まで行くの？」

「はい。そのようです」

俺がキリアム家の後継者として当確になった段階で、王都に通達したと報告を受けている。

だけど今は真冬で、道中でいつ雪が降ってもおかしくない。

「なにもこんな季節じゃなくてもいいのに。面倒……なんて言っちゃいけないのかな？　誰もがやっていることなんだよね？」

「いえ、必ずしも皆ではございません。王都で生まれ育った者や、成人して社交に参加している者は、本人確認を省略されることが多いと聞いています。エリオット様や先代のライリー卿がそうでした。しかし、リオン様はそのどちらにもあてはまりません」

なるほど。どちらかといえば辺境に引きこもっている俺が特殊なのか。

「でも、王都は遠いね」

地図で見た限りでは、ちょっと行ってきますとは言い難《がた》いほど離れている。

「はい。王都まではバレンフィールドとグラスブリッジ間の約二倍の距離があります。精霊街道ほど道が整備されていませんので、移動に要する時間は倍以上かかります」

王都までは諸侯領を通っていくことになる。そして、街道整備や宿場町などのインフラは領地によって様々だと聞く。

バレンフィールドからの移動には、高速馬車で四日かかった。

「倍以上っていうと、十日くらい？」

「最短で十日。不測の事態があれば、もっとかかります。お身体のご負担にならぬように、極力揺れが少ない高速馬車を仕立てましたので、その点ではご安心ください」

「新しい馬車なんだ？　それは楽しみだな」

往復するだけで二十日以上、王都での滞在期間を含めたら、ひと月か、もっと長い時間を留守にする。そう考えておいた方がよさそうだ。

「行って、なにか特別なことをするの？」

「大法官と面会します。相続人の指定手続きが受理されると同時に、公には儀礼称号を名乗ることになります」

伯爵以上の貴族は下位の従属貴族位を複数併せ持っている。儀礼称号として使うのはそのうちのいずれかだ。

「キリアム公爵家が保有する従属貴族位はいくつかあったよね？　どの儀礼称号を使うの？」

「正式な後継者は、バレンフィールド伯爵を名乗るのが慣例となっております」

ああ、なるほど。バレンフィールドはキリアムの後継者が名乗るセカンドネームだけど、儀礼称号も同じなのか。

まだ子供だし、伯爵なんて柄じゃないけど、受け取るべきものを拒否すると、侮られたり警戒されたりするらしい。貴族ってそういうのが面倒だよね。


周囲で王都に行く準備が粛々と進んでいく。

大法官や関係者への付け届けや、ベルファスト王家へのお礼の品。そういったものが結構な数になるらしい。

相続人の通達時から準備を始めていて、今は目録と現物の確認作業に追われているようだ。

「巨人の一撃」を越えればアウェイな環境で、運ぶ品々が高額なだけに道中の危険も増す。なにより移動距離が長い。

何台もの馬車を連ね、縦に長く延びた状態で街道を進む。ものものしい騎士団を引き連れての移動になる。

日々行われる騎士たちの調練が次第に熱を帯びていく。

そして、王都へ共に行くのは騎士団だけではなかった。

「お二方も同行されるのですか？」

「もちろんよ。私たちは家庭教師だから、生徒がいなくなったら何もすることがなくなっちゃうもの」

家庭教師ねぇ。モロノエが当然といった顔で主張してきたので、間違いを指摘する。

「ナミディア先生はそうですね。しかし、モロノエは……」

「なんで私だけ呼び捨てなの？　一緒に魔封石を作った仲じゃない！」

「それが理由です。あれは、教師の仕事とは言えませんから」

一応は教師として振る舞っていたナミディアと、作業部屋に籠《こも》って錬金しまくっていたモロノエが同じ扱いになるわけもなく。

「は、箱庭迷路の指導をしたよね？」

「いえ。嬉々《きき》として石を愛《め》でるモロノエとは別の作業台で、一人で試行錯誤しながら取り組んでいました」

「そ、そ、そうだった……」

モロノエがいろいろとやらかしてはいるが、この二人がグラスブリッジへ来た真の目的を、まだ掴《つか》めていなかった。

しかし、ここにきて、俺が王都に向かう旅路に同行することが、その目的だったのではないかと思うようになった。

「ですが、今回は魔道具工房との交渉もありますから、魔封石の製作者であるモロノエ先生が同行するのは構いません」

錬金術師としては良い働きぶりだったから、その意味なら敬称もありだ。

「なんだ。だったら、最初からそう言ってよ」

露骨に安堵《あんど》を見せるモロノエに、ますます自分の懸念が当たっている気がした。

グラスブリッジは余所者《よそもの》への警戒が厳しく、本邸に持ち込む個人の所有物についても、当然のことながら検分を受ける。

その一方で、いくつもの宿場町を利用する今回の旅は、そこまで監視の目が行き届かない。敵がこの二人を使って何かを仕掛けるつもりなら、ここを利用するはずだ。

そう考えたのは俺だけではなく、道中を警備する大人たちも対策をしている。

つい先日、いったんは北部に帰郷したマクシミリアンさんが、特別注文の馬車と、それを牽《ひ》く見事な鎧馬《よろいうま》を何頭も引き連れて戻ってきた。そして、王都へ向かう一行にも参加するという。

「ま、ボウズたちは守られていりゃいい。危ないことは大人に任せとけ」

「いえ、いざとなれば自分がご主君の盾になります！」

「僕たち兄弟もリオン様のお力になれるように努めます。ね、ジェイク」

「うん！　つとめる！」

「エルも頑張る！」

子供が俺を含めて五人。

俺とルイス、ジャスパーとジェイクの兄弟、紅一点《こういってん》のエルシーが二手に分かれて別々の馬車に乗り込む予定になっている。随時、乗る馬車を入れ替えて、リスクを分散するつもりらしい。

さらに、エルシーで保険をかけた。強く願いさえすれば、俺がどこにいようと夢を介して会いに来られる。それが分かったからだ。

「というわけで、もうしばらくしたら王都に向けて出発します」

交信リンクを開いて、長く屋敷を離れることをルーカスさんに報告することにした。

『それはタイミングがいいというか、ちょうど良かった。話したいことがあったんだ』

「それって例の件ですか？」

ルーカスさんには、グラス地方の外から来た風の精霊たちからの聞き取り調査をお願いしていた。

『うん。少なくない風の精霊たちが言ってたよ。フラトゥスは東にいるんじゃないかってね』

グラス地方ほどの密度ではないが、外の地域にも精霊は存在する。特に風の精霊の中には長距離移動を好む子がいるそうで、その子たちから話を聞けたらしい。

「東ですか。かなり広範囲になりますが、どの辺りか見当はつきますか？」

『人がとても多い場所で、大森林よりも手前らしい。そうなると、王都が第一候補になるね』

「呪術は人が多い場所ほど、より大きな威力を発揮するんですよね？」

『そう。困ったことにね』

王都のような人口密集地に風の精霊を取り込んだ呪器を持ち込む。一体何が目的なのか。

「精霊を拉致した連中が、何を仕掛けようとしているのか分かりますか？」

『だいたいはね。空中庭園の例を見ても分かるように、本来の呪術は対象への明確なターゲッティングが必要で、その効果もピンポイントで働く』

「本来はというと、例外もある？」

『うん。その最たるものが、加護による呪いの類《たぐ》いだ』

「言われてみれば、かつてフロル・ブランカの加護が撒《ま》き散らした呪いは、関係者だけでなく、不特定の人々にも被害が及ぶものでしたね」

『ああいった結果を人為的に作り上げるのに、風の精霊の力を利用しているとしたら？』

「そんなことが可能なんですか？」

『可能だと考えた者がいたから、フラトゥスは攫《さら》われた。僕の推測でしかないけど、全く根拠がないわけじゃない。東から来た子たちに聞いたら、嫌なニオイがしたというんだ。人が多い場所を通ってきた風がね』

「精霊が嫌う匂い？　それが呪術に関係があるってことですか？」

『おそらくね。空中庭園は周到に隠蔽《いんぺい》されていて分からなかったけど、あの異形を水球に取り込んだときに、酷《ひど》い臭《にお》いがしたとリクオルが言っていた』

「リクオルさんがそう仰《おっしゃ》るなら間違いなさそうですね……ってことは、今現在の王都で、呪術的な仕掛けが動いているってことになります？」

『かもしれない。だから、ちょうど良いと言ったんだ。リオン、君なら呪素《じゅそ》が見えるだろう？』

確かに。俺なら呪素が見えるし、対抗手段も持っている。

「分かりました。王都では呪術的な気配がないか、よくよく注意します」

フラトゥスさんを探して、可能であれば救出する。

王都でやることが増えたぞ。そして誘拐犯との戦いは、騎士団任せというわけにはいかない。俺自身が強くならなきゃ。

§　護連星

「ルシオラ。じゃあ、気をつけてね」

自室の窓から、鳥に変態したルシオラを見送った。先行して東に飛んでもらい、街道の偵察と簡易的なマッピングを行うためだ。

「へえ。アップデートに随分と時間がかかるなと思ったけど、これは凄《すご》いね」

カウチソファにもたれかかり目を閉じてから、ルシオラが見ている映像に切り替えた。

グラスブリッジの街並みがぐんぐん通り過ぎていき、あっという間に三重の防壁を越えて、外に飛び出した。

移動能力がアップしたと聞いていたけど、予想を超える速さだ。

さらに、視界に映る映像も、より三次元的なものに変わっている。今はリアルタイムで見ているけど、収集したデータからジオラマみたいな立体マップを作ることもできるらしい。

「……見えてきた。ジェミニ大橋だ」

往路と復路を分けた二重橋。長大な橋の両サイドに、堅牢《けんろう》な要塞《ようさい》と化した砦《とりで》がそそり立っている。

ジェミニ大橋の上で旋回してデータを集めた後、ルシオラは外の世界へ旅立った。

続きをずっと見ていたい気もするけど、視界を元に戻して身を起こした。

今日はこれから、三体目の理蟲《りちゅう》である蟲甲《ここう》「スカラ」の実戦配備について、その進捗《しんちょく》状況を確認する。

俺とアイがスカラに期待する役割は二つある。

ひとつは破壊槌《はかいつい》だ。『理伍《りご》』以降の守護者《ガーディアン》に認められ、理律《りりつ》を制覇すること。そして、もうひとつが防御術である魔装甲の一端を担うこと。

……なんだけど、アイ、どこまでいった？

《現時点で『理漆《りしち》』の最初の関門を突破し、部分開放に成功しています》

スカラには孵化《ふか》後、『理漆』の攻略に取り組んでもらっている。

理の扉の開放は『理壱《りいち》』から『理肆《りよん》』までは順番に進めたけど、修得難易度が高い『理伍』を後回しにして、特殊な素養が要るという『理陸《りろく》』もスキップした。

「よかった。成功したんだね。部分開放だと何ができるの？」

『理漆』は多彩な領域魔術を司《つかさど》る。これまでの扉と違い、段階的な開放が可能で、部分開放でも大いに意味があった。

《防護術の魔装甲が使用可能になりました。いまだ全開放には至っていないので、結界術や認識阻害といった空間干渉系の複合魔術は使えません》

「まあ、それはおいおいだね。じゃあ、例の武装を配備できる？」

《はい。自動迎撃システムの試作品《プロトタイプ》は既に出来上がっています。時間がありませんので、実際に配備した上で状況を見て改良を重ねていく予定です》

魔装甲の主要な機能は魔術版身体強化だけど、身体が成長するまでは実装できない。
そこで、新たに開発した自動迎撃システムを先に実戦投入することにした。
死角を含めた全方位からの物理的な攻撃を打ち落とし、魔術的な攻撃を相殺するという優れもので、理蟲と共生している俺ならではの離れ業だと言える。
「出立までに間に合うか心配していたけど、なんとかなったね」
以前は、自衛機能なんて要らないと考えていたが、敵対勢力がいるなら話は別だ。
《では早速ですが実装します。物理、魔術、呪術。今回はこの三種類において、それぞれ一対の護連星を配備します》
俺を中心に周回する自動迎撃装置。その様を衛星に見立てて護連星と呼ぶことにした。センサーと迎撃システム搭載で、互いに連携して俺を守ってくれる。
《まずは対物理の護連星です》
魔眼視で銀色に映る二つの玉が現れて、俺の周りをゆったり周回し始めた。玉の大きさはガチャポンのカプセルと同じくらい。物理的な攻撃を察知してハード・キルしてくれる。
《次に、対魔術の護連星です》
今度は虹色の玉が出てきた。色合いがシャボン玉みたいだ。
《最後に、対呪術の護連星です》
この白い護連星が今回の目玉だ。対呪術装備であり、呪素《じゅそ》や呪術的な動きを察知して滅殺する……らしい。
呪いは人の情念を燃料にして働く術で、魔術で破壊するにはより強い力をぶつける必要があった。

空中庭園での戦いのときは、精霊の力を借りた大規模な複合魔術という力技でゴリ押しをしたけど、あれは時と場所をかなり選ぶ。

そこで注目したのが、【蛛弦縛枷《しゅげんばくか》】の消滅と共に現れた派生能力――【倒懸鏤刻《とうけんるこく》】で、この能力を対呪術装備に組み込んだ。

能力所有者の心に刻まれ、骨に染み入るほどの苦痛の記憶。【倒懸鏤刻】は、それを精神攻撃に変換する。

蓄積された痛みや精神的なダメージが激しければ激しいほど、変換後の精神攻撃が地獄の苦しみに近づくという。

……なんかね。この能力のあらましが分かったとき、ルーカスさんの言葉が腑《ふ》に落ちた。俺たちは試作品《プロトタイプ》だって。

あの痛みも苦しみも、特殊な能力を得るための代償であり、必然な過程だったのだ。

俺をこの世界に投じた存在は、精霊界との穏やかな癒合を望んでいる。そして、精霊の敵対勢力が呪術を使うことを知っていた。

この仕込み具合は、ちょっと呪います程度の相手じゃないよね。多数の人間の意識の集合体をもとにした大規模呪術が想定される。

これから先、どんな厄介事が待ち受けているのか。

敵の脅威が不透明な以上、手に入る能力は全て獲得する。そのくらいの気構えでいなきゃダメだと思った。

寒風がヒュルヒュルと吹き渡る街道を、紋章旗を掲げた馬車列が粛々と進んでいる。

黒地に銀の房飾り。旗に描かれた意匠は、キリアム家を表す「九首水蛇《きゅうしゅすいだ》」だ。

逞《たくま》しい馬体の鎧馬《よろいうま》が重い蹄《ひづめ》の音を響かせ、長く延びた隊列を騎兵が先導あるいは並走し、殿《しんがり》も騎兵が厚く守っている。

ここまで隙《すき》がない馬車列を誰が襲うのか？

そんな風に思える威容を示され、道中に危険があるのは承知していたが、賊に襲われるという災難を、身近なものとしてイメージするのは難しかった。

これも、前世は平和な日本で暮らし、今世はこれ以上ないほどの箱入り育ちである弊害？

ここまで厳重に警戒すれば、少なくとも移動中は安全で、退屈が旅の最大の敵になるかもしれない。そうなる可能性すら考えていたのに。

「……甘かった」

そう呟《つぶや》くと同時に、目を開けて身を起こした。

「リオン様、何が甘かったのですか？」

不思議そうな顔で尋ねてくるルイス。ちょっと休むと言って横になった俺が、妙な言葉を発して起きたから、夢でも見たと思ったかな。

「見込みというか、認識？」

この先に、丘を掘削した切通《きりどお》しがある。天井は開けているが左右がほぼ垂直に近い絶壁になっていて、馬車同士のすれ違いが難しい隘路《あいろ》が続く。

切通しは入口からしばらくは上り坂になっているため、見通しがあまり良くなく死角も多い。

その死角に、賊——いや、その武装を見る限りでは立派な軍隊の伏兵というべきか——が待ち構えているのを、たった今、ルシオラの目を通して捉えた。

生い茂る樹木に邪魔をされながら、上空から急いで敵の数を数えたが、十や二十ではない。その倍以上はいる。

絶壁の上の岩棚に、弓矢を携えた伏兵が何人もいた。どう見ても、俺たちがこの場所を通るのを知った上での待ち伏せだ。

「ルイス、ハワードを呼んで」

「直ちに」

ルイスが馬車の窓をコンコンと叩《たた》き、騎乗して馬車と並走しているハワードの注意を引く。そして、会話が通る程度に窓が薄く開けられた。

「リオン様、どうかされましたか？」

「この先に賊が待ち伏せている。本格的な武装をした集団で、高所に弓兵が八人以上、総勢で五十から六十人はいると思う」

ハワードの顔つきがサッと真剣なものに変わった。

「斥候を放ち、速やかに確認いたします」

いったん小休止した馬車列がゆるゆると動きだした。

切通しへ近づくにつれて、東から吹き下ろす向かい風が強くなり、紋章旗がハタハタと後方へたなびき翻る。

「今だ！　フェーン！」

風に乗って幾本もの矢が騎乗する騎士をめがけて飛んできた。

――ブォーン!!　トマレ!!

《敵意感知――迎撃シマス》

風が急遽《きゅうきょ》反転し、矢が軌道を乱して地に落ちる。上手《うま》いぞ、フェーン！　……あれ？　今、なんか別の声が聞こえなかった？

「な、なんだ!?　風向きがいきなり……！」

「伏せろ！　風に煽《あお》られて落ちる！」

梢《こずえ》を騒《ざわ》めかせ、岩棚に叩きつけるように吹く風に、弓兵が矢を射る手を止めて岩にしがみつく。

「い、痛い！　止めろ！　なんだ？　いったい何に攻撃されている!?」

「分からん！　敵の姿が見えない！」

次々と敵側から悲鳴が湧き起こる。風に抗《あらが》い、弓を構え続けていた弓兵の周囲を飛び交う銀色の軌跡。

あれって、護連星？　えっ!?　なんで？　俺から離れて、なぜあんな前衛にいるの？　アイ、どういうこと？

《センサーの感度が鋭敏すぎるようですね。スカラは好戦的なきらいがあるので、その影響もあるかもしれません。追って調整・指導します》

好戦的って……あっ！　今度は白が！

道の先に伏せていた歩兵が、武器を掲げて飛び出してきた。それを迎え撃つかのように、こちら側から白い軌跡が突っ込んでいく。

《臨《リン》》《兵《ビョー》》《闘《トウッ》》《者《シャッ》》

はっ!? これって九字《くじ》を切るってやつ?

《皆《カイッ》》《陣《ジン》》《烈《レッツ》》《在《ザイッ》》《前《ゼンッ》》

……俺はいったい、何を見ている?

何体もの逆さづりになった白い骸骨《スケルトン》が、カタカタと歯を打ち鳴らしながら、敵兵の上に降下してきた。まるで敵地を占領しに行く落下傘部隊だ。

骸骨の周囲には夥《おびただ》しい数の白い骨片や骨そのものが浮遊していて、すぐに雪が降ったような景色になった。

《倒懸鏤刻――発動》

骨片や骨が機関銃のように射出され、敵の兵士を襲った。白い凶器が彼らの武装を貫いて容赦なく突き刺さり、そこかしこで断末魔の如《ごと》き悲鳴があがる。

……こんなエフェクトがあるなんて聞いてない。

こちらの馬車は既に停止していて、矢除《やよ》けの盾を構えたキリアム家の騎士たちが壁を作っている。

しかし、その壁に辿《たど》り着く前に、次々と敵側の兵士たちが藻掻《もが》き苦しみ倒れていくのだ。

武器を取り落とし、冷や汗を流して頭を抱え蹲《うずくま》る者、腹を押さえ、身を折って吐しゃ物を撒《ま》き散らす者。

共通しているのは、彼らの顔が並々ならぬ苦悶《くもん》に歪《ゆが》んでいることだ。

「あらやるじゃない。だから言ったのに。たかが子供一人だと侮っちゃダメだって。作戦失敗だけでも、どこで？

どうする？　このままだと術が解けちゃう。……了解。残念だったわね。証拠隠滅させて頂戴！」

阿鼻叫喚《あびきょうかん》の中、やけにふざけた物言いをする女性の声を拾った。この声……聞き覚えがある？

いや、今はそれより、警戒の声をあげるべきだ。

「どこかに敵の術者がいる！　皆もっと下がって！　敵兵から離れるんだ！」

俺が張り上げた声を聞いて、前衛の騎士たちが、盾を構えたまま馬車の方に下がってくる。でも、もっと守りを固めておいた方がいい。

「マクシミリアンさん！　敵との間を氷の壁で塞《ふさ》いでもらえますか？」

「承知した。よく分からん状況だが、お前らが大好きな『愛し子《いとしご》』様のお願いだ。集え、そして励め。氷壁！」

マクシミリアンさんが号令をかけると、周囲にいた小精霊が一斉に集合して、瞬く間に透明度が高い厚い氷の壁ができあがった。氷の壁越しに敵兵の姿が見えるが、どうも様子がおかしい。

味方に武器を向けて……うわっ、血が！　同士討ちをしているのか!?

「怖《こえ》えな、皆殺しかよ。リオン、あれはなんだ？　何が起きている？」

さっき、証拠隠滅って聞こえた。作戦に失敗したから口封じをするのか？　こんなやり方で!?

《おそらく隷属術の類《たぐ》いです。禁術ですね。敵の兵士は自分の意思と身体の自由を奪われているようです》

「彼らは邪《よこしま》な術で誰かに操られています」

互いに殺し合うだけ。ああなっては、情報を取るのも無理だろう。

「つまり、こいつらは普通の賊じゃないんだな？」

「ええ。財宝狙いではなく、目的は誘拐もしくは抹殺？」

「うちの秘蔵っ子を狙ったのか！」

「そうですね。目的は自分だと思います」

「連中は、襲いかかる前に急に苦しみだした。あれはなんだ？　術の失敗か？」

「あれは……別件かな？　今すぐには判断がつきません」

……やばい。なんて言い訳しよう。護身術がちょっと暴走しました？　いや、ちょっとじゃないし。うわっ、どう言えばいい!?

「アイ、あのエフェクトはなに？　それに地球的な妙な文言が聞こえたけど」
《新装備を構築するにあたり、どんな形がよいだろうとマスターの記憶や地球発の知識を参照しながら模索しました。その際にスカラが地球の秘術や呪法に強い興味を示しまして》
「俺の記憶？」
《はい。陰陽師《おんみょうじ》や退魔師、呪術師が登場する創作物の影響を強く受けてしまったようです。それでですね。大変申し上げにくいのですが、さきほどスカラを問い質《ただ》したところ「ヤッテミタカッタノシカッタ」という返事がありました》
「……つまり、あの骸骨や九字切りはスカラの趣味？」
《全てがというわけではありませんが、概《おおむ》ねそうなります。スカラは戦闘特化といいますか、理律の攻略向きにカスタマイズしたため、情緒に幼いところがありますから》

「そうなんだ。成長を急がせたから仕方ないか。でも、過剰演出にならないように注意だけはして……っていうか、スカラと直接話はできないの？」
《言語学習が進んでいないのもありますが、性格的な理由があり、今は無理だそうです》
好戦的らしいから、そのせいかな？
「口調が喧嘩腰《けんかごし》になるとかだったら、俺は全然気にしないよ」
《いえ。そうではなく、マスターと直接話すのは、本人曰《いわ》く「ハズカシイ　ムリ」だそうです》
「そ、そうなんだ!?　なんでだろう？」
厨二《ちゅうに》的で好戦的なのにシャイ？　すっごく話してみたいけど、ゴリ押しして変に拗《こじ》らせちゃってもマズい気がする。
《スカラはまだ生まれたてに近い状態なので、時間が経《た》てば情緒面も他の二体に追いつく……かもしれません》
おいっ、末尾を濁すなよ。
「分かった。そのうち直《じか》に話そうねって伝えておいて」
《了解です》
結局、職業に深く関わる事柄なので、詳しくは話せないという姿勢を押し通した。理蟲は俺の秘密兵器だから、できる限り秘匿したい。
現場処理に少なくない時間を割かれてしまったが、その後は何も起こらず、順調に王都へ近づいていった。

ところが、王都のひとつ手前の宿場町に着いたとき、フェーンが急に落ち着きがなくなって、苦情を漏らし始めた。

——イヤナ　ニオイ　スル
「それって、どの方向から臭う？」

——アッチ　カラ　ニオウ
東だ。やっぱり王都方面か。

嫌な臭《にお》いと聞いて、すぐにルーカスさんの話を思い出した。東から来た風の精霊たちが同じことを言っていたのだ。人が多い場所から嫌な臭いがするって。

本音を言えば、予想が外れてほしかった。

弟妹が住んでいる王都で呪術的な何かが仕掛けられている。その影響が隣街まで波及するほどの規模だなんて。

確証を得るには実際に『視《み》る』のが早い。果たして、臭いの素《もと》がどれくらいあるのか？

アイ、空気中の呪素を確認したい。臭う程度だから、呪素の密度は希薄だと思うんだよね。魔眼の感度を上げれば捉えられるかな？

《感知用の高感度フィルターを搭載済みです。任意に感度調整を行えます》

了解。ありがとう、準備が良くて助かるよ。じゃあ早速、フィルターを通して見てみるね。

「……うわっ！　ばっちい！　えっ!?　こんなに？　これって、吸っちゃダメなやつだよね？」

フィルター越しに見ると、思ったよりくっきりはっきり呪素の存在を視認できた。

視界に黒い煤色《すすいろ》の粒子がフヨフヨと浮かんでいる。たとえ微量でも、呼吸をすれば否応《いやおう》なしに吸い込んでしまう。良くないよね？

アイ、身体への影響ってどうだろう？

《低密度ですので、ある程度吸ってしまっても、呼気から全て排出されるはずです》

この程度なら体内に蓄積されずに済むってこと？

《はい。この程度であれば。しかし、呪素が空気中に高密度にある環境で長時間過ごせば、摂取量が排出量を上回る事態もあり得ます》

だめじゃん。これから向かう王都は、まず間違いなくそんな場所なのだから。

防毒マスク的な対策が必要だが、幸いにも見本がある。あとは実際に作れるかどうか……以前、簡単な魔道具なら作れると言ってたよな？　直接会って聞いてみるか。

「モロノエ先生、ちょっとお伺いしたいことがあります」

「リ、リオン!?　なに？　なんで急に会いに来たの？」

何があった？　俺の顔を見て、めっちゃ動揺している。何か後ろめたいことでもあるのか？

あとで身体検査だな。でも今は、用件を済ませてしまおう。

「先生は、これと同じものを作れますか？」

モロノエに見せたのは、以前「東円環塔《ひがしえんかんとう》」で拾った風魔術のペンダントだ。腐食していた鎖は交換済みで、日常的に首から下げている。

「よく見せて。……清浄な空気、効果範囲指定……随分と書式が古い魔法陣ね。これをどこで？」

「出どころは、今は言えません。でも、この魔道具を王都に入る前に量産したいんです」

「なぜ？　材料や工具が揃《そろ》えば作れるけど、これは風幕といって、魔法陣の周囲に綺麗《きれい》な空気層を作るだけのものよ。なぜそんなものを欲しがるの？」

「精霊たちが言うから。王都から臭気が漂うって。だから、よほど空気が汚れているのかと思って」

「えっ！　やだ！　これから王都へ行くのよ？」

「そこで、この魔道具です。とにかく数が欲しい。王都での取引用に、小さめの魔封石を馬車に積んでいます。それを使えませんか？」

「……えっ!?　その素材は稀少《きしょう》だから、この程度の魔道具に使うのはもったいないわよ？」

「汚染された空気を吸わないで済むなら、それも必要経費です。人命には代えられません」

俺がそう断言すると、黙って俺たちの話を聞いていたナミディアが、念を押すように尋ねてきた。

「そこまで空気が汚いの？　人の命を脅かすほどに？」

「はい。普通の汚染ではありません。酷《ひど》く厄介で邪なものらしいです」

あえて呪素という言葉を使わずに、ぼかして言うと、ナミディアとモロノエが視線を交わし、何か問いたげな表情になった。

「私たちも、その魔道具をもらえるの？」

「もちろんです」

「モエ、作った方がいいと思う」

「うん。なんかヤバい感じがするね。分かった、作るよ。でも、リオンも手伝って。魔法陣を刻むのに魔術を使うから。あと、材料を集めてちょうだい」

「必要なものを全て教えてください？」

「魔封石を嵌《は》める魔銀製の台座と、魔法陣を刻むための工具や溶媒。成形済みの台座や材料も含めて、魔道具工房で手に入るはずよ」

「すぐに手配します」

「風幕は効果範囲があまり広くないから、顔に近い部位に身につける必要があるの。だから一人につきひとつ魔道具が必要よ」

「じゃあ、装身具用の鎖、あるいは飾り紐《ひも》なんかも用意します」

「魔法陣自体はそれほど複雑じゃないけど、あなたは初心者だから、失敗してもいいように、材料は余分に揃えておいてね」

「分かりました。ご指導よろしくお願いします」

そこから三日間、同じ街に逗留《とうりゅう》し、モロノエと俺とで風幕の魔道具を作り続けた。

材料をかき集めて内職に徹した結果、なんとか予備を含めた人数分を用意することができた。

銀色のシンプルな台座に丸みがある石が嵌まっている。最初は透明だった石の色は、魔素を充填《じゅうてん》したら艶《つや》のある緑色に変化した。

「あなた器用ね。ここまで正確に魔法陣を刻めるなら、魔道具技師にも適性がありそう」

「ご指導ありがとうございます。きっと先生が良いんですよ」

「えへへ、そうかな?」

地図トレース職人として鍛えた【俯瞰《ふかん》投影】が、図案を写す上で大いに役に立ったんだけどね。

出来上がったペンダントを全員に配布し、肌身離さず、寝る時も身につけているようにと念を押した。

「ジャスパーも、ジェイクも、ルイスも、エルシーも、絶対に外しちゃだめだよ」

「はい！　絶対に外しません！」

「うん。外さないよ！」

「これ、姉ちゃんたちが見たら絶対に羨《うらや》ましがる」

「そう？　見た目は綺麗だけど、この石は宝石ではないよ」

パッと見は翡翠《ひすい》に似ているが、色気のないシンプルなデザインだから、年頃の女の子が欲しがるとは思えない。

「十分に綺麗です。それにリオン様のお手製なのが姉ちゃんたちに知れると、絶対に狙われる！」

えっ⁉　大事なのってそこ？

「そうなんだ？　じゃあ、材料が増えたらマイラとエマの分も用意するよ」

「本当ですか！　ありがとうございます。姉ちゃんたち、絶対に喜びます！」

§　ブラザー&シスター

早朝に隣街を出立し、馬車に半日も揺られたら王都の城壁に到着した。

「うわぁ、さすが王都だ。人が多いですね」

初めて見る都会にルイスが目を丸くしている。グラスブリッジも大きな都市だけど、西の辺境にあるから賑《にぎ》わいでは敵《かな》わない。

まあ、渋谷のスクランブル交差点に比べれば、そこまで過密じゃないけどね。

転生日本人としては、人の多さよりも古色蒼然《こしょくそうぜん》とした異国情緒に目を奪われる。

グラスブリッジは要塞《ようさい》都市の側面が強く、城壁の外と中は明確に分けられている。ところが王都は、街門が大きく開放され、城壁をまたいで大勢の人が出入りしていた。

「商取引が活発だと聞いていたけど、城壁外にまで市が立っているんだね」

付け焼き刃の知識だけど、この場所には元々「神聖ロザリオ帝国」の都があり、帝国の崩壊時にいったんは瓦礫《がれき》と化したらしい。

その後も、幾たびもの戦禍を被り、増築や改築を重ねて、巨大な人口密集地と化していった。

中央大森林が今ほど広がる以前は、中原の東西南北を繋《つな》ぐ交通の要所であったことから、統一王国の首都として再建され、そのままベルファスト王国の都になったという歴史上の経緯がある。

「あそこに見える尖塔《せんとう》はなに？」

エルシーが、遠くに見える尖塔を指さして聞いてきた。

「おそらくだけど献神教会の総本山じゃないかな。王都で最も壮大で目立つ建物らしいよ」

「えっ!?　王城より教会の方が大きいの？」

「うん。そう聞いている。歴史が古い都だから、いろいろあったんだよ」

先っぽだけとはいえ、王都の周辺から視認できるなんて相当高い塔に違いない。献神教会の前身は生命教会といって、あくどい所業を行っていたと聞く。たとえば隷属とか。

数日前に遭遇した賊の末路に思いを馳《は》せた。あれが禁術の産物なら、到底許しがたい存在だ。

生命教会は三傑の一人であるリリア・メーナスに粛正されたはずなのに。なぜ禁術の使い手がいるのだろう？

献神教会にも行ってみたいけど……今回は無理かな？　王城は教会に隣接していて、それを取り巻くように貴族区がある。距離的には近いんだけどね、俺の身分的に気軽には立ち寄れない。

……それにしても。こんな呪素塗《じゅそまみ》れの環境で暮らしていて、皆よく平気だな。

王都の空気は予想通り呪素に汚染されていた。風幕の魔道具を身につけているとはいえ、あまり長居したい場所じゃない。

鎧馬《よろいうま》にも魔道具を装着しておいてよかった。鎧馬は大切な交通手段だ。王都邸に着いたら、井戸や食料庫はもちろん、馬の飼い葉や水桶《みずおけ》もチェックしておかなきゃ。

「外の人が皆こっちを見てる。なんでかな？」

「エルシー、それはね。王都の人たちにとって北部原産の鎧馬が珍しいからだよ」

「そうなの？」

「うん。エルシーは見慣れているだろうけど、鎧馬は高額だし、紹介状がないと買えないから、王都の人が目にする機会は少ないはずだ」

それ以外に、見るからに貴族の馬車列だというのも注目を浴びる理由のひとつだと思う。

試しに【超鋭敏】で聴覚の感度を上げてみれば、市井の人々の声を拾うことができた。

「どこのお偉いさんだ？　やけにものものしいな。戦争でもするのか？」

「すげえ凶暴そうな馬だ。あれって全部軍馬か？」

「おいっ！　お前、なんでいきなり拝んでるんだよ！」

ん？　拝んでる？

見れば、商人風の男が、こちらに向かって祈りのようなポーズをとっている。

「いいじゃねえか。見ろよあの旗を。九首水蛇《きゅうしゅすいだ》だ。あの旗のおかげで大飢饉《だいききん》のときに死なずに済んだって、俺のひいひい爺《じい》ちゃんが言ってた。ありがたい話だろ？　だから拝むんだ」

「それ、いつの話だよ。百年くらい前じゃねえか」

「知らないのか？　今でも王都の食いものの半分は、あの領地から運ばれてんだぞ」

「つまり、あれって西の大領キリアム家の一行なのか。なんでまたこんな季節に……」

馬車列の威容に、人の波が面白いくらいに道を空けてくれる。そのおかげで、衆人環視に近い中、馬車列は粛々と進んで王都邸に到着した。

先触れを出していたからか、玄関先で出迎えを受けた。

くすんだ金髪の少年と黒髪の幼女が、それぞれ乳母あるいは家庭教師らしき女性に付き添われて立っている。

五歳になるはずのロニーは、なぜか俺の姿を見て顔を歪《ゆが》め、それ以降ずっと睨《にら》んだままだ。

……うん。表情のせいか顔立ちがそっくりだ。ロニーは母親似なんだね。

一方、三歳になる妹は、おどおどした態度で人の顔色を窺《うかが》い、元気がない様子が気になった。

奇妙な緊張感が漂う中、弟妹に話しかけた。できる限り優しく、微笑《ほほえ》みを浮かべながら。

「初めまして。君がロニーで、その陰にいるのがエリザ？」

ところが、弟妹からは一向に返事がない。

「ロニー様、エリザ様、兄上のリオン様ですよ。ご挨拶を」

付き添いの女性に背を押される格好で、ロニーが一歩前に出てきた。しかし、口から飛び出したのは、残念なことに挨拶に相応《ふさわ》しい言葉ではなかった。

「……な、なんでだよ！　黒髪だから特別なの？　コイツばっかりずるいよ！　すぐに死んじゃうって言ってたのに！　ウソつき、みんなウソつきだ！」

初対面だし、遠くに離れて暮らしていたから、互いに何の干渉もしていない。なのに、初っ端《しょぱな》からコイツ呼ばわりか。

「ロニー様！　なんてことを！　公爵様とのお約束を忘れたのですか？　お教えした通りになさってください！」

すぐに死んじゃうって……まあ、事実ではあったけど、もはや過去形なのに。

幼い子供の言葉は、大抵は身近にいる大人の模倣に過ぎない。誰が言ったのかまでは追及しないが、幼い子供に聞かせていい言葉遣いじゃないよね。

「やだ！　僕はわるくない！　わるいのはコイツだってお母さまが……」

あーあ。発信源がバレバレだ。

そこでロニーは、お付きの女性に口を塞《ふさ》がれながら退場になり、もじもじとスカートの布を両手でにぎにぎするエリザが残された。

「エリザ様は、お兄様にご挨拶をできますね？」

やや後方に引っ込んでいたエリザが、付き添いの女性に促されて、おずおずと前に出てきた。

「……はじめまして。エリザです」

やっと聞き取れるほどの小さな声で、それでも軽く膝を折って淑女の挨拶をするエリザ。動きがぎこちないけど、この状況で十分に頑張っていると思う。

「改めて初めまして。上手にご挨拶できてエリザは偉いね」

「じょうず？」

「うん。三歳なら上出来だよ。しばらくこの屋敷にいるから、仲良くしてね」

「……なかよく？」

不思議そうに首を傾《かし》げるエリザ。……可愛《かわい》いじゃないか。これが今世の妹か。

「そう。今まで離れて暮らしていたけど、せっかく会えたしね。そうだ！　上手にご挨拶できたご褒美に、エリザにこれをあげる」

上着のポケットから、エリザ用に作った例の魔道具を取り出した。まだ幼いので、鎖や紐《ひも》が首に絡まるのを懸念して、特別に髪飾りに仕立ててもらったものだ。

台座に花を模した装飾が付いていて、一見すると魔道具とは分からない。

「きれい！」

エリザが髪飾りを見て目を輝かせた。

「でしょ。これはね。髪に留めて使うもので、装飾品だけどお守りにもなる。いつも身につけていると、きっといいことがあるよ」

エリザが、そばにいた女性をもの言いたげに見上げた。どうやら、受け取るには彼女の許可が要るらしい。

「エリザ様、よかったですね。お兄様からの贈り物ですよ。お礼を仰《おっしゃ》ってください」

「ありがとう、おにいたま！」

やっと笑った。ずっと精彩に欠けた表情を浮かべていたエリザが、パッと花が開くような笑顔になった。よかった。喜んでもらえて。それに、おにいたまだって。舌足らずなのが可愛すぎる。

問題はロニーだ。ロニーにも魔道具を用意してきたけど、あの様子だと大人しく身につけてもらえるかどうか分からない。

仕方ない。両親の登場を待つか……っていうか、あの人たち、いったいどこにいるの？

「モリス。邸内を一通り見て回りたい。特に飲用水と食料庫、厨房《ちゅうぼう》は調べておきたいんだ」

「畏《かしこ》まりました。我々が至らぬせいで、リオン様のお手を煩わせてしまうのが心苦しいですが、よろしくお願いいたします」

今日からしばらくはこの屋敷で過ごすことになる。だから最低限、口に入るものの汚染具合は、自分自身の目で確かめておきたかった。

貴族の子弟が厨房に入るという思いがけない事態に、勢揃《せいぞろ》いして畏まった料理人たちが皆一様に顔色を青くしている。

彼らにしてみれば査察されている気分なのかな。

厨房よし！　食料庫よし！　水瓶《みずがめ》よし！　……あれ？　案外綺麗《きれい》だ。

でも、この結果は予想を大きく外れていたわけではない。

隣街に滞在していた三日間、魔道具を作るだけでなく空気中に浮遊する呪素の観察も行っていた。フェーン曰《いわ》く、風向きが変わると臭いが消え、東風が吹くとまた臭い始めたらしい。つまり、空気中の呪素はかなり流動的で、強い風が吹けば洗われてしまう。

その傾向は王都に来ても同じで、外からの風が流れ込むと空気中の呪素の密度が目に見えて変化した。となると、呪素を撒《ま》き散らしている連中の目的って？

「いかがでございますか？」

「建物の中はとりあえず大丈夫そう。庭園も見てみたい」

「ご案内いたします」

邸内を一通り巡回し終わったので、冬枯れで殺風景な庭園を調べることにした。

遊歩道に沿って奥に進むと、大きな噴水に行き当たった。

円形で中心部から水を噴き上げているが、なぜか水を受ける場所にまん丸い石が置いてある。それも、ひとつではなくいくつもだ。

「ねえ、あの丸いのはなに？　何のためにあの場所に置いてあるの？」

見るからにヤバい。なんだあれ？

「はて？　以前はあのようなものはなかったはずですが」

オブジェにしてはおかしい。

表面がツルッとしたバスケットボール大の黄色い石は、どう見ても噴水のデザインと釣り合っていない。それに。

「誰か事情を知っている人っていないの？」

「しばらくお待ちください」

急遽《きゅうきょ》、庭園の警備担当者を呼び出してもらうことになった。その場でしばらく待っていると、話し声と共に若い男性が近づいてくる。

「噴水に石？　いったい何を仰っているのやら。毎日巡回しておりますが、そのようなものを見たことは一度もありません」

「では君は、あの丸い大きな石をどう説明するのかね？」

「どうってなにも……は？　あれ？　目が……うわっ！　なんだあのおかしな石は！　朝の巡回時にはなかったのに」

男性が自らの目を擦《こす》った後、改めて噴水を見て驚愕《きょうがく》の声をあげた。

「この丸い石。結構な大きさだと思うけど、もしかして今まで見えていなかった？」

俺が尋ねると、男性は俺と石を交互に見ながら、焦った様子で肯定した。

「は、はい。こんなに大きな石があれば巡回中に気づかないわけがありません。見えたのは今です。変に視界がブレて、目の前に突然石が現れました。嘘《うそ》じゃありません、本当です！」

隠蔽《いんぺい》魔術。あるいは認識阻害の類《たぐ》い。その可能性が頭をよぎる。どちらだろう？

「じゃあ、あの石がいつからあったかは分からない？」

「は、はい。申し訳ございません」

「だったら、そうだな……ここ半年……いや、数年の間に、噴水あるいは庭園に従来と違う変化はなかった？」

「従来と？　……あっ！　あります！　この噴水は魔道具で動かしていますが、例年であれば冬場には水を止めます。ですが昨年から、冬場も魔道具を動かし続けるようにと指示がありました」

昨年から。となると、少なくとも一年前には異変が起きていたことになりそうだ。

「その指示って誰から？」

「誰？　それはもちろん……あ、あれ？　おかしい。確かに誰かに言われたはずなのに、なぜか相手が思い出せません」

なんか凄《すご》く怪しい感じになってきた。この石の出どころが分からない。いつ持ち込まれたのか、誰が持ち込んだのか。

このサイズのものを複数持ち込むなんて凄く目立つはずだ。ここに侵入するには目の前の男性の他にも、誤魔化さなきゃいけない相手は何人もいるのだから。

それに、噴水の水が極めてマズい状態にある。一見綺麗に見えるのに、魔眼に切り替えた途端に水が黒く変化した。

呪素汚染。

「西円環塔《にしえんかんとう》」の「純精の泉」を彷彿とさせる光景だよね。あの泉は魔道具そのものであり、引き寄せられた呪素から化け物が生まれている。

なら、あれと似たような状況のここは？

誰かの意図的な企《たくら》みにより、噴水が呪素塗れになっているとしたら。この石の正体は、まともなものであるはずがない。

「この石は危ないので破壊する」

その場にいた全員が、噴水を視認できる範囲内で十分に距離をとった。

じゃあ、スカラ！　粛清対象は丸い石と噴水の水だ。なにか湧いて出るかもしれないから、十分に気をつけて。

《主命　拝――誠歓誠喜!!　我　使命ヲ　果タサン》

《怨霊退散――退魔粛清――魔軍召喚》

……九字《くじ》切りはやめたのか。でも新手の妙な言葉を使ってる。今度は何の影響を受けたんだ？

言葉は変わったがエフェクトは同じ落下傘部隊だ。逆さづりの骸骨が何体も空から降りてきて噴水を取り囲んだ。と同時に、夥《おびただ》しい数の骨片や骨で辺りが白く染まる。

その時、噴水の中心部から、ピキピキッと何かが壊れるような高い音が響いた。

「石にヒビが！」

攻撃されることを察知したのか、石の表面に大きな亀裂が入り、その隙間《すきま》に水中の呪素がどんどん吸い込まれていく。

《敵意感知》

「何が起きているのか確認してまいります！」

警備担当者の男性が、責任を感じたのか飛び出してしまった。

「あっ！　止まって！　今行ったらダメだ！」

彼に見えているのは石だけだ。呪素も、石の中にいる何かも、こちらの対抗魔術も見えていないのに。

《呪法感知――障壁展開――封呪――滅呪滅壊》

《倒懸《とうけん》鏤《る》刻《こく》――発動》

「うわっ！　な、中から煙が！」

突如、丸い石がチョークの粉を撒くように濃い緑色の煙を噴き出した。

「毒かもしれない！　風幕の魔道具を持っていない人は、もっと遠くに退避して！」

警備の男性も反転して引き返してくる。が、煙を浴びてしまったのか、障壁を越えて戻ってはこれたものの、ただならぬ様子だ。

「ひっ！　あ、脚が……動か、ない。……手も……た、助け……て！」

そう言うと、その場で膝をついて倒れてしまった。

「大丈夫か!?　いったいどうした？」

「おいっ！　医師を呼んでこい！」

何が起こった？　手足が動かせないってことは麻痺《まひ》毒か？

「状態を確認しますので、リオン様はお近づきになられぬように」

噴水の方を見れば、緑色の煙は骸骨が作る骨の檻《おり》に閉じ込められていた。檻の中で骸骨が蠢《うごめ》き、攻撃は継続されている。

あっちはスカラに任せておいてよさそうだ……アイ、今の状況って分かる？

《スカラから送られてきたデータを順次解析中です。おそらく石の中にいたのは特殊な状態異常を引き起こす能力を持つ魔物の類いで、呪術により変異した個体だと予想されます》

その特殊な状態異常ってなに？

《石化です。生身の身体を石に変質させせます》

アイの解析結果に違《たが》わず、緑色の煙を浴びた警備担当者は、体の一部が石化していた。

全ての丸い石は噴水ごとスカラが破壊した。石化を引き起こす煙は、障壁に閉じ込めていたら時間が経《た》つにつれて薄れていき、最後には消えていった。残るは石化の被害者が一名。

あの丸い石の正体って、結局なんだったの？

《甲殻を持つ魔虫の卵です。あのまま気づかず放置されていれば、いずれは孵化《ふか》していたはずです》
あのサイズで卵なんだ!?
《元はあそこまで大きくなかった可能性が高いです。呪術の影響で巨大化したのかもしれません》
石化の治療方法は？
《通常の石化であれば治療薬が存在します。ですが、あの魔虫の石化能力は呪術で変異を受けていました。従って、新たに治療薬を作る必要があります》
それってすぐに作れるもの？
《マスターが保有する能力を組み合わせれば可能なはずです》
どの能力？
《【甘露】と【倒懸鏤刻】です》
分かった。じゃあ早速、治療薬作りにトライするか。
そして、数多《あまた》の逆さづり骸骨に囲まれながら、水を出し続けることしばし。
「……できた。これくらいあれば、間に合うはず」
俺の手の中には、モリ爺《じい》がどこからか調達してきた水晶製の鉢がある。透き通った鉢の底に白い液体が溜《た》まっている。不透明でマットな質感。出来上がったのは、骨……じゃなくて石膏《せっこう》みたいに真っ白な治療薬だった。
採取瓶に液体を詰め、被害者の元へ。
「これを飲めば石化は治ると思う。ただ、誰も試したことがないので、味や副作用的なものは分からない。それを承知の上で飲んでほしい」

ニオイを嗅いだ限りでは臭くない。どちらかというと清浄な香りがした。ただ、使った能力のひとつが【倒懸鏤刻】なので、その点が心配だ。

飲んで激痛が走ったらどうしよう？　でも、石化したままよりはいいよね？

「リオン様が自らお作りになったお薬です。ひと瓶を全て飲み切るように」

いや、そんな。圧をかけるように言わなくても。

患部に直接塗っても効くが、見えないレベルで侵されている組織を取りこぼさないように、内服してもらうことにした。

被害者の男性が、覚悟を決めた顔でグッと瓶をあおる。

「ぐほっ……！」

勢いがよすぎたのか咽《む》せそうになっていたが、自ら口を塞いでそのまま強引に嚥下《えんげ》した。

「どう？　何か変化を感じる？」

「か、身体全体が温まってきた気がします。湯につかっているような感じです。とても心地よい」

おっ？　意外な反応だぞ。

「あっ、でも。石化した箇所がチクチクしてきました。こ、これは結構痛いかも……針で刺されるような……で、でも我慢……我慢できる痛みで……あっ！　動く。動かせます！」

石化していた肌が健康的な色に戻り、動かせなかった手足の自由も取り戻せたようだ。

「よかった。上手《うま》く治ったみたいだね」

「あ、ありがとうございます！」

今後も経過観察は要るけど、スムーズに治せてひと安心だ。

「リオン様。公爵様と奥方様がもうすぐ屋敷に到着されるそうです」

「分かった。じゃあ、いったん部屋に戻るよ」

「急いで、お召し替えと、御髪《おぐし》の手入れをいたしましょう」

さて。どうなることやら。


だいぶ時間が経ってから、一階にある談話室に呼び出された。

「リオン、しばらく見ないうちに大きくなったな」

「お久しぶりです。父上もご壮健でなによりです」

口ではそう言ったが、内心で思ったことは真逆だった。以前会ったときに比べて明らかに精彩がない。まだ三十路《みそじ》手前だし、老け込む理由なんてなさそうなのに。

父親から視線を外して母親に向けた。相変わらず綺麗な人だけど、扇で口元を隠しているにもかかわらず、もの凄《すご》く不機嫌な顔をしているのが分かる。

向こうから言葉をかけてくるのを待っていたが、不自然な沈黙が続いた。

「シャーロット、黙っていてはリオンが困ってしまうよ」

父親に促されて、ようやく母親が口を開いた。

「……先ほど聞き捨てならない報告を受けたわ。いったいどういうつもり？　来て早々に屋敷中を偵察して、食料庫を漁《あさ》り、庭園の噴水を粉々にしたそうね」

「はい。お気に障ったとは思いますが、どれも必要なことでしたから」

「王都に入るのを何日も引き延ばしたのも、必要だったから？」

「そうです」

「子供たちに、妙な魔道具を渡したのも？」

「はい。必要でした」

「あなた、やること為《な》すことおかしいわ。グラスブリッジでも庭園を破壊したそうじゃない。庭を壊して回る趣味でもあるの？」

「いえ、あれもやむを得ない事情で……」

「ここに来る途中で賊に襲われて、皆殺しにしたと聞いたわ。あれもあなたの指示？」

「あれは違います。賊が自滅しただけです」

「……気持ち悪い。ひとりで全て分かった顔をして。全然子供らしくない。嘘をついているなら今のうちに白状なさい」

「嘘なんてついていません」

「なら、質《たち》が悪い悪霊がついているのかしら？　もしそうなら誤魔化せないわよ。専門家がここにいるのだから。先生、いかがですか？」

先生？　いったい誰のことだ？　そう思ったとき、不意に視界に一人の人物が現れた。

ただし、見え方がおかしい。そこに人がいるのが分かるのに、姿を明確に捉えられない。

「素晴らしい資質だわ。魔術に盟約。それに加護が二つもあるなんて」

この声！　少し癖があるイントネーション。賊に襲われたときに聞いた女の声と同じだ！　なぜ俺の能力が分かった？

「加護が二つ？　エリオット、どういうこと？　この子の加護は一つだけだと、あなた言ってたじゃない！」

「シャーロット。それには事情が……」

両親の口論をよそに、女が言葉を重ねていく。

「どちらも、とっても珍しい加護ね。嚮導神《きょうどうしん》の加護なんて初めて『視《み》た』わ。それに……ふふっ、いろいろ邪魔してくれたのは、母親譲りの織神《しきしん》の加護のせい？　でも、それだけじゃ説明がつかないかしら」

「織神の加護ですって⁉　先生、それは本当ですか？」

母親が加護名に反応して口を挟んだ。

「ええ。あなたが欲しがっていた織神の加護で間違いないわ。詳細までは分からないけど、おそらく蜘蛛《くも》か蜂よね？　よかったわね。息子さんが良い加護を授かっていて」

なんなんだこの女？　べらべらと人の個人情報を。まさか『視える』のか？

「あなたは一体何者ですか？」

「私？　残念だけど今は自己紹介することはできないの。でもそうねぇ……もしあなたが私たちの味方になるなら、教えてあ・げ・る。これは本気の勧誘だから。考えておいてね、咲良《さくら》くん」

えっ！　今なんて……うわっ！　燃えた⁉

意味深な台詞《ぜりふ》の直後、女がいたと思われる場所に緑色の火焔《かえん》が立ち昇った。そして、こちらがひるんでいる隙に、正体不明の女の姿は掻《か》き消えていた。

「リオン様！」

「ご無事ですか！　リオン様！」

酷《ひど》く慌てた様子で、モリ爺とハワードが俺の元に駆けつけてくる。

「申し訳ありません。女の声が聞こえた途端に、まるで金縛りにあったかのように身体が動かなくなりました」

どうりで周囲が静かだと思った。動けたのは俺と両親だけだったのか。

怪しい術でもかけられた？　あるいはこの部屋に仕掛けがあるとか？　どの程度、彼らに術の影響が及んでいたのか調べないと。

モリ爺の視線が俺の頭の天辺《てっぺん》からつま先まで何往復もして、その間に部屋の中をハワードや他の騎士たちが手分けをして調べている。

「モリス、身体は大丈夫？」

「はい。今は支障なく動きます。しかし、あの女はどこに消えたのか。ハワード、どうですか？何か見つかりましたか？」

「女がいたのは、確かこのあたりですよね？」

ハワードがその場にしゃがみ込み、床に敷かれた絨毯《じゅうたん》に視線を彷徨《さまよ》わせた。

「……あっ、これは？」

「触っちゃダメだよ！　呪物かもしれないから！」

ハワードが何か見つけたようなので、慌てて注意喚起をした。

「は、はい。ここに小さな……なんでしょう？　人形？　……のようなものが落ちています」

ハワードが指し示すものを見に行くと、毛足の長い絨毯の中に、全長が二センチくらいしかないミニチュアサイズの人形が埋もれていた。

パッと見で土偶みたいだなと思った。色は黒ずんだ緑で、表面に何か模様が刻まれている。

アイ、これって触っちゃダメなやつ？

《今現在、呪術的な気配は感じませんが、念のため直接手で触れるのはやめておきましょう。柄《え》が長いもので摘《つ》まんで、遮蔽《しゃへい》できる蓋《ふた》つきの箱にしまってください》

「ねえ、火バサミを持ってきて。あと丈夫な蓋つきの箱を……」

「な、なんなの？　あなたいったい、何をしたの？　先生が消えてしまったのもあなたのせい？」

……あっ、すっかり忘れていた。

状況についていけず唖然《あぜん》としていた母親が再起動した。そうだよ、あの女のことを聞かなきゃ。

「人ひとり消すような力は自分にはありません。ところで、先生っていったい何者ですか？　なぜあんな不審な人物がこの屋敷に？」

「失礼なことを言わないで。先生はさる高貴な筋からご紹介いただいた、知る人ぞ知る高名な霊詠《たまよみ》士《し》なのよ」

なんだその職業？　俺の能力や前世の名前を言い当てたのは、その職業のせいか？

「さる高貴な筋とは？」

「あなたが知る必要はない、やんごとなき方々よ。それより、なぜあなたが織神の加護を持っているの？」

「なぜと問われても……理由は自分にも分かりません」

あなたの子供だから。それが正解だと思うのに、母親の凄い剣幕《けんまく》に、指摘するのを躊躇《ちゅうちょ》してしまった。

「御使《みつか》いの訪れは？　加護があるなら御使いを『視た』ことくらいあるでしょ？」

「自分には織神の加護についての知識がないので、相応しい答えが分かりません。御使いってなんですか？」

「とぼけないで。本当に加護があるなら、出会えばすぐに分かるはず。どうなの？」

すぐに？　蛇が出てきたのはグラスブリッジに向かう途中で見た夢の中だ。蜘蛛も同じく夢の中で、最初は砂だと思ったくらいなのに。

あんなの、すぐに分かる状態とは程遠い。他の人はそうじゃないのか？

そういえば、先生と呼ばれていた女は、蜘蛛か蜂のどちらかだと決めつけていた。

あの女は例の賊の一味で、おそらく奇襲が失敗したのは俺が現在か未来を『視た』せいだと勘違いしたんだ。

実際はルシオラアースのおかげで……待てよ。あの言い方からすると、普通は織神の加護で手に入る使徒は一種類だけなのか？

「すぐに返事ができないってことは、心当たりがあるのね？　さあ、おっしゃい。あなたには何が『視えている』の？」

生体サーチを見る限りでは、おそらく御使いとやらは三種類全てスタンバイしている。だけど、それを馬鹿正直に言ってはいけない気がした。

よく考えろ。以前夢に出てきた幼い少女は、白い蛇を追いかけていた。なぜ彼女は、加護を壊されてしまったのか？

過去は蛇、現在は蜘蛛、未来は蜂。……もし、もしも、過去を覗《のぞ》かれては困る誰かが、口封じのために加護を壊したとしたら？

「質問があります。御使いが蛇だった場合、何か支障ってありますか？」

「蛇？　あなたの御使いは蛇なの!?」

「いえ、これはあくまで質問で……」

「なぜ、なぜあなたの元に蛇が!?　それは私のものだったはずなのに!!　返して！　返してよ！私の加護を返して!!」

私のもの!?　それってどういう意味？

「シャーロット！　やめなさい！」

興奮した母親が、父親の制止も聞かず、扇を持った手を俺に向かって振り上げた。

《敵意感知――迎撃シマス》

待っ……！

「痛い！　やめて！　誰!?　殴らないで！」

スカラ！　ストップ！　攻撃中止!!　母親の周囲を飛び交う銀線。それは母親が俺に対して護連星が反応するほどの敵意をぶつけてきたことを意味する。

《攻撃中止――敵意感知――警戒中――敵意感知――イツデモ攻撃デキマス》

「ば、化け物！　できそこないだったくせに！　これが精霊とやらの力なの？　私の加護をいつの間にか盗んだように、その力でエリオットからも盟約を奪ったのね？　そんなの、親を喰《く》らう化け物じゃない！」

加護を盗んで、盟約を奪った？　言っていることが支離滅裂だ。

幼い我が子に嫉妬《しっと》して暴力を振るおうとする母親の方が、俺には化け物に見えるのに。

「エリオット様。盟約を奪われた……とは、どういう意味でしょう？」

モリ爺が俺と母親を引き離す形で間に割り込んできた。そして、極めて冷静な声で父親に疑問を投げかけた。

モリ爺の陰から覗き見える父親は、母親を抱き止めながらも、その言葉を聞いて観念したように息を長く吐き出した。

「……ここ最近、精霊の姿が『視えなく』なった。声も聞こえない。どうやら私は、精霊との盟約を失ってしまったようだ」

えっ!? それって、俺が加護を持っていることよりも衝撃の告白だよね？

敵と思われる存在に転生者であることがバレて、父親からはキリアム家を揺るがすような事実が明かされた。

……どうしよう。難題続出だ。


最初、父親の話は今ひとつ要領を得なかった。しかし、モリ爺がひとつひとつ質問を重ねることで、ようやく状況が把握できた。

父親の【精霊感応】に異常が現れたのは半年ほど前で、王都から分領に戻った時に初めて違和感を覚えたという。その違和感は次第に強くなり、今は全く精霊を感知できない深刻な状態らしい。

精霊が『視えず』精霊の声も聞こえないなら、精霊との親和性に由来する恩恵を享受できるはずもない。

キリアム家当主として必須な資質を失くしたとしたら、一大事では済まない。ただし現時点では、まだ最悪の事態とは言い切れない。盟約の喪失はあくまで主観的なもので、顕盤で確認したわけではないからだ。

「エリオット様。では、奉職神殿や王家には、この件を知られていないのですね？」

「ああ。これまでは私とシャーロットの間だけの秘密だったのだが……シャーロットの様子は？」

「ただ今確認しますので、お待ちください」

キリアム家当主が盟約を喪失した疑いが、もし外部に漏れたら。政治的にも実利的にも多大な影響が生じること間違いなしだ。

さすがにそのあたりは、夫婦共に理解してくれていたようだけど……本当に漏れてない？　日頃の信用がないだけに、一抹の不安が残る。

いったん、扉の外に出たモリ爺が、すぐに戻ってきた。

「奥方様は大層興奮しておられたので、やむなく医師の指示通りに鎮静作用のあるお薬を服用していただきました。今はお休みになっています」

「そうか。であれば、しばらくは起きてこないだろう」

「ところで、消えた女――霊詠士といいましたか？　とは、いつから、どのような縁でご交流されていたのかを、お教えいただきたい」

「ティーテ女史とは王太妃陛下のサロンで知り合ったと言っていた。ローカスト公爵夫人を介して紹介されたと」

「なるほど。当初から後ろ盾がいたのですね。なぜ屋敷に招くほど親しくなられたのですか？」

「シャーロットはエリザの神殿詣が上手くいかないことでイラついていた。そこにつけ込まれた。先祖の霊が悪霊となって妨害をしているから、エリザに実家であるスピニング伯爵家の加護がつかないのだと吹き込まれたのだ」

なんだそれ？　信じられない言いがかりだ。キリアムのご先祖様たちは、骨になってまで領地を守っているのに。

「そのような戯言《ざれごと》を信じられたのですか？」

「まさか。私もキリアムの人間だ。会ったばかりの女に先祖を愚弄《ぐろう》され、怒りこそすれ鵜呑《うの》みにするはずもない。しかし、シャーロットは違った。本来輝かしくあるべき己の人生が、不本意で不満だらけのものになってしまったのは、人の魂に取り憑《つ》く悪霊のせいだと思い込まされてしまった」

不本意で不満だらけ？　豊かな公爵家の正夫人で、贅沢《ぜいたく》し放題、大好きな社交に明け暮れる毎日なのに？

「リオン、意外か？」

内心がモロに顔に出ていたのか、父親が不意に話を振ってきた。

「ええ。てっきり王都で日々楽しく過ごされているのかと思いました。グラス地方に戻るのを忘れるくらいに」

あっ、いけね。つい、嫌みが口からポロッと。

「ははっ。我が子から面と向かって言われるとキツいものがあるな。しかも、リオンには言う資格がある。放っておいたのは事実だからな。今まですまなかった」

へぇ。育児放棄をしていた自覚はあるんだ？

「もう過ぎたことですから。ですが、あの得体の知れない女を見過ごすことはできません。あれはキリアムに仇《あだ》なす存在です」

「なぜそう言い切れる？」

「王都に来る途中で賊に襲われたときに、あの女と声音も喋《しゃべ》り方もそっくりな声を耳にしました」

「それは確かか？　喧噪《けんそう》の中で聞いたのだろう？」

「ええ、確信があります。そっくり同じ声の女が二人いるなら話は別ですが。あの女がこの屋敷に入り込むようになったのはいつからですか？」

「一年以上前だ。思えば、あの女と関わってから、シャーロットは情緒がより不安定になっていったように思う」

「それでも引き離すことはできなかった？」

「手を切るように説得はしていた。しかし、聞く耳を持たなくてね。女性だけのサロンで密会を重ねられるよりはと、私の立ち会いのもとで呼ぶように言ってあったのだが、それが今日裏目に出てしまった」

「裏目に出たのは今日の出来事だけではないと思います。庭園の噴水に異常が起きたことをご存じですよね？　あれは誰かが呪術を仕掛けたからです。それが、あの女である可能性は十分にあると思います」

「警備担当者が石化攻撃を受けたと報告があったが、あの女が関わっているというのか？」

「はい。あの女が消えた後には呪物が残されていました。呪術がありふれたものでない以上、無関係だと考える方が不自然です。もしかしたらですが、父上の盟約が機能しないのも、あの女のせいかもしれません」

「てっきり、精霊に対して否定的な心を持ち続けたことで、愛想を尽かされてしまったと考えていたが、そうではないと？」

「はい。偶然と考えるには異常が起きた時期が重なりすぎています。あの女が何を目的としてキリアムに近づいてきたのか。謎は多いですが、後ろ盾が大物だけに、くれぐれも用心してください」

「分かった。まさか幼い息子に諭されるとは思わなかったが……確かに、警戒するのに十分な条件が揃っている」

「警戒ついでですが、父上と母上に、ぜひ身につけていただきたいものがあります。風幕の魔道具といって、常に綺麗な空気を纏《まと》い吸い込むことができるというものです」

「まるで、ここの空気が汚れているようなことを言う」

「汚れていますよ。身体に良くないものが沢山浮いています。普通の人には『視る』ことができませんが、自分にはその汚れがハッキリ『視えます』。こんなのを吸い込み続けていたら、健康を損ねてしまう」

「それは加護の力か？　それとも精霊王の？」

「いえ。いずれでもなく、職業由来の力です」

「……なるほど。そなたは英雄の血を引いていたな。であれば、尋常ならざるものが『視えた』としても不思議ではない」

§ 地上の花

翌日。目を覚ました母親からプライベートな居室に呼びつけられた。俺に大事な話があるという。

無視するわけにもいかないので、モリ爺《じい》を伴って早速会いに行くと――。

「あなたには王都にある織神《しきしん》の神殿に行ってもらうわ。それも、できるだけ早いうちに」

そう言ったきり、母親は扇をかざして口を閉じてしまった。えっ!? これでお終《しま》い？

「……ご用件はそれだけですか？」

いくらなんでも、あっさりしすぎだ。

「そうよ。もう用は済んだから下がっていいわ」

マジか。前振りもなく神殿に行けと言われてもさ。どういうつもりだ？

母親が俺を見下ろす瞳には、依然として割り切れないという感情が色濃く浮かんでいる。おそらく嫉妬《しっと》や不満、あるいは憤りといった類《たぐ》いのものが。

ここは素直に引き下がる場面じゃない。裏を探らないと。

「神殿を訪問する理由を教えてください」

「理由って……そうしろという手紙が来たからよ」

「その手紙はどこに？」

「私を疑うの？　そこに置いてあるから、見たいなら見ればいいじゃない！」

瀟洒《しょうしゃ》な書机の上にあった手紙を開くと、俺が王都邸に到着次第、神殿に向かわせるようにという母親への指示が書いてあった。

差出人はスピニング家の次期当主になっている。母親の同母妹で、俺にとっては叔母にあたる。しかし、記された日付が二十日近くも前だ。つまり、この手紙は昨日今日届いたわけではない。俺が王都に来ることを知って、用意周到に準備をしていたってことだよね？

「七歳時の神殿詣は済んでいるので、改めて神殿に詣でる必要はないはずです。あちらの目的はなんだと思われますか？」

「知らないわ。未来のキリアム公爵と親交を温めたいからじゃないの？」

「念のため確認しますが、織神の加護の件ではありませんよね？」

「その手紙が届いた時点では、あなたの加護については知らなかったはずよ」

「それはつまり、今は知られてしまったと考えた方がいいってことですか？」

「おそらくね。ティーテ先生から連絡がいったんじゃないかしら？」

なるほど。あの怪しい女とスピニングは繋《つな》がっているわけか。

「まだあの女性を先生と呼ぶのですか？」

「……エリオットと同じことを言うのね。先生を信じてはいけないって。でも、あの方だけなのよ。私が加護を持っていたことを言い当てたのは。そして、私には優れた資質があったはずだと肯定してくれた。みんなが私のことを見下して、嘘《うそ》つき扱いしてきたのに！」

そういえば、この人は昨日おかしなことを言っていた。

『なぜ、なぜあなたの元に蛇が!?　それは私のものだったはずなのに!!　返して！　返してよ！　私の加護を返して!!』

「母上は織神の加護を授かっていたのですか？」

「そうよ。幼い頃には白い蛇が『視《み》えて』いたわ。でもなぜか急に『視えなく』なって……本来なら、私がスピニングの当主になるはずだったのに！　王家に重用される誉れ高き家の当主に！」

「幼い頃に加護を失くした？　そのときの記憶ってありますか？」

「分からない。なぜあの蛇がいなくなったのか。なぜ失ってしまったのか。肝心なことが思い出せない。覚えているのは、酷《ひど》い頭痛がして、それがずっと続いて……」

「母上!?」

様子が変だ。母親は扇を取り落とし、両手でこめかみを押さえながら床に頽《くずお》れてしまった。

「……ああ、何もかも思い通りにいかない。加護を失ったせいで家を出されて、盟約主を産めと言われて……そう、そして皆に責められた。子供一人まともに産めないのかって。可哀想《かわいそう》なロニー、可哀想なエリザ。盟約も加護もあの子たちをすり抜けてしまった。そんなの、私と同じで……イヤッ！」

「母上、どうかされたのですか!?」

母親に駆け寄り呼びかけるが、顔を伏せたまま独り言を呟《つぶや》いている。

「誰か医師を！　あなたたちは奥方様の介助をしてください。早く奥方様を寝室へ！」

モリ爺が護衛の騎士と侍女たちに指示を飛ばしたことで、周囲が動き始めた。

「イヤ、イヤよ。どうして？　今ごろになって。……まさか、あの子が……死んでしまうはずの子が、加護も盟約も全部独り占めしていたなんて。……そんなの分かるわけないじゃない！　それに、せっかく加護持ちを産んだのに、男ではスピニングの当主になれない……」

なぜこの女性はこうもスピニングに執着するのか？　父親とは恋愛結婚だったはずだけど、本心では結婚したくなかった？

弟妹を可哀想だとも言っていた。それって、母親としての愛情があるから？　俺には自己憐憫《れんびん》のようにも聞こえたけど。

「リオン様。医師が参りましたので、ご退室をお願いいたします」

「分かった。母上をよろしく頼む」

加護を失くしたと繰り返し嘆く母親が、寝室に引き上げていく。項垂《うなだ》れたように見える姿が、不意にかつて夢に出てきた少女のそれと重なった。

邪悪な種を額に埋め込まれ、加護を壊されてしまった幼い少女。彼女は、母親と同じ蜂蜜のような金色の髪色をしていた。

「モリス。織神の神殿に行く手配を」

「よろしいのですか？」

「うん。招待主に会って、確かめたいことができたから」

さて。鬼が出るか蛇《じゃ》が出るか。織神の神殿で何が待ち受けているのか、不安がないと言えば嘘になる。

でも、あの夢の謎を解くには、会わなくてはならない。

アメーリア・アピス・スピニング。おそらく彼女が鍵となる人物のはずだから。

というわけで、翌日の午前中に織神の王都神殿へやってきた。

……これ、神殿というより教会だよな。

白亜の壮麗な建物は、世界史の教科書に載っていた欧州の大聖堂を彷彿とさせた。

その神殿の入口に、まさに聖女といった風情の美しく着飾った少女が立っている。彼女が今日の接待役かな？

「あなたがリオン？　あっ、いけない。初めまして。私はここ王都神殿で斎主を務めるアメーリアと申します」

第一印象は、にこやかで友好的な雰囲気といったところ。まあ神殿の入口付近で、いきなり何か仕掛けてはこないよね。

「初めまして。リオンです。本日はご招待ありがとうございます」

「王都に着いて早々にお会いできて嬉《うれ》しいわ。今日は沢山お話をしましょうね。どうぞ奥にいらして。お茶とお菓子を用意してあるから」

アメーリアに先導されて、しずしずと神殿の内部に進んだ。

『待宵《まつよい》、待って！　うずうずしているみたいだけど、先に行っちゃダメだよ』

『バウッ？　ババウバウ（ダメなのか？　あっちに何かありそうなのに）』

一緒についてきた待宵が飛び出しそうになっていたので、待ったと制止をかけた。なにしろここはアウェイだ。モリ爺もハワードも一緒にいるけど、味方は一匹でも多い方がいい。

……それにしても。一目で姉妹だと分かるくらいに容貌が似ているのに、受ける印象が全く違う。表情が違うせいかな？

母親とは十歳違いだと聞いているから、十六か十七歳のはずだ。

全体に色素が薄くて、白磁のように輝く肌に薄青の瞳、結い上げた髪は淡い金髪をしている。

優しげな笑顔は愛想笑いだと思うけど、嫌な感じはしない。親戚の子供に初めて会う戸惑いがチラつくし、嫌悪や侮り、敵意といったものがないせいだ。

いかにも少女然とした高めの声。銀砂の夢で聞いた声の主と同一人物だと思う。

彼女は夢の中で俺の籠絡《ろうらく》を命じられていた。でもあのときは、まだ俺に織神の加護があることを知られていなかった。

さて。相手がどう出るか警戒しつつも探らないといけない。用心だけはしておこう。

「ここよ。さあ、中へどうぞ」

美しい天井画が描かれた明るく豪奢《ごうしゃ》な部屋に招き入れられる。しかし、部屋の中で最も目を引いたのは天井ではなく窓だった。

「随分と大きな窓ですね。これって一枚板ですか？」

入口の反対側の壁一面が大きく切り取られ、クリスタルのように澄んだ板が嵌《は》められている。

「この窓は神殿のちょっとした自慢なの。グラス地方産の迷宮水晶を使っているらしいけど、これほど大きく加工されたものはめったにないんですって。中庭がよく見えるでしょう？　今は殺風景だけど、春になれば花が咲いてとても綺麗《きれい》なのよ」

「ああ、水晶板ですか。どうりで……」

促されるまま水晶板の向こう側を見渡し、視界に映る光景に言葉が止まってしまった。

殺風景どころか一面に花が咲いている。それも大層珍しい碧玉色《へきぎょくしょく》に輝く幻想的な花々が。

これって普通じゃないよね？

『待宵。あそこに花が沢山咲いているのって見えてる？』

『バウウ！　バウッバウウ？　（もちろん。しかしなぜここにある？）』

……やっぱり。

情念花《じょうねんか》。死者が抱えていた負の情念が花と化したもので、地上にあってはならない花だ。待宵が言うように、なぜ幽明遊廊にあるべき花がここに？　それもこれほど数多く咲いているのか？

「中庭に出てもいいですか？」

「今の季節は何も咲いていないわよ？」

「構いません」

変わった子だと思われてしまった気がするが、確かめずにはいられなかった。

『悔しい』『羨《うらや》ましい』『ズルい』『妬《ねた》ましい』

花を踏み散らすたびにあがる怨嗟《えんさ》の声。どれもこれも嫉妬を表すものだ。こんなに美しい花なのに、人を妬む気持ちが凝り固まったものだなんて。

「あっ!?」

不意をつくように植栽の陰から何かが飛び出してきた。

「どうかしました？」

アメーリアが不思議そうに問いかけてくる。俺の視線の先を追い、何も見えないのか、困ったように周囲を見回していた。

返事をしないといけない。だけど、今は対象から目を離せない。

俺の真上まで飛んできて、いったん停止し、現在進行形でホバリングしている奴から。

蝶《ちょう》に似た翅《はね》を持つ緑色の妖精が、パタパタと翅を開閉させながら、小首を傾《かし》げているのだ。

おっと、移動し始めた！

妖精は向かう先が決まったのか、神殿の屋根を越えて外に出ようとしている。

待宵！　あの妖精を追いかけて！

『バウッ！　（承知した！）』

「リオン!?　どこか具合でも悪いの？　ねえ、返事をして！」

「あっ、すみません。空中に珍しい虫が飛んでいたので、観察していました」

「えっ!?　虫が？　やだ、どこに？」

「もうどこかに飛んでいってしまったので、ここにはいません」

「そ、そう。それならよかった。でも庭は寒いし、虫が出るなら中に入りましょう？」

もうちょっとこの庭を調べたかったけど、これ以上不審がらせるのはマズいかもしれない。

……仕方ない。妖精の追跡は待宵に任せて、訪問の目的であるアメーリアとの歓談に戻ろう。

「甘いものは好き？　今日は王都で評判の店からお菓子を取り寄せたのよ」

「それは楽しみです」

好きな食べ物や趣味、王都で流行《はや》りの舞台など、まるで合コンみたいな雑談が続いた後、ついに本命というべき加護の話を切り出された。

「リオン、あなたは周囲に不思議な生き物を見かけたことってない？」

「不思議な生き物というと？」

相手の出方が分からないので、質問には質問で返しておく。

蛇に蜘蛛にワンコに妖精。冥廻人《キルキトレス》なんてのもいたけどね。こちらから積極的に手札を見せる必要はないし、できるだけ相手から話を引き出したい。

「たとえば……小さな可愛《かわい》らしい蜘蛛とか？」

「虫はお嫌いではなかったのですか？」

「さっきの？　あれは飛ぶ虫が苦手だからよ。でも、蜘蛛は飛ばないし、小さくて丸っこくて可愛いでしょ？」

依怙贔屓《えこひいき》が過ぎる気がしたが、目が真剣で本気の蜘蛛愛を感じる。

「蜘蛛にも大小いろいろいると思いますが、何か特定の蜘蛛を指されてます？」

「そう。そうなんだけど……あっ、ほら、天井を見て。三人の女神様と一緒に御使《みつか》いの姿が描かれているの。そのうちのひとつが蜘蛛で……だから尊いのよ。私は、中でも一番蜘蛛が好きなの」

そうか、アメーリアさんの御使いは蜘蛛なんだね。

「確かに蜘蛛が描かれていますね。他に蛇や蜂もいますが、それもお好きなんですか？」

「蜂の御使いはとても稀少《きしょう》でめったに現れないから、好きというより会えたら驚嘆するかも。蛇は……過去の出来事を知るのは、必ずしも幸せには繋がらないと言われているから……」

言葉を濁す理由があるんだろうな。知られては困る後ろ暗さを抱えた人たちが困るからとかね。

「天井画では蜘蛛の御使いが、かなり大きく描かれていますけど、実際にあのサイズの蜘蛛がいたら怖いですよね？」

大きな蜘蛛といえば、前世で見たアシダカグモが思い浮かぶ。あれは脚を伸ばすと大人が手を広げたくらいのサイズになるが、天井に描かれた蜘蛛は、さらにその三倍くらいの大きさに見える。

「実際は、あんなに大きくはないのよ。もっと麦粒みたいに小さいの。だから、最初はどこにいるのか探したくらいで……もし、もしもよ？　あなたが御使いらしきものを見かけたら、すぐに織神の神殿に教えてほしいの。とても大事なことだから」

「分かりました。でも今のところ、そういった気配は微塵《みじん》も感じません」

「本当に？」

「はい。蛇も蜘蛛も蜂も、全く『視た』ことはありません」

嘘です。乗ったり、塗《まみ》れたり、掴《つか》んだりしてます。

「……そうよ。そんな簡単に『視える』わけないのよ。だから、私が苦労するのも当然で……」

「苦労って？」

「あっ、ごめんなさい。リオン、今日はとても楽しかったわ。ぜひ、また遊びに来てね。あなたならいつでも歓迎するわ」

§　禁術

織神《しきしん》の神殿を辞して王都邸に戻ってきた。昼食後、急に眠気が襲ってきたので、仮眠を取ることに。この眠気は普通じゃない。今度は、何が出てくるのだろう？

「あれ？　久しぶり。最近姿を見かけなかったけど、お腹の具合は大丈夫？」

金色に光る眼に巨大な躯体。眠りから意識が浮上したら、あの白くて大きな蛇が目の前にいた。

昼間、蛇なんて『視《み》た』ことがないって言ったから、抗議をしに出てきたわけじゃないよね？

「背中に乗れって？　でもさ、君、以前より育ってない？　よじ登るのは無理だよ」

以前からデカかったけど、さらに大きくなっている。高くもたげた首が俺のツムジよりずっと高い位置にあった。

「時間がないから急げ？　よく分からないけど、大事な用なんだね？　なら一緒に行くよ」

同意した途端に、白蛇が俺を咥《くわ》えてポイッと自らの背中に放り投げた。痛くはないけど、乱暴すぎやしませんか？

急いでいるという言葉に違《たが》わず、周囲の景色が目まぐるしく動き始める。変化する街並みに大勢の人の群れ。

これは……王都の風景か？

そして辿《たど》り着いた場所は、静謐《せいひつ》な空気が漂う、やけに広いスペースが確保された部屋で。

床には灰白色の石棺が規則的に置かれている。それらを石棺だと思ったのは、長方体の台座の上に、生前の故人を模したと思われる等身大の彫像が横たわっていたからだ。

前世でフランス革命の特集番組を見たときに、この光景とよく似た映像が出てきた。そこはフランス王族が代々埋葬されてきたという墓所、いわゆる納骨堂で。

ベルファスト王国の埋葬方式は土葬だから、石棺の中には防腐処理をされた亡骸《なきがら》が納められているはずだ。

そして、数百以上並ぶ石棺のひとつに、蛇が映し出す映像の焦点が絞られていく。

まだ少女と言えそうな若い女性の彫像。胸の上で両掌《てのひら》を重ねた華奢《きゃしゃ》で儚《はかな》げな姿が、憐憫《れんびん》というか、もの悲しい気持ちを誘う。

なぜ白蛇は、こんな場所に俺を連れてきたのか？

その答えはすぐに明らかになった。不審な侵入者が複数名現れたからだ。全員が闇色のローブを身に纏《まと》い、顔を仮面で隠している。怪しいなんてものじゃない。

『……あったぞ。これだ。打ち合わせ通り、速やかに作業を終わらせろ』

彼らは少女の石棺の前で足を止め、リーダーらしき男の低い声を合図に、黙々と動き始めた。

そしてついに、重そうな石棺の蓋《ふた》が外された。中から現れたのは、光沢がある白い布を全身に巻かれた、ほっそりとした亡骸で、その周囲には枯れた花びらが沢山散っていた。

彼らは無体にも亡骸を麻袋に収納すると、石棺の蓋を元に戻し、その場から引き上げていく。

何が目的でこんなことを？

その疑問に答えるかのように視界がぐにゃりと歪《ゆが》んで、次の瞬間には植栽が整然と配置された庭園のような場所にいた。

「ここに奴らがいるの？」

白蛇の背に乗ったまま庭園の中を移動していく。かなり広い。ここまでの規模なら城レベルじゃないかな？

「あっ！　いた！」

遊歩道が放射状に交差する広場に、ローブ姿の人間が円陣を組み、等間隔で立っているのが見えてきた。

彼らの足元がぼんやりと緑色に光っている。

注視すると、魔法陣に似た模様が敷石に刻まれているのに気づいた。それもやけに大きい。奴らの立ち位置から推測すると直径五メートルくらいはありそうだ。

「ここからだと見えづらい。以前やったみたいに上から覗《のぞ》けない？」

蛇に訴えると、すぐに要望は叶《かな》えられ俯瞰《ふかん》視点に切り替わった。

「……見たことがない文字や記号ばかりだ。少なくとも魔法陣じゃない」

円形の模様の中央に真っ黒な棺《ひつぎ》が置かれていて、その中に先ほど見た亡骸が布に巻かれたままの状態で納められていた。

『導師、苗床と呪具の最終確認をお願いします』

『よかろう……どちらも問題ない』

『では、今この時より呪芽《じゅが》の儀式を開始する。炎が完全に消えるまで、なにがあろうと呪文を止めてはならない。各々《おのおの》、しかと心掛けるように』

陣を囲む連中が、一斉によく聞き取れない文言を唱え始めると、陣から緑色の炎が噴き上がった。

炎は怪しく揺らめきながら次第に丈を伸ばし、数メートルほどの高さになって燃え続ける。

――お願いやめて！

え!?　微《かす》かに悲鳴が聞こえた。これはいったい誰の声だ？　まさかこの亡骸の？

――なぜ眠りを妨げるの？　私はただ、静かに眠りたいだけなのに。

未回収の魂？　亡骸に魂が残っていたってこと!?

人の亡骸を利用する邪道。呪術から助け出したいけど、これは既に起こってしまった過去の出来事だ。ただ眺めていることしかできない。

焦《じ》れながら、ジッと緑の炎に呑《の》まれた棺を注視していたら、輪郭《りんかく》が溶けるように崩れていき、ついには灰と化した。

その灰の山が小刻みに揺れている。

「……なにか出てくる」

灰が煙のように弾《はじ》けて、中から三角錐《さんかくすい》の形をした太い棘《とげ》のようなものが飛び出てきた。

棘はグングンと上に伸び、その表面から次々と紡錘形《ぼうすいけい》の葉のようなものが生えてくる。棘の伸長が止まると、今度は先端が丸く膨らみ始めた。

そして、炎が消え去り、呪文の詠唱が止まったときには、そこに禍々《まがまが》しい巨大な花が咲いていた。

「この花は……」

黒地に浮き上がる赤い花脈。大輪の百合《ゆり》に似た花の形。これって、加護を壊された少女の夢に出てきた花!?

『成功だ！　咲いたぞ。災厄の魔女《フロル・ブランカ》の怨念《おんねん》を生み出す呪いの花が！』

今なんて!?

まさか、あの亡骸は……いや、しかし。彼女は【妖華《マルム》】の反動で若くして亡くなった。死者の魂は「残響冥路」を通って冥界に行くはずなのに。

なぜ魂が地上に留《とど》まっていたのか？　それに、死んでまで他人に利用されるなんて……そんなの、あまりにも悲しすぎる！


夕刻を過ぎて、ようやく待宵《まつよい》が戻ってきた。

「待宵、お帰り！　遅いから心配したよ。追跡は上手《うま》くいったんだよね？」

『バウウッ！　バウバウゥゥバウッ！　（もちろんだ！　ちゃんと目印も残してきた）』

「さすが待宵！　で、妖精はどこへ行ったの？」

『バウバウゥウ、バウバウ！　（案内するのは容易《たやす》いが、外がマズいことになっている）』

「何がマズいの？」

待宵が返事をする前に、窓の外から喧噪《けんそう》が聞こえてきた。繁華街なら不思議ではないけど、閑静な貴族区で騒ぎが起こるなんて珍しい。

「リオン様！　ご無事ですか？」

窓から外を見ようと腰を上げたとき、ドアが開いてハワードが中に駆け込んできた。その酷《ひど》く焦った様子に、ただならぬ事態が起きていることを知る。

「特に変わりはないけど、何が起きた？」

「貴族区に突如として大型の魔物が出現しました。周囲を破壊しながら暴れ回っているそうです。それも一体ではなく、複数体が目撃されています」

王都の中心部にある貴族区に大型の魔物？

そんなの、どう考えても悪い奴らの仕業じゃないか。被害が大きくなる前になんとかしないと！

第五章
チヲマキカゼキタッテタチマチフキサンズ

§ 石の都

まずは偵察だ。

ルシオラが出動してすぐに、上空から俯瞰《ふかん》した王都の様子が視界に映し出された。中心部にある献神教会と、隣接する王城の広大な敷地、その両者を囲むように広がる貴族区。

貴族家の屋敷は、教会や王城から離れるほど小さくなり、密集する傾向にある。しかし、街路を伝令と思われる騎馬が走り、人が右往左往している姿が見られるのは、いずれも中心部に近い場所だった。

……あった！

破壊の跡を見つけた。広い庭園に、ミミズが這《は》ったような跡があり、崩れた屋敷の一部から火の手が上がっている。

大型の魔物と言っていたから、この距離でも目視できるはず。地形をスキャンするように魔物を探していると、まだ無事に見えた屋敷の一画が突然崩落し、濃い緑色の煙が噴き出した。

緑色の煙？　もしかして、噴水にいたのと同じ？

さらに目を凝らし、緑煙の発生源を探す。……見つけた！

口から大量の煙を吐き出す、大型重機みたいなサイズの巨大な百足《むかで》がいる。あんなのが貴族区に何体も!?

ここで、軽く閉じていた目を開いた。すると、部屋にはハワードだけでなく、モリ爺《じい》やこの屋敷を差配する主要な人員が顔を揃《そろ》えていた。

その全員が息を詰め、俺が口を開くのを今か今かと待っている。

「とりあえず、一体は見つけた。暴れているのは、噴水にいたのと同じ種類の魔虫だ。卵から孵《かえ》った成虫の姿で、見た目からすると巨大百足の亜種。口から例の緑色の煙を大量に吐き続けている」

「石化の煙をですか!?」

「そうだ。魔虫のいる場所が案外屋敷に近いから、風向き次第で煙がこの屋敷に流れてくるかもしれない」

「なんと！　それはまことですか!?」

「うん。でも、慌てなくていい。皆に風幕の魔道具は行き渡っているよね？　あれがある程度石化を防いでくれる。だから注意喚起と、石化被害が出ていないかどうかを調べてくれる？」

「承知しました。すぐに確認をいたします」

「連絡漏れがあってはいけない。周知を徹底するために、いったん、人員を一か所に集めよう」

その後、順次上がってきた報告によれば、屋外を警邏《けいら》していた人員に、既に石化の症状が出ている者がいた。

いずれも風幕の魔道具を身につけていたせいか、石化は局所的で、外気に肌が露出する四肢に限定されていた。

「被害者は全員、王都邸詰めの人員です」

「グラスブリッジからの随行員には、全く被害は出ていないの？」

「はい。無事を確認しております」

あの煙を浴びた、あるいは吸い込んだからといって、全員が石化するわけではないのか？

王都に長くいた者だけに被害が出るとしたら。

「父上と母上、ロニーとエリザは？」

「皆様、それぞれのお部屋で待機なさっていますが、今のところ、異常は報告されておりません」

「分かった。もし何かあったら、夜中でも構わないので、すぐに報告をお願い」

「畏《かしこ》まりました」

情報を一か所に集約し、異常事態への対応を迅速に行うために、屋敷の公務スペースにある一室に、対策本部を設置した。

その部屋のテーブルに画用紙を並べ、せっせと【写し絵】をする。魔虫の居所を周知し、全体の被害状況を把握するには、貴族区の地図が要ると考えたからだ。

「……できた。時間がないから、大まかな区画割りと街路しか描き込めなかったけど、使えるかな？」

「十分です。これほど短時間で地図を作ってしまわれるとは。しかも、王城の内部まで描かれている。驚きに値します」

既存の地図があれば話は早かったが、王城周りの地図は機密扱いだ。入手できる見込みがないなら、描いてしまえばいいと、ルシオラのマッピング機能を利用して簡易な街路図を作成した。

描いたそばからフェーンが乾かしてくれたので、既に使える状態にある。そして、手元には集めてもらったボードゲームの駒がある。

「塔の形をした駒を、魔虫の推定発生箇所に目印として置いていくね」

魔虫の移動によりできたと思われる、ミミズが這ったような跡。その起点を辿《たど》ると、どれも貴族邸の庭の噴水に行き当たった。それは、うちと同じような仕掛けが、他の貴族邸にも為《な》されていたことを意味している。

「……これではまるで、献神教会を囲むようですね」

「こんな風に配置されているのは意図的なものを感じるよね。だから、ここも例外じゃない」

塔の駒を、教会に隣接する王城の上に置く。

「王城にも魔虫が？　しかし、王城からは何も連絡がありませんが」

「実は、王城の被害が最も大きい。生まれた魔虫の個体数が多かったのか、庭園には緑煙が充満し、建物の中にも緑煙が吹き込んでいて、かなりの石化被害が出ている」

まだ宵の口だったこともあり、運悪く開かれていた舞踏会や社交に集う人々が、軒並み石化していたのだ。それも身体の一部分だけの石化ではなく、全身に及ぶような。あれでは、石化を解いたとしても、生きているかどうか分からない。給仕や警備する者も含めて、全滅の可能性もある。

「つまり、王城からの救援は当てにできないと？」

「そうなるね。我々は、独力でこの厳しい局面を乗り越えねばならない。早急に王都から離脱する準備を始めてほしい。ただし、王城は現時点での最大危険区域だから、誰も近づかないように」

王城内は本当に酷《ひど》い有様《ありさま》だった。まるで時が止まったかのように、驚き慌てふためく姿もあれば、優雅に踊る姿のまま石化している者もいて、相当な速さで緑煙が侵襲したのが分かる。

「今後、そこまで……王都から退避せざるを得ないほど、酷い状況になるのですか？」

「これほど用意周到に罠《わな》を仕掛けてきたからには、石化だけで終わるとは思えない。混乱に乗じて、さらに何か仕掛けてくる可能性が高い」

おそらく大規模な呪術だ。そう考えるには、もちろん根拠があった。

「ねえ、ここになにがあるか知ってる？」

王城の広大な敷地の一点をピンポイントで指し示す。

「おそらく離宮です。生前に譲位した元王族が住まう私的な住居になります」

そこに大きな呪素溜《じゅそだ》まりがある。緑煙に阻まれて詳細は不明だが、敵の狙いが分からない以上、屋敷の人々を王都から逃がす準備はしておくべきだ。

「お待ちください！　現在は大事な会議中です」

「リオンと少し話をしたいの。だから通して」

モロノエの声だ。

動向を見張るように指示を出しておいたが、ここに着いてからは、ナミディアと共に、ずっと与えられた客室に籠《こも》っていた。

随分と興奮しているようだけど、何があった？

「通してあげて。俺も話を聞きたいから」

室内に入ってきたモロノエは、トレードマークであるケープを纏《まと》い、深くフードを被《かぶ》っていた。そして、護衛騎士に阻まれる形で、入口からすぐの場所で足を止めた。今の状況では、この距離が近づける限界だろう。

「モロノエ一人だけ？　ナミディア女史はどうしたの？」

「ナミは今、体調を崩して部屋で寝てるわ」

「まさか石化症状が出たの？」

「違う！　それは心配ないから」

「必要なら医師を手配するけど」

「それもいらない」

凄《すご》く様子が変だ。モロノエは日頃わりとお調子者で、こんな姿は初めて見る。最初の頃は隠していた猫耳も、俺の関心を引けると気づいたのか、見せびらかすようにしていたのに。

今は、フードで耳を隠し、顔には影が差している。垣間見える顔に浮かぶのは、焦燥《しょうそう》と……怯《おび》え？

「率直に聞くけど、モロノエはいったい何に怯えているの？」

「お、怯えてなんか……」

「あと、そこに何を隠している？」

「えっ！　気づいてたの？」

当たり前だ。

さっきからフェーンが俺の首元にへばりついている。邪悪な誘惑を振り切り、俺との契約が切れないように、必死で抗《あらが》っている。

「モロノエは精霊を探していたよね？　かつてヒューゴ卿と契約を交わしていた精霊を」

「な、なんで知ってるの？」

「あれだけ聞いて回ればバレバレだよ。でも残念ながら、あの場所にはもう氷の精霊はいない。探し損、つまり無駄足だったわけだ」

「氷の精霊って……封印が外れた？　それを知っているなら、教えてくれても……」

「これでも俺は、精霊の庇護者《ひご》のつもりだ。精霊を捕らえて悪用しようとする奴らに、なぜ精霊の居場所を教えてあげなきゃならないの？　氷の精霊がダメだったから、今度はフェーンを狙うの？　この子は俺の大事な精霊なのに」

「だ、だって、このままじゃナミが死んじゃう！　精霊を捕まえなければ、私とナミは呪いに食われて死んじゃうから！　だから、ごめん、犠牲になって！」

モロノエが、こちらに向かって何かを投げつけてきた。

《敵意感知――迎撃シマス》

即座に飛び出した白い護連星が、放物線を描いて飛んでくる黒い塊を弾《はじ》き返す。

床に落下し、板の間を跳ねるように転がって、その黒い塊は動きを止めた。その時には、モロノエは護衛騎士に囲まれ、身動きする余裕もないほど、四方から剣をつきつけられていた。

「随分と悪趣味なものを投げてくれたね。これ、呪器だよね？　精霊を捕らえるための」

虚《うつ》ろな眼窩《がんか》をこちらに向けているのは、子供の頭部くらいのサイズの黒い髑髏《どくろ》で。

「……し、失敗した？　どうして邪魔をするの？　人の命は地球より重いのよ！　精霊なんてどうでもいいじゃない！」

「俺にとってはどうでもよくない。精霊は、身内であり、大事な家族なんだ」

「じゃあ、私やナミが死んじゃってもいいの？」

「自分以外の誰かを犠牲にしてまで助かりたいの？」

「当たり前じゃない！　死んだらお終《しま》いなのよ！　自分の命を最優先にして、何が悪いの？」

「さっき、呪いに食われると言ってたけど、精霊を捕まえたら、呪いが解ける保証があるの？」

「そんなのないわよ！　でも、このままだと確実に死んじゃう！　ナミはもう全身に隷属紋が広がっていて、いつ息が止まってもおかしくない。私だって、種族特性がなければ、とっくに……ひっ！　嫌！　隷属紋が一気にこんなところまで！」

見れば、モロノエの顔にも、露出した首や手先の部分にも、赤黒い蔦《つた》模様が浮き出ている。

アイ、あれって解除できる？

《スカラであれば可能です。ただし、かけられた呪いそのものを攻撃して破壊するので、呪いの宿主にも【倒懸鏤刻《とうけんるこく》】による激しい苦痛が及びます》

じゃあ、当人に選んでもらうしかないか。

「モロノエ。死ぬほど痛いのと、死ぬのとどっちがいい？」

「死にたくない。死にたくないよ」

「死ぬほど痛いのを我慢すれば助かるって言ったら？」

「我慢する。助けてくれたら何でもする。だから助けて……助けてリオン」

「分かった。めちゃくちゃ痛いから、覚悟してね」

「う、うん。でも……できるだけ痛くしないで」

まずは、既に命が危ういというナミディアを解呪し、続けてモロノエの解呪も行った。幸いにも二人の解呪は成功し、全身を侵していた隷属紋は綺麗《きれい》さっぱり消えている。

解呪の間、モロノエはもの凄《すご》い悲鳴をあげ続け、かつての俺のように、身体の各所から口では言えない様々な汁を漏らしていた。そういう点では、意識が朦朧《もうろう》としていたナミディアの方が楽に解呪できたかもしれない。

「リオン、助けてくれてありがとう。あと、騙《だま》していてごめんなさい」

衰弱して、まだベッドから出られないナミディアが、横になったまま謝罪の言葉を口にした。

「そもそも嫌だったのよ。あんな人骨を使った呪器を扱うために、錬金術師の技を磨いたわけじゃないのに」

「モロノエは、あの呪器を作成するのにも関わっているの？」

「まさか。あんな悍《おぞ》ましいものを作るわけないじゃない。あの呪器はかなり古いものよ。おそらく、作られてから百年近く経《た》ってる」

「あれって、髑髏の形をしているけど、素材は何？」

「……リオンを前にして言いづらいけど、本物の人間の頭蓋骨《ずがいこつ》だって聞いてる。精霊の国から攫《さら》ってきた子供の遺骨だって」

ああ、やはり。精霊《フェーン》をあれだけ惹《ひ》きつけるのには、理由があったのだ。過去にキリアム一族の子供が何人か行方不明になっている。そのうちの一人のものだとしたら、呪器に籠《こ》められた呪いを砕いた後、ちゃんと弔ってあげなきゃ。

「二人に隷属紋を仕込んで、操っていた黒幕は？」

「私たちが接触していたのは、実行部隊なんだよね。名前を知らない人も多いし、組織のごく一部でしかない。だから、分かるのは組織の名前らしきものだけなんだけど」

「それでいいから教えて」

「斜十字《サルタイア》よ」

聞いたことがある。小さな白蛇が出てきた夢の中で、怪しい女が漏らしていた言葉と同じだ。

「ティーテという女を知っている？」

「知ってる！　あいつ、いつも人を馬鹿にしてくるのよ。私のことを、魔女の落ちこぼれだって
……あっ！　今のなし、聞かなかったことに……」

「助けてくれたら何でもするって言ったよね？　だったら、隠し事はなしだ」

「そうでした。なんで、あんなことを言っちゃったんだろう。魔女は組織の幹部候補なの。成果主義っていうの？　実績を積んでいくと昇進していくシステムで、ティティス姉妹は二人とも評価が高くて、真っ先に幹部になるんじゃないかと言われているわ」

「ティティス姉妹？」

「ティーテとティートのことよ。双子の姉妹で、どちらも魔女。加護由来の特殊能力を持ってるの」

「どんな能力かは分からない？」

「組織の連中は皆知ってる。アイツら、隠してないから。ティーテのは【嘘《うそ》や秘密を見抜く目】。いわゆる、真眼とか鑑定に近い能力ね。ティートは【人形感染】。依《よ》り代《しろ》に人形を使った呪術を行うと聞いているわ」

なるほど。王都に来る途中で襲撃してきた女と、母親を誑《たぶら》かして王都邸に入り込んだ女。てっきり同一人物かと思ったが、双子とはいえ、別人の可能性もあるわけだ。

「モロノエとナミディアが組織に入ることになったきっかけは？」

「私は、ほら、稀少《きしょう》種族でしょ？　魔女の家系に生まれたのよ。で、魔女の素質があるからと、子

供の頃に親が組織に引き渡した。だから、望んで入ったわけじゃない。ナミは……」

「私は、魔女とかそういった大層な家系の生まれじゃないの。よくいる宮廷貴族の子供に過ぎない。ただ……前世、ナミディアとして生まれる前の別の人間の記憶があって、それを元に小説を書いたら、奴らの目に留まってしまって」

「小説って、遊戯室に寄贈してくれた本？」

「そう。よく知ってたわね。この世界には娯楽が少ないせいか、結構引き合いがあって、舞台劇にもなったのよ。そのせいで捕まっちゃったけど」

「そういった事情だったんだ。もう組織に戻るつもりはないんだよね？」

答えは予想できるが、念のため言質を取っておきたい。

「当たり前じゃない！　協力的でなかったとはいえ、味方に隷属紋を使ってくる連中よ。一緒にいられるわけないじゃない」

「私も同じ考え。権力を使って無理矢理組織に入れられたわけだしね」

「二人の気持ちは分かったよ。俺たちは、近いうちにグラス地方に引き上げるけど、同行を希望する？」

「もちろん！　ナミも行くよね？」

「こんな身体の状態で、迷惑じゃないかしら？」

「その点は心配いらない。健康を促す秘薬があるから。いざとなれば、それを使うよ」

§ 王城

アイ、前に言ってたよね。呪素《じゅそ》は、通常の転化とは異なった特殊な構造変換で生み出される変異系の魔素だって。
《はい。呪素は間違いなく極質《プリマ・マテリア》から作られたものです》
だったらさ、呪素から毒みたいなものを抜いて、もう一度構造変換することってできる？
《理論上は可能なはずです。ですが、この世界にその仕組みは存在しません》
なぜないの？
《呪素は構造的に不安定であり、魔素とは比較にならないほど総量が少ないです。ですから、大気に拡散して時間が経過すれば、自《おの》ずと分解してしまいます》
なるほど、魔素より壊れやすいんだ？
《はい。元々ある世界の仕組みに、手を加えて生み出されたものですから》
じゃあ、構造を再変換するより、分解してしまう方が簡単？
《そうですね。より小さく断片化できれば――これもある意味転化ですが、呪素は世界に還元されるはずです》
そのシステムを作ってくれる？　空気中に浮遊する呪素を集めて、無効化したいんだ。
《もちろん、マスター。マスターのご希望とあれば全力を尽くします》
《マスター！　マスター、マスター！》
なに？　アラネオラ。

《あの、マスター……》

《最近、妹たちばかり指名されて活躍しているので、アラネオラもマスターから依頼を受けて、マスターのために働きたいそうです》

あっ、なるほど、そういうことね。じゃあ、アラネオラにお願いだ。呪素を無効化する術を、俺のために作ってくれる？

《はい、マスター》

頼りにしてる。任せたからね！

……よし！　この件は、これで大丈夫。システムが完成すれば、呪素に汚染された王都の空気を清浄化できるはずだ。

書き出したチェックリストのひとつに印を入れる。残りは三つだ。

・魔虫の駆除

・呪素を撒《ま》き散らす元凶を退治する

・呪器を探し出し風《フラトゥス》の精霊を解放する

王都から引き上げる前に全部済ませなきゃならない。不幸中の幸いというか、元々王都に来た目的は既に吹っ飛んでいる。

王城があんなことになって、公務を司《つかさど》るべき王政庁も今は無人だ。情報が錯綜《さくそう》していて、肝心の大法官がどこにいるのかすら分からない。

王城に隣接した献神教会には、呪術を阻む結界的なものでもあるのか、魔虫の被害は及んでない。

しかし、貴族区の外壁を越え、一体の魔虫が市街地を襲ったのを契機にして、石化の被害者や保護を求める人々が教会に詰めかけ、酷《ひど》く混乱している。

王都に居合わせた討伐士が、なんとかその個体は倒したそうだが、元々ここ王都には討伐士の数が少なく、彼らの中にも石化の被害者が出てしまった。

市中にも自警団はいるが、彼らは対人トラブル専門であり、魔虫との戦闘経験がない。

だから、周囲の猛反対を押しとどめ、一刻でも早く魔虫を退治するために、俺自身が出向かざるを得なかった。まあ、実際に魔虫を倒すのはスカラなんだけどね。

「来た！　冥廻馬車《めいかいばしゃ》だ、冥廻馬車が来たぞ！」

「助かる、これで俺たちは助かる！」

そう。俺単身での外出許可が出るわけもなく、護衛騎士団を引き連れて魔虫が暴れる現場に現れ、何らかの方法で倒しては去っていくキリアム家の一行は、すぐに人々の噂《うわさ》になった。

「冥廻馬車って何？」

「なんでも、戦場で死者の魂を集めて回り、冥界に連れていく馬車だとか」

紋章なしのお忍び用の馬車に乗り、騎士たちにも家を特定できるような紋章は外してもらっていた。しかし、いかんせん鎧馬《よろいうま》が目立ちすぎる。

また、王都は人口が多く、様々な職業由来の能力を持つ人がいて、中には落下傘部隊のエフェクトを『視《み》る』ことができる人もいたらしい。

死者の国の騎士団。俺たちが、そう呼ばれる頃には、全ての魔虫の駆除が終わっていた。

次は呪素を撒き散らす元凶を退治しに行く。予想では、そこに呪器に囚《とら》われた風《フラトウス》の精霊もいるはずだ。

王城の敷地内にあった呪素溜まり。あれが怪しい。普通なら案内なしに辿《たど》り着くのは難しい場所だが、俺には直通路と言える裏技があった。

待宵《まつよい》が神殿の中庭に現れた緑色の妖精を追跡したとき、【裂空】の発動を許可している。そして、開けた時空の穴を門として固定した。それが、今目の前にある鍵章《けんしょう》「眉月門《びげつもん》」だ。

「この門の出口から例の場所までは、それほど距離は離れていないんだよね？」

『バウッ！（そうだ）』

出た先には緑煙が充満しているはずだ。あんなのを吸い込むのも触れるのも嫌なので、全身に風幕の魔道具をいくつも装備した。

さて。くさい臭いを元から絶ちに行きますか。その出鼻《でばな》を挫《くじ》くように、目の前にエルシーが現れた。

「リオン！　あっ、いた！」

咲き乱れる花畑の上に、唐突にポンッとエルシーが現れた。

「エルシー！　もしかして緊急事態？」

「うん。すぐに来てくれる？」

「分かった」

臨時の門を開き屋敷に戻ると、モリ爺《じい》が待ち構えていた。

「リオン様。奥方様が尋常でないご様子です」

母親がいる部屋に駆けつけると、窓のすぐそばで床に倒れ伏し、ぐったりとした様子の母親を父親が介抱していた。

「何があったのですか？」

「それが……急に取り乱したかと思うと、頭を抱えて『痛い』『頭が割れそう』『やめて』と言いながら、暴れ苦しみだした。『呼ばれている』『行かなきゃ』と、窓から外へ飛び出そうとするので押さえていたのだが、つい先ほど気を失い糸が切れたように倒れたのだ」

母親の顔を覗《のぞ》き込む。顔色が悪く、苦悶《くもん》の表情を浮かべ、呼吸は荒く胸が大きく上下している。

脳卒中という言葉が頭をよぎったが、すぐにそれは否定されることになった。

「……なっ！　シャーロット!?」

母親の身体から、じわじわと黒い靄《もや》が染み出した。徐々に黒い人型の輪郭《りんかく》が浮かび上がり、母親の身体から分離しようとしている。

「妖精？　……それにしては？」

しかし、今まで見た妖精とは姿形《すがたかたち》や色が違う。背中に蝶《ちょう》の翅《はね》が生えているところは同じだが、ほぼ人間の等身大で、明らかに女性の姿をしていた。

『ねえ、一緒に行きましょう？』

黒い妖精が、やけに親しげな口調で父親に話しかける。

「貴様は何者だ？　なぜシャーロットに取り憑《つ》いていた？」

「父上にも妖精が見えるのですか？」

「妖精？　怨霊ではないのか？」

『酷い……あんなに愛し合ったのに、なぜそんな酷いことを言うの？　運命の相手だと思ったのに。ああ、なにもかも思い通りにならない。妬《ねた》ましい。私ダケが不幸で、皆が嘘《うそ》をつく。ウソヲついて騙《だま》すだけ。誰も愛してはくれない。キライ、ミンナキライ、ウソツキナンテシネバイイノニ！』

妖精は悍《おぞ》ましい声で呪いの言葉を吐き、掻《か》き消えるように姿を消した。

「今のはいったい……」

「父上。母上を寝台へ。医師を呼びましょう」

あの黒い妖精はどこへ消えたのか？　待宵が以前追った妖精と同じ場所だとしたら。

待宵を伴い、再び幽明遊廊へ入った。

「眉月門」から転移すると、そこは緑煙がけぶる庭園で。

……ああ、あった。

大輪の黒百合《くろゆり》。怨念《おんねん》を生み出す呪いの花。夢で見た姿よりも大きく、赤い花脈が不気味に拍動していて、もはや情念花《じょうねんか》とはかけ離れた存在だ。

まるで手足のように生やした触手がウネウネと蠢《うごめ》くたびに、花から呪素を吐き出し、辺りをどす黒く染めていく。

あの黒い妖精はどこだ？　待宵が追っていた妖精は、花に吸い寄せられて食われてしまったそうだ。黒い妖精も同じ運命を辿ったのだろうか？

「坊や。誰の許可を取って入ってきたの？　ここは立ち入り禁止なのよ」

背後から声がしたので振り返ると、あのティーテという女がいた。

「悪い子ね。余計なことばかりして。勇者ごっこは楽しい？　咲良《さくら》くん」

「個人情報を勝手に見るなよ」

「あら。いい子ちゃんぶっているかと思ったのに、それが素なのね。いつもそうしていればいいのに。その方が、男らしくて素敵よ」

「口が減らない奴って、言われたことない？」

「よく言われるわ。ねえ、見事に咲いているでしょう？　この花は、人間の醜い感情の化身なの。正直言って、最初は好きではなかったのだけど、育てているうちに愛着って湧くものよね」

「それも今日で見納めだから」

「やっぱり、そういう意地悪をするつもりなんだ？　あなたは奇妙な存在ね。見えない部分が沢山ある。いったい誰の指示で動いているの？」

「……いつまでお喋《しゃべ》りをするつもり？　ここにいるのは、何か目的があってなんだろう？」

「もちろん！　種を取りに来たのよ。この花は、坊やが枯らしてしまうだろうから。これでも私も必死なのよ。呪神の加護を授かった者は、最適な呪いの媒体になるの。私は苗床にされるのはまっぴらごめんだわ」

「へえ、自分の首を絞めかねない組織にいるんだ？　悪趣味だね」

「そう？　目的はわりと合っているの。ごく限られた人間だけが、いいことずくめなんて、そんなの不公平でしょう？　だから、みんなで平等に不幸になってもらおうと思って。坊やも、坊やの家族も、仲良しのお友達もね」

ティーテが緑の炎に包まれ、姿をくらました。初めて会った時と同じだ。

他に誰か隠れているのではないかと警戒していたが、単独行動だったのか？　いや、そもそもティーテは双子だった。少なくとも、もう一人はいたと考えるべきかもしれない。

さて。邪魔者はいなくなったし、目の前の化け物を退治するとしよう！

「まずはこの大量の呪素をなんとかしないとね。待宵！　時間稼ぎをお願いしてもいい？」

「バウッ！（任せろっ！）」

待宵が軽やかに跳躍しながらみるみる巨大化し、化け物の花と対峙《たいじ》した。

牙を剥《む》き出し、唸《うな》り、花を挑発する待宵に、幾本もの黒い蔓《つる》が鞭《むち》のように襲いかかるが、待宵の俊敏なフェイントに翻弄《ほんろう》され、有効打を与えられずにいる。

アラネオラ、始めるよ！

「ここに、新たな転化の力をもって、精霊を脅かす邪《よこしま》な呪素を世界に還元する！」

《はい、マスター！》

白く浮かび上がるアラネオラの手の中に、呪素の裁断を成し遂げる新たな印紋が現れた。周囲に立ち込める濃密な呪素が印紋に吸い込まれ、バラバラに分解されていく。

呪いの花は、いまだ呪素を吐き出し続けているが、こちらの転化量の方が遥《はる》かに多く、空気中の呪素密度は徐々に希薄になっていった。

だいぶ分解できた。そろそろ風の精霊たちにお出まし願おう。

分解物を速やかに世界に還元するには、できるだけ上空に広く拡散しなければならない。

「じゃあ、フェーン！　他の精霊の誘導と、皆のリーダーをよろしくね」

――ラジャ！

「集え！　風鳴鳥に惹《ひ》かれし風の精霊よ！　広き世界を渡る気まぐれな旅人よ」

まずは風鳴鳥《ふうめいちょう》の笛の音で、王都周辺にいるフリーの風の精霊を呼び寄せる。

最初は、小さな精霊たちが、ざわざわと梢《こずえ》をざわめかせ、フェーンを核として魚群のような集団を形成しながら、舞い踊り、風の渦を作り出す。

気まぐれな腕を振るう風の渦は、どんどんその勢いを増し、咆哮《ほうこう》をあげ、ときに暴力的な突風と化して吹き荒れた。

「ここに精霊を愛し、愛される者あり」

俺の声に、その場に集まった精霊たちが一世に歓喜の声をあげた。

「我が願いに応え、陣風の豪腕を振るい給《たま》え！」

遠くで雷鳴が轟《とどろ》き、荒れ狂う乱気流が仲間になろうと近づいてくる。

空に雲が湧き、日が陰った。

冷気を纏《まと》った激しい突風が吹きつけ、塵芥《じんかい》を巻き上げ攫っていく。

「あっ、花が怒った⁉」

空からパラパラと雹《ひょう》が降ってきて、そこでようやく、呪いの花が自らを脅かす別の敵の存在に気づいた。

花が逆再生に姿形を変えていく。

大きく開いた花弁が中央に集まり、蕾《つぼみ》となって膨らみ、破裂して邪悪な黒い妖精が生まれた。

《敵意感知――迎撃シマス》

ますます激しくなる暴風の中、白い護連星が飛び出した。

『キライ』『ダイッキライ』『ウソツキ』『シネ！』

容赦なく打ち据える護連星に抗《あらが》いながら、つい先ほど聞いたばかりの言葉を、妖精が甲高い声で子供のように叫び続ける。

……なあ、もういいだろう？

貴女《あなた》が本当に愛した人は、とっくの昔に死んでいる。

彼の魂は真《ま》っ新《さら》に洗われ、既に輪廻転生《りんねてんせい》しているかもしれない。なのに、貴女一人が地上に取り残されて、いまだ悲鳴をあげ続けている。そんなの辛《つら》すぎるよ。いい加減、終わりにしよう。

「待宵！　【裂空】　！」

待宵の巨大な顎《あご》が時空の壁に噛《か》みつき、これまでにない大きな裂け目を作った。その向こう側には、足の踏み場もないほどの美しい花々が咲いていて……始まった。急がなきゃ。

連鎖するように次々と花が浮き上がり、上空を目指して昇っていく。

「スカラ！　こっちに誘導して！」

花畑に駆け込んで指示を出すと、降下してきた白い骸骨の軍団が、黒い妖精を包み込んで時空の穴へ強引に押しやり、ついに境界を越えた。

昇華する花々の中で、黒い妖精は戸惑っているように見えた。だから、上空を指さした。行くべき方向を教えるために。

「皆と一緒に行けばいい！」

妖精は上空を見上げて、七色の花を不思議そうに見つめた。そして、自らの背に蝶の翅があることに、今さらながらに気づいたように見えた。

花々に誘われるように、妖精は空へと飛翔し、天頂に昇りつめて、遂には美しい虹になった。

「ちゃんと昇華できたみたいだね。……あれ？　なんか落ちてる」

花がなくなって剥き出しになった地面に、キラリと光るものがあった。近づいて拾いあげると、それは以前見つけたものとよく似ていて。

「これ、『妖精の珠《たま》』だ」

澄んだ透明な玉は、黄金に染まる空の色に負けないほど、見事な金色に輝いた。

§ 風の解放

移りゆく空の色をずっと見ていたかったけど、まだ大事な仕事が残っている。

だから、惜しむ気持ちを振り切り、朔月門《さくげつもん》を介して必要なものを回収してから、再び時空の穴を通って離宮へ戻った。

「あそこか。ひと目で分かって助かるけど、骸骨が髑髏《どくろ》を囲んでいるなんて、シュールすぎる」

黒い髑髏。

大きさはモロノエが持っていたものとほぼ同じだ。遺骨の持ち主には悪いが、安堵《あんど》する気持ちがこみあげてくる。

ヒューゴ卿の髑髏ではなかった。盗まれた遺骨の行方は分かっていない。あれほど強力な盟約の持ち主の遺骨が呪器と化していたら、さぞかし厄介だったはずだ。

「フラトゥス！　フラトゥス、フラトゥス、フラトゥス！」

俺の手の中から、小さな蝙蝠《こうもり》が飛び出した。それを見て、ルーカスさんとの交信リンクを開く。

ルーカスさん。フラトゥスさんを解放しちゃっていいですか？

『一発勝負？』

いえ。たまたま同じタイプの呪器が手に入ったので、錬金術師の指導のもと、呪器を無効化する練習はしました。

『それはそれは。じゃあ、サクッとやっちゃって！』

「スカラ、解呪だ」

黒い髑髏を白い護連星が繰り返し殴打する。一見すると、ただ殴っているようにしか見えないが、あれでちゃんと術式を壊しているんだよね。

髑髏の眼窩《がんか》に灯《とも》る緑色の炎。それが掻《か》き消えたとき、大きな存在感を放つ風の精霊が放たれた。

「フラトゥス！」

「レオさん、待って。様子がおかしい」

フラトゥスさんの雰囲気が不穏なのだ。

——レオ　アイタカッタ　ナノニ　アエナカッタ

——モウハナレナイ　デモ　シッパイシタ

『精神汚染されているみたいだね。呪器に閉じ込められていた時間が長いから、仕方ないか』

それって、治るんですか？

『リオン、君が治すんだよ』

それってどういう……えっ!?　マズい！　フェーン、逃げて！

——チカラ　タリナイ　ナラ　ウバエバイイ

「ダメだフラトゥス！」

風の精霊力が急激に高まり、周囲にいた風の精霊たちが強引に引き寄せられていく。

『リオン、フラトゥスを攻撃して呪いを絶て！』

「スカラ！」

やむを得ず、フラトゥスさんをスカラがボコボコにした。容赦なく。徹底的に。ヤンデレさが抜けて、すっかり大人しくなるまで。

「フラトゥス、可哀想《かわいそう》に。痛かっただろう？」

――レオ！　カワラナイ　ヤサシイ　レオ　アイシテル
「当たり前じゃないか。僕だって君を愛している。約束する。この気持ちは未来永劫《えいごう》変わらない。だけど、僕は人として長生きしすぎた。生まれ変わる資格がもうないんだって。だから考えたんだ。君とずっと一緒にいる方法を。たとえこの身が滅んでも、僕は君の思い出の中で永遠に……」

――レオ！　ソレナラ　ワタシモ　アナタノ　オモイデニ　ナル
おいおいおいおい。なんでそんな話になってるの？　精霊化するんじゃなかったの？

『リオン、どうする？　僕は恩知らずは嫌いでね。フラトゥスがリオンの精霊を取り込もうとしたことを許せないでいる。レオが完全に精霊化するには、君たちの協力が不可欠だっていうのにね。もう放っておけばいいんじゃないか？』

いや、でも。せっかく助けたわけですし、可能なら、精霊化した方がいいんじゃないですか？

『レオ、フラトゥス。僕と違って心が広いリオンはこう言っている。……が、せっかくの申し出だけど、スパッと断って永遠の思い出とやらになろうか？』

「ご、ごめんなさい。フラトゥスがあんなこと仕掛けて、申し訳なくて。だから思い出になろうと考えたんだけど、やっぱり、できれば精霊化して愛するフラトゥスとひとつになりたい」

――オンシラズ　ゴメンナサイ　ユルシテクダサイ　レオ　ト　イッショ　ナリタイ

具体的にはどうすればいいんですか？

『フラトゥスが中途半端な状態のレオの精霊化を解除する。レオの幽魂は蝙蝠のそれと合成されて酷く不安定だ。それをラップで包んだり欠損を補填《ほてん》したりする感じでリオンの幽体で覆っておく。その間に、フラトゥスは余剰な精霊力をリオンの精霊に割譲して、レオの幽魂と釣り合うようにバランス調整する。で、【融皇】である僕の監督下でフラトゥスがレオの精霊化に再挑戦する。以上』

ラップで包む？　えっ!?　どうやるの？

『リオンは、器用に幽体を伸ばしたり分離したりできるじゃないか。あの要領でやればいい』

アラネオラ、そういうのってできそう？

《はい、マスター！　お任せください！》

なんか、できるみたいです。

『ではやってしまおう』

フラトゥスさんの『存在』がだいぶ小さくなってしまったけど、レオさんの精霊化は成功した。これでもう冥廻人《キルキトレス》に狩られることはないし、二人は本当の意味でひとつになった。

そして、二人は精霊界へ。精霊界がだんだん保養所みたいになってきた気がするけど、精霊が発生した世界だし、のんびり過ごすにはいいのかもしれない。

精霊界に旅立つ際に、フラトゥスさんがお礼だといって、情報をひとつくれた。

――ウォルカニウス　ノ　チカラ　キケン　ダンダン　オオキイ

「ルーカスさん、ウォルカニウスってなんですか？」

『火の精霊王だよ。テオを拉致した犯人でもある』
一難去ってまた一難。今度はそれかぁ。

エピローグ

近々、グラス地方へ帰還することになった。

出発までの間、王都の空気から呪素《じゅそ》を取り除いたり、石化治療薬を作って配布したりと、やることは山積みだ。

そんな中、アメーリアさんが俺に会いたいと、お忍びでやってきた。どうしても知らせたいことがあるって。

「あの、これのお礼を言いたかったの」

アメーリアさんの首には、風幕の魔道具が下がっている。身体に染み付いた呪素が、少しでも抜けるようにと渡していた。そうしたら、『視《み》える』ようになったんだって。砂粒みたいなサイズの銀色の蜘蛛《くも》が。

「えっ！　加護が戻ったんですか？　おめでとうございます！」

「ありがとう。これもリオン、あなたのおかげよ」

「じゃあ、これからは賑《にぎ》やかになりますね」

「……えっ？　一匹。まだ一匹なの。だから、とても幸せだけど、賑やかとは言えないかな？　でも、蜘蛛は付き合う年数に応じて数が増えていくと聞いているから、次に会うときには、リオンが言うように何匹か増えて、賑やかになっているかしら？」

嬉《うれ》しそうにはにかむ彼女に、言えるわけがなかった。それ、浴びるほど増えるんですよって。

彼女が取り戻したのは、まだ権能というには頼りない小さな力でしかない。だけど、この裏表のない性格を慕う蜘蛛は、きっと沢山いる。だから思わず。

「いつか、夢で話ができるといいですね」

「それ、どういう意味？」

「ちょっとした冗談です」

「あのね。ここだけの話だけど、スピニング家は近いうちに領地に引き上げるわ。王都はなにかおかしい。リオンも気をつけて」

わざわざ来てくれたのは、これを伝えたかったから？　おそらく敵側にいただろうスピニング家が王都から逃げ出す。その意味を重く受け止めるべきだ。

……だったら、希望者は全員グラス地方に連れていこう。

結果、王都邸にいる全ての人を引き連れた大所帯での移動になった。その中には、俺の両親や弟妹も含まれている。

「失って初めて理解できたことがある」

このところ、以前より精彩には欠けるが、妙にさっぱりした表情を見せる父親に、よく話しかけられるようになった。

自分はずっと一人だと思っていた。家に縛られ、誰も本当の自分を見てくれない。彼らが欲しいのは盟約だけで、その器が誰であっても構わない。ただ生きることだけを望まれる人生。

そのことにずっと不満を抱いていたが、精霊の姿が『視えなく』なり、声も聞こえなくなって、初めて、本当の孤独を知ったらしい。

「母上とは恋愛結婚だと聞いていますが、どこに惹かれたのですか？」

思い切って、ずっと疑問に思っていたことを尋ねてみた。

「社交界に出るようになってから、私に近づいてくる女性は数えきれないほどいた。しかし、『ありのままのあなたでいい』『盟約なんてなくても構わない』と言ってくれる女性はシャーロットしかいなかった」

一方の母親は、加護の有無が人間の価値を決める家に育ち、加護を失い、実家から軽んじられることに大いに不満を抱いていた。

いわゆる似た者同士でシンパシーを感じちゃったケースか。

そんな事情があったとして、育児放棄を正当化する理由になんてならないんだけどね。

母親には幼い頃から呪いの産物である邪悪な妖精が棲《す》みついていた。あそこまで幼稚で酷《ひど》い性格になったのは、情緒面の成長に妖精が悪影響を与えていた可能性がある。

実際に、後遺症が出ているしな。

あの妖精は、やけに人間臭かった。シャーロットと同じ体験をすることで、感情を共有していた節がある。

長年取り憑《つ》かれていた妖精が分離したことで、母親は一時、抜け殻のようになっていた。今は、喜怒哀楽は戻ったが、感情のブレが激しく、幼児返りをしたような状態だ。

言いたいことは山ほどあるが、「ごめんなさい」と幼い子供のように泣いて謝るばかりの母親に、怒りをぶつけることなんてできなかった。

むしろ、父親に対してモノ申したい。可哀想《かわいそう》かわいそうって、いつまで自分たちを憐《あわ》れむつもりだって。

自分たちだけの世界の中で完結したいなら、子供なんか作るな。やることやって、産むだけ産んで、あとは知りません？

親になった以上は責任がある。なあ、自分たちの子供を見ろよ。あの自己否定に塗《まみ》れた目を、怯《おび》えてまず大人の顔色窺《うかが》う態度を。全然子供らしくないだろ？

誰にも認められず、寂しかったって？　じゃあ、なんで同じ思いをしている子供を放っておく。

あんたたちは親なんだから、親になっちゃったんだから、いつまでも恋愛脳じゃ迷惑なんだよ。

まだ二十代で、生活に困ることもなく、たいした人生経験も積んでいない。家の被害者という一面は確かにある。でもな、被害者が誰かに危害を加えたら、その瞬間からそいつも加害者なんだよ。

いつまでも被害者ぶってんじゃねえよ。

——リオン　ヒュルヒュルドゴーン　スル？

《マスター。年齢の割に達観していると思っていましたが、溜《た》め込むタイプだったんですね。マスターのご希望であれば計画を練ります》

《マスターの怒りも、悲しみも、全て受け止めたいです》

《キレイナ　ケシキ　ミル？》

《イツデモ　殺《や》レマス》

脳筋二名、腹黒一名がヤバいこと言ってる。でもまあ、みんな慰めてくれてありがとう。

もう大丈夫。すっきりしたから。

まあ、いつかは面と向かって言ってやるつもりだけど。

それにしても。

この世界に転生して七年が過ぎたけど、まだ思い出せる。前世の家族や親しかった人の顔を。でもこの先、十年も二十年も経《た》ったら、きっと記憶も思い出も全て薄れ、色褪《いろあ》せてしまう気がした。

リオンとしての人生、リオンとしての家族。あの人たちと、やり直すことができるのだろうか？　少しは期待してもいい？　身勝手で子供みたいな人たちに、親としての役割を。まあ、もし俺が受け入れられなかったとしても、弟妹から取り上げていい理由にはならないよね。

アイは前世を含めた俺の過去の記憶を保存してくれている。

将来、俺自身がその記憶を覗《のぞ》いたとき、元の家族の姿を見て「ああ、こんな顔してたんだ。懐《なつ》かしいなぁ」って思える日が来るとしたら、俺の隣には、そう思えるようにしてくれた誰かがいるはずで。それって誰だろう？　まだ予想がつかないや。

――生体サーチ結果――

リオン・ハイド・ラ・バレンフィールド・キリアム

年齢　７歳
種族　〆Ψ
肉体強度　体力中等度
一般能力　痛覚制御 / 精神耐性＋＋
飢餓耐性 / 不眠耐性 / 速読 / 礼儀作法 / 写し絵
精密模写
特典　自己開発指南

転生職　理皇
固有能力　究竟の理律
理律　理壱 / 理弐 / 理参 / 理肆
理漆（１／３）
派生能力　魔眼＋＋＋/ 超鋭敏 / 並列思考 / 感覚同期 / 倒懸鏤刻 / 蟲使いθ/ 並列起動 / 幽体分離 / 俯瞰投影
護連星 /（魔装甲）

職業　門番θ
固有能力　施錠 / 開錠 / 哨戒 / 誰何
派生能力　管理台帳

盟約　精霊の鍾愛
精霊紋　水精王 / 精霊召喚［リクオル］
精霊紋　氷精霊
精霊召喚［グラキエス］（封印中）
精霊紋　風精霊 / 精霊召喚［フェーン］
固有能力　精霊感応 / 愛され体質
派生能力　指揮 / 水精揺籃 / 甘露 /
架界交信 / 封想珠

加護　織神【糸詠＋】
固有能力　織神の栄光 / 枢蛇 / 蚕蛛
明晰翅 / 明晰翅
派生能力　万死一生 / 先見者θ/ 蠧毒
浄牙
顕彰　廻狂瀾於既倒
顕彰　巻地風來忽吹散

加護　嚮導神【悉伽羅】
固有能力　裂空 / 幽遊 / 双対

装備　継承の鍵θ/ 於爾の角笛 /
昇華珠

備考　転生 / 前世記憶

MFブックス

代償《だいしょう》θ《シータ》
～精霊《せいれい》に愛《あい》されし出遅《でおく》れ転生者《てんせいしゃ》、やがて最強《さいきょう》に至《いた》る～ 2

2024年3月25日　初版第一刷発行

著者　漂鳥
発行者　山下直久
発行　株式会社KADOKAWA
〒102-8177　東京都千代田区富士見2-13-3
0570-002-301（ナビダイヤル）
印刷・製本　株式会社広済堂ネクスト
ISBN 978-4-04-683380-8 C0093

担当編集　姫野聡也
ブックデザイン　冨松サトシ
デザインフォーマット　AFTERGLOW
イラスト　bob

本書は、カクヨムに掲載された「代償θ ～転生に出遅れたけど、才能溢れる大貴族の嫡男に生まれたので勝ち組かもしれない」を加筆修正したものです。

この作品はフィクションです。実在の人物・団体・事件・地名・名称等とは一切関係ありません。

モブだけど最強を目指します！
~ゲーム世界に転生した俺は自由に強さを追い求める~
反面教師
illustration 大熊猫介
ゲーム世界に転生したら、まさかの最強基礎能力持ち!?
「モブキャラだからこそ、最強目指せば絶対面白いでしょ!!」
変わらない日々をすごしていたサラリーマンは、前世で愛したゲームの世界でモブキャラ・ヘルメスに転生する。最強に至れる基礎ステータスを手に入れ、ゲーマーの血が燃え上がる！
しがらみのない立場から最強キャラを作るはずだったのに、いつの間にか学園では注目の的に!?
極めたゲーマーの最強キャラ育成譚、開幕!!

召喚スキルを継承したので、極めてみようと思います！
~モフモフ魔法生物と異世界ライフを満喫中~
えながゆうき
イラスト：nyanya
謎だらけなスキルで召喚されたのは――
個性豊かすぎる“魔法生物”!?
自由気ままに異世界で
モフモフライフを楽しみます！
STORY
モフモフ好きな青年は、気づくとエラドリア王国の第三王子・ルーファスに転生していた。継承した“召喚スキル”を広めるため、様々な魔法生物たちを召喚しながら、ルーファスの異世界モフモフライフが始まる!
カクヨム発
MFブックス新シリーズ発売中!!

MFブックス既刊